少年畅销版

教育部"语文新课标"必读丛书

主　　编　任溶溶

策　　划　许科甲　李姊昕

执行策划　李姊昕

编　　委（按姓氏笔画排序）

王　珏　方　虹　许科甲　李志鹏

李姊昕　杨　霞　肖延斌　胡运江

韩中华　惠春鹏　谢竞远　薄文才

世界文学名著权威译本

主编 任溶溶

小 淑 女

[美]奥尔科特 著 王 彤 译

著名翻译家任溶溶担纲主编
著名作家、少儿阅读推广家梅子涵强力推荐

北方联合出版传媒（集团）股份有限公司
辽宁少年儿童出版社
沈阳

© 王 彤 2015

图书在版编目（CIP）数据

小淑女 /(美) 奥尔科特著;王彤译. —沈阳:辽宁少年儿童出版社,2015.9

（世界文学名著权威译本）

ISBN 978-7-5315-6560-4

Ⅰ.①小… Ⅱ.①奥… ②王… Ⅲ.①长篇小说—美国—近代 Ⅳ.①I712.44

中国版本图书馆 CIP 数据核字(2015)第 145524 号

出版发行:北方联合出版传媒(集团)股份有限公司
　　　　　辽宁少年儿童出版社
出 版 人:许科甲
地　　址:沈阳市和平区十一纬路 25 号
邮　　编:110003
发行(销售)部电话:024-23284265
总编室电话:024-23284269
E-mail: lnse@mail.lnpgc.com.cn
http://www.lnse.com
承 印 厂:辽宁星海彩色印刷有限公司

责任编辑:杨　霞
责任校对:赵志克　高　辉
封面设计:李　健　李姊昕　杨　霞
封面绘画:孙佳利
插图绘制:孙佳利　李秋红
版式设计:李姊昕　杨　霞
责任印制:吕国刚

幅面尺寸:168mm×240mm
印　　张:17　　　　字数:213 千字
出版时间:2015 年 9 月第 1 版
印刷时间:2015 年 9 月第 1 次印刷
标准书号:ISBN 978-7-5315-6560-4
定　　价:25.00 元

"我去第一个转弯看看，没有问题我们再开始比赛。"

美格舒舒服服地坐在两个桨手的对面，两个小伙子喜不自禁。

"你的故事简直就是莎士比亚的大作。"

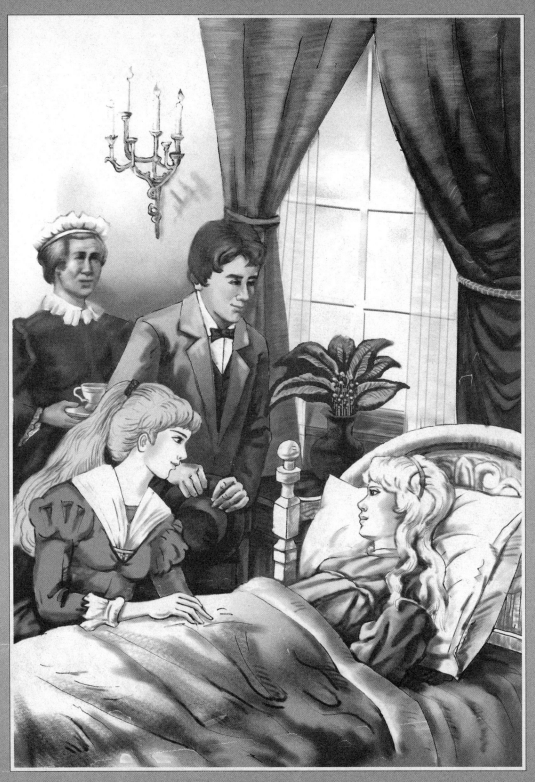

贝丝果然得了猩红热，病情比大家估计的要严重得多。

总　序

盛情大提篮

梅子涵

　　我们不可能知道每一天世界上有多少人在为孩子们写书、出书的事而繁忙。这是一种很应该被敬重的繁忙。为了一个人的早年，为了一个世界的后来和后来的后来；为了把文字里的诗变成真实的呼吸；为了把小说的叙述变成漫长生命里的真理；为了把童话美妙地搁进一天天的日子里，渐次地让日子里一天天多出童话的美妙；为了把那么多的想象给普通的眼睛、普通的耳朵、普通的脑海，让他们看见、听见，也飘扬起来，驰骋而去；为了让一个人的手里，从小就有一本书，长大了，手里还有一本书，包里有一本书，桌上和床头都有书……单单就为了这些，这件事已经是最庄重、最盛情的了。这是一个多么大、多么贵重的赠送。我们不会离开书籍了！阅读是我们最时常的渴念！文学成为我们一生都拥有的一条毯子了，我们温暖地盖着，很少做噩梦！

文学真是非常好的。她把梦在白天就给你。她把温暖在寒冽里给你。她把天真在微笑里给你。她把希望在苦难里给你。她把哲学在幽默里给你。她把巨大在轻小里给你。她把一个世界放在一个故事里给你。她把一辈子的路途放在一天里给你。她把任何庸常生活里没有的全部提拎了来给你。她把你提拎到你的心思里根本就闪现不出来的高贵里。

文学就是这样纷纷扬扬地把她的一切都撒落给我们。

我们接住！

我小的时候，无论如何都没有想过，自己后来是当文学家的。

我当文学家后，也是没有想过，除了写作，我还要这样地去拉拢着孩子们，拉拢着成年人，让他们来到文学里，来到浪漫中。

我现在最像一个很大的提篮了，坐在我的提篮里的就是那些被我拉拢来的孩子和大人们。

做这样的大提篮真好。

我这个大提篮很繁忙。

这样的繁忙好。

更恰当的比喻是，这样的一本本好书，才是真正的大提篮。她把我们带到生命应当去的地方，带到生命最匀称的颜色里，带到我们可以听得见的，我们自己的轻轻的呼吸中。

译　序

王　彤

　　小时候，女孩子们有相当长的时间会生活在对白雪公主、睡美人和灰姑娘的幻想中，每个女孩子都会幻想成为美丽的公主，有朝一日得到王子的爱。幻梦是美好的，就像一座空中花园，那么绮丽幻妙，却又是那么遥不可及。身着美丽装束的满足，总是会在幻梦消逝的时候变成一声叹息，消失在青春年幼的怅惘中。如果你也有相同的感受，那我希望你同我一起，找来这本叫作《小淑女》的书读上一读。

　　在书里找到一个你

　　这是一本乍一看起来有些平淡的书，就像它的名字，每一个字都那么普通。可是当你读进去，你就会发现自己好像推开了一扇门，那扇门里的每一个女孩儿看似生活在与你的生活环境相去甚远的故事里，而你却会惊讶地从她们的身上看到自己或者某些熟悉的人的影子。然后，你会为她们感动得流泪，被她们的经历所鼓舞，为她们的不幸捏上一把汗，甚至会在心里为她们默默祈祷。当然你也会被她们的言语逗笑，转而佩服她们面对艰难生活的勇气，于是你不知不觉地觉得自己就是其中的某一个人，或者暗暗想着"如果我是……"会怎样？

像美格那样漂亮温柔，像乔那样豪爽坦诚，像贝丝那样善解人意，像艾美那样优雅端庄……是的，你知道她们没有锦衣玉食，不是衣裙招展的完美公主，她们是和你一样平凡的女孩子，也有自己的小缺点：虚荣、冲动、执拗、挑剔、任性，甚至满腹牢骚……她们是离你那么近的人啊，近到你甚至可以听到她们的裙裾摩擦地面的声音，看到她们身穿朴素的衣服从你身旁走过。没错，她们和你一样，每天都在努力与自己的不完美做斗争。可喜的是，她们一点点地在一场场与自我的战斗中取得一步步的胜利，这让她们自己树立了信心，也给了你信心去战胜自己心里那个小小的任性的"我"，最后一起成长为一个真正的"小淑女"。

噢，"小淑女"，这回你会发现，这是一个多么曼妙的称呼。这个称谓，让女孩子们不再是骄矜任性的小姐，而成为这样的女士们——自尊、自爱、独立、向上，不放弃梦想，充满信心和勇气，并且努力承担生活给予她们的一切，无论是痛苦，还是欢愉。

生活本身才是教育

不要以为，一本给女孩子看的书，字里行间都是训导和教诲。在这个家庭里，你极少看到母亲长篇大论的教训，也看不到父亲的责骂。这里充盈的是爱。在爱的氛围中，由生活本身引领着马奇家的姐妹们去认识自我，认识世界。她们并非"大门不出，二门不迈"的无能小姐，每个人都用自己的方式去面对生活，并且承担生活的重担，尽管时常会因为乏味枯燥的工作满腹牢骚，但总会在母亲的引领下，或者自我的反省中领悟到身上的责任，并且迅速调整自己的情绪，再度信心百倍地面对生活。生活是最好的老师，坚强乐观的母亲与循循善诱的父亲很少介入孩子们的选择，而只是在她们需要的时候适时提出建议和提醒，在她们任性的时候并不急于制止，而是干脆让生活本身给她们最好的经验与教训。这比任何说教都具有说服力。

马奇姐妹的精神指引

书中还反复地提到了另一本书，该书在全篇作品中被反复提到和引用，它可以称作是马奇姐妹的精神指引，也堪称是本书的完美注脚。那便是 17 世纪英国小说家约翰·班扬的寓言小说《天路历程》。小说把人生比喻成一次长途跋涉的道德精神之旅，要历经重重考验，不断接受挑战，最终才能来到心中的圣殿。朝圣者们只有怀着真善美的愿望，坚持不懈，努力奋进，才能跨过那些"绝望的深渊"，走过"狮群"，爬过"陡坡"，走上"一片长年开满百合花的怡人草地"，最后步入幸福的"天国"。然而，马奇夫人并没有连篇累牍地拿这篇作品训诫姐妹们，而只是将生活比喻成一次天路历程，告诫并提醒每一位想要到达幸福天国的朝圣者，绝不能中途懈怠，而要勇敢地背负包袱，去实现自己的天国之梦。姐妹们从将《天路历程》排演成剧，到在生活中身体力行，其间没有太多的教诲，只有母亲的亲身示范和姐妹们的领悟。她们放弃自己的圣诞早餐，在自身并不富裕的情况下和母亲一同救济穷人；乔看到孤独寂寞的劳里，便伸出友谊之手；贝丝先人后己，为救人而身染恶疾，险些丧命……一切的一切都在潜移默化中锤炼着苦难中的姐妹，也感染着我们。

你该认识的奥尔科特

本书的作者路易莎·梅·奥尔科特就像小说中的乔那样，男孩子气，爱好文学，常常舞文弄墨。她的家庭也正像她在书中描写的那样，姊妹众多，既时常有小冲突，又爱意交融。慈爱的父亲与母亲用言传身教传递着爱，也用爱教育每一个孩子，教会她们无私，教会她们隐忍，让她们一步步地成长为那样的小淑女。正如那位邀请奥尔科特写书的出版商建议的那样，要"写一部关于女孩子的书"，于是这些在奥尔科特的生活中鲜活奔放的生命连同她自己都跃然纸上。可以说，这是奥尔科特对于那个温暖家庭的回忆，更是她诚挚地送给一代代成长中的女孩子们的一份礼物。

1868 年，奥尔科特应出版商的要求写成了这部书，并凭借这本书一举成名。《小淑女》被冠以"一步穿越百年的成长经典"、"美国最优秀的家庭小说"的殊荣，一部"女性自我内心传统与自由之争"的经典作品，"卓越的女性主义探讨运动"，被美国图书馆评为"世界最畅销的优秀作品之一"。《小淑女》还有《好妻子》《小绅士》和《乔的男孩》等续集，虽然这些作品成就赶不上原作，却仍然受到了读者的好评。根据它改编的电影和动画片也受到几代人的追捧。一部作品被奉为经典绝非浪得虚名，故事的背景虽然离现实已经久远，但那些鲜活的人物，那些人类共通的情感却把我们和作品以及作品中的人物紧紧地联系在一起。

嗨，也许你就是……

其实生活中的你也许正是像美格、乔、贝丝或者艾美那样的一个人，只是自己不知道。那就在阅读她们的故事时，寻找自己，认识自己，并且开始试着给自己找到一个幸福天国，并找到一条属于自己的朝圣之路吧！

目　录

第一章　朝　圣　者

"没有礼物就算不上圣诞节嘛。"乔躺在地毯上嘟囔着。

"做穷人可真是可怕!"美格看了一眼自己的旧裙子,叹了口气。

"有的姑娘有那么多好看的东西,而别的姑娘却什么都没有,我觉得这不公平。"小艾美补充着说,还委屈地吸了吸鼻子。

"我们有爸爸妈妈,还有我们大家。"只有贝丝很满意地在角落里说了这么一句。

这句充满希望的话,让四张小脸在炉火的映照中一下子亮了起来,但又迅速地黯淡了下去,因为乔忧伤地说:"我们现在没有爸爸,会很长一段时间都没有。"她没说"也许永远都不会有了",但每个人在想念身在遥远战场的父亲时,都默默地在心里添上了这句话。

大家沉默了一阵。美格换了个语气,说:"大家都知道,妈妈建议咱们这个圣诞节不买礼物是有原因的,这个冬天对每个人来说都不好过。她觉得咱们不应该花钱去找乐子,这个时候男人们在部队里吃着苦。我们做不了什么,但我们应该做出点儿小小的牺牲,而且应该很高兴能这样做。可是,我是真的担心自己做不到啊。"美格摇了摇头,似乎对自己得不到那么多漂亮东西感到无限遗憾。

"可是，我觉得咱们贡献的那点儿，根本就没什么作用。我们每人只有一块钱，就是交出去了，也帮不上军队。我是不指望从妈妈和你们那儿得到什么东西了，但是我想给我自己买那本《水中仙》，我早就想要它了。"乔说。她可是个书虫。

"我计划买新乐谱的。"贝丝说着，轻叹了口气，可是除了壁炉刷和水壶架，谁也没听到这声叹息。

"我想要盒质量上乘的费伯牌绘图铅笔，我真的需要这个。"艾美毅然决然地说。

"妈妈可没对我们的钱有什么要求。她从来没希望我们放弃些什么。还是让咱们各取所需吧，来点儿高兴的。我敢说，赚这些钱，我们可是够卖力的。"乔一边大声地说，一边像个绅士似的检视着自己的鞋跟儿。

"我知道这是我应得的。我几乎整天都在教那些烦人的小孩儿，而我是那么渴望能在家里过我自己的生活。"美格又用她那抱怨的声音说起来。

"你的辛苦连我的一半都赶不上！"乔说，"你愿意和一个爱挑剌儿的神经质老太太一言不发地待上几个钟头吗？而她让你马不停蹄地团团转，并且你怎么干她都不满意，一直烦到你恨不得长对儿翅膀从窗口飞出去，或者干脆坐在地上号啕大哭一场。"

"我知道讨厌这么做不乖，可是我真的觉得洗盘子和做家务是世界上最糟糕的事。这让我心情烦躁，手也变得这么僵硬，根本没法儿好好弹琴。"贝丝看着她有些粗糙的手，叹了口气，这回大家都听见了。

"我相信你们谁受的苦都没法儿和我比，"艾美大声说，"因为你们不需要和那些粗俗的丫头们一起去上学。她们会因为

你的功课不好折磨你，会嘲讽你的穿衣打扮。她们会'标签' ❶
爸爸，要是他不够富有，就连你的鼻子长得不够漂亮也会成为
她们的笑柄。"

"要是你想说'侮辱'，那我没话说，不过可千万别说成
'标签'，好像老爸变成了泡菜坛子。"乔笑着纠正艾美。

"我知道我在说什么，你没必要讽赤（刺）我。用几个好词
儿是应该的，我不过是想提高我的词飞（汇）量。"艾美为了不
丢面子顶了一句。

"别互相挑刺儿啦，姑娘们。乔，难道你不希望咱们能有那
笔钱吗，就是爸爸在咱们小的时候就赔个精光的那笔钱？老天，
要是没这些烦心事，我们得多开心，过得多好啊！"美格说。她
还记得过去的那些好日子。

"那几天你还说我们比老金家的宝贝儿们要幸福呢！他们虽
然有钱，却一天到晚明争暗斗，烦恼不休。"

"我是这么说过，贝丝，就是现在我也这么想。尽管我们不
得不整天干活儿，但我们也自得其乐，就像乔说的那样，我们
是可爱的快乐一族。"

"乔就是喜欢用这些俗不可耐的词儿！"艾美不失时机地攻
击了乔一句，眼睛扫了一眼躺在地毯上的顾长身影。

乔立即坐了起来，手插在口袋里，还打起了口哨。

"别这样，乔，像个男生。"

"我就是想这样！"

"我讨厌粗鲁、没有淑女风度的女孩儿！"

"我讨厌假模假样、装腔作势的黄毛丫头！"

> **注释** ❶ 此处实际上是艾美的误读。英文中标签"label"与
> 侮辱"libel"发音相似，所以对于正在上学的小艾
> 美来说，发音错误的事情时有发生。

　　"小鸟一窝，意见一致。"贝丝唱着。这个"和事佬"脸上的滑稽表情，顿时让刚才还尖厉的争吵声转化成了一阵笑声。"挑刺儿战争"就此结束。

　　"说实在的，姑娘们，你们两个都有错。"美格开始以姐姐的身份说教，"约瑟芬，你现在已经够大了，应该改掉那些带着男孩子习气的小动作，行为要更检点一些。小女孩儿的时候这样做倒没什么，可是你现在都这么高了，头发也用发套网了起来，你就应该时刻记得你是位年轻的小姐。"

　　"我不是！如果网起头发就把我当小姐的话，我就把两条辫子梳到二十岁。"乔大叫起来，还拉下了她的发网，把一头栗色的头发一下子披散下来。"我讨厌长大，讨厌做马奇小姐。我讨厌穿长礼服，讨厌当什么故作正经的小姐。做个女孩儿简直糟透了，我就是喜欢男孩子的游戏，喜欢他们的工作，他们的风度。不能做个男孩子，我失望透顶。而现在比以往任何时候都要糟，因为我是那么渴望离开家和爸爸并肩战斗，可是现在却只能待在家中缝缝补补，像个反应迟钝的老太太！"

　　乔晃着一只蓝色的军袜，弄得织针叮当作响，线团也从房间的一头滚到另一头去了。

　　"可怜的乔！那太糟糕了，可是说什么都没用啊。你只能把你的名字改得男子气一些，给姐妹们当兄弟喽。"贝丝一面说，一面用手揉搓着乔乱蓬蓬的脑袋。就算这手洗了世界上所有的盘子，清扫过所有地方的灰尘，也丝毫影响不了它透出来的那一股温柔。

　　"至于你，艾美，"美格接着说，"挑剔和古板在你这里合二为一，你的样子看上去很滑稽。你要是不注意，长大就会变成呆头鹅。你如果不是故作姿态，我倒是很喜欢你精挑细选的优雅举止。但是，你的那些荒唐言论和乔的粗话不相上下。"

"如果乔是假小子，艾美是呆头鹅，请问，我是什么呢？"贝丝问道，她也准备分享姐姐的说教。

"你是乖宝贝儿，没别的。"美格亲切地回答。这话没人反对，因为她这只胆小的"小老鼠"是全家的宠儿。

鉴于年轻的读者都想知道"人物相貌"，我们就趁此机会，把坐在黄昏的余晖下做针线活儿的四姐妹大概描摹一下。十二月的窗外，雪静静地落着。屋内，炉火正欢快地噼啪作响。这是一栋让人觉得舒服的房子，虽然地毯旧得褪了颜色，家具也朴素了些。房间的墙壁上挂着一两幅好看的图画，壁凹内堆满了书，窗台上绽放着菊花和圣诞玫瑰，屋里洋溢着宁静、温馨的气氛。

四姐妹中的老大，玛格丽特，十六岁，非常漂亮。她体态丰满，皮肤白皙，大大的眼睛，浓密而柔软的棕色头发，甜美的嘴唇，还有一双让人引以为荣的嫩白的手。十五岁的乔又高又瘦，古铜色的皮肤。她给人的感觉就像一匹小马，因为她看起来好像从来就不知道怎么安置她的长胳膊腿儿。她长着刚毅的嘴唇，有点儿滑稽的鼻子，一双灰色敏锐的眼睛，似乎能洞穿一切，眼神时而犀利，时而滑稽可笑，时而若有所思。浓密的长发是她让人眼前一亮的地方，可是为了不让它们碍她的事，她总把头发束在发网里。她有一副厚实的肩膀，手大脚大，衣服看起来不太合身，明明是正在快速长成女人的女孩子，却透出一股子不情愿、不自在的神情。伊丽莎白，大家都叫她贝丝，十三岁，肤色红润，头发光亮，目光闪烁。她举止腼腆，声音羞怯，一脸的平静似乎很少会受到搅扰。爸爸叫她"安安静静小姐"，这名字对她来说再合适不过了。因为她似乎生活在自己的快乐天地里，只敢出来会会少数几个最信任的人。艾美虽然最小，却是个十分重要的人物。至少她自己这么认为。她可是一个不折不扣的标致少女，湛蓝的眼睛，金黄色的鬈发披在肩头，肤质白皙，体态修长，总是端着一副处处小心的淑女架子。四姐妹究竟都是什么性格，留到后面让你慢慢地体会吧。

时钟敲了六下，贝丝把一双拖鞋拿到扫干净的壁炉地面上烘暖。看到这双旧鞋子，姑娘们立刻心情大好，因为妈妈要回来了，每个人都振奋起精神，要去迎接妈妈。美格停下了说教，还点上了灯。不用人说，艾美离开了安乐椅。乔坐起来把鞋子挪近火边，一时忘记了疲倦。

"鞋也太破了，妈妈得换双新的。"

"我想用我的钱给她买一双。"贝丝说。

"不，我买！"艾美嚷道。

"我是老大。"美格刚开口，就被乔坚决地打断了："爸爸不在家，我是家里的男人，鞋子我来买。因为爸爸临走的时候告诉我，要给妈特别的照顾。"

"依我说应该这么着，"贝丝说，"咱们每个人都送妈妈一件圣诞礼物，自己就不买了。"

"这才像你说的话，亲爱的！我们送点儿什么好呢？"乔嚷道。

大家都认真地想了一会儿。美格好像得到了自己那双漂亮双手的启发，说："我要送妈妈一副上好的手套。"

"军鞋，最好的那种。"乔喊着说。

"手绢，镶边儿的。"贝丝说。

"我要送一小瓶古龙香水，她喜欢的，而且不用花太多的钱。那样的话，我还能剩下点儿钱买我的铅笔。"艾美接着说。

"我们怎么个送法呢？"美格问。

"把礼物放到桌子上，然后带妈妈进来，看着她拆开礼物。你忘了咱们以前是怎么过生日的吗？"乔回答。

"每次轮到我戴着花冠坐在椅子上，看着你们一个个走上前，然后吻我，又送上礼物，我的心就慌慌的。我喜欢那些礼物和吻，可是你们一个个坐在那儿看着我拆礼物，那可真是可怕。"贝丝说的时候，一边烘着茶点，一边取暖。

"就让妈妈以为咱们只给自己买了礼物，然后给她个惊喜。我们明天下午就得去买东西。美格，圣诞夜话剧还有很多事情要准备呢。"乔说话时，仰着头，背着手，还在房间里走来走去。

"演完这回以后，我就不玩儿了。我都这么大了，不适合玩儿这种游戏了。"美格嘴上虽这么说，其实对"化装游戏"还是喜欢得像个孩子。

"你不能不玩儿。只要你穿上白色长裙，披下头发，再戴上金纸做的珠宝，袅袅婷婷地走上那么一圈儿，你就是我们最好的演员。你要是退出了，这一切就都玩儿完了。"乔说，"咱们今晚就预演一下。到这儿来，艾美，就排演昏倒那场，因为就这场戏，你僵硬得像根柴火棍儿。"

"我做不到，我从来没看过人晕倒，我也不想像你那样直挺挺地倒下去，把自己弄得青一块紫一块的。要是能让我轻松地倒地，我就干。不然，我就要姿态优雅地倒在椅子上。就算是胡果拿着枪对着我，我也不在乎。"艾美回应道。她实在没有什么表演的天分，让她担任角色，完全是因为她身材小巧，足以让戏里的坏人把尖叫着的她扛下去。

"这么演。两手这样握着，然后摇摇晃晃地穿过房间，狂喊：'罗德力戈，救我！救我！'"乔示范的时候，那夸张的尖叫，还真是让人不寒而栗。

艾美跟着模仿，可她伸向身体前面的手臂还是那么僵硬，猛然发出的动作就像机器操纵一般，还有她的那声"哎哟"更像是被针猛地扎了一下，哪里有恐惧和痛苦的意思。乔只能失望地抱怨，美格却放声大笑，贝丝看得有趣，竟连面包都烤煳了。

"简直不可救药！演出时你能尽力而为就好了，要是观众笑场，可别怪我。过来，美格。"

下面的就顺利多了。唐·佩德罗一口气读了两页向世界发出挑战的宣言；女巫海格念着可怕的咒语，炖了满满一罐子癞蛤蟆，产生了诡异的效果；罗德力戈大力扯断了锁链，"哈！哈！"狂叫声中，胡果在懊恼和砒霜的折磨下痛苦地死掉。

"这是我们演得最好的一次。"当"死去"的反角坐起来揉胳膊肘时，美格说。

"乔，我真是不敢相信，你不但能写剧本，演得还那么好！你简直就是莎士比亚！"贝丝喊道。她坚信她的姊妹们个个才华横溢，无所不能。

"没什么，"乔谦逊地回答，"我认为《女巫的诅咒，一个歌剧式的悲剧》相当不错，不过如果我们的地板上能有一个供班柯自由出入的小门，我倒是很想演《麦克白》。我一直想演杀人的那部分，'我眼前看到的是一把刀吗？'……"乔轻声地背诵，她转动着眼睛，手在空中抓着，就像她看过的某位悲剧演员演的那样。

"哦，不，这是烤面包的叉子，你叉了妈妈的鞋，不是面包。贝丝都看入迷了！"美格叫起来。排练也在姐妹们的大笑中结束了。

"看到你们这么快活我真高兴，我的姑娘们。"门口传来了愉快的声音。演员和观众立刻都转过身，去迎接那位高高的个子且充满着母性的女士。她的脸上总是挂着一副随时准备帮助你的神情，而这让人心情愉悦。她的穿着并不雅致，但却是个气质高贵的妇人。在姑娘们的心里，灰色外套和过了时的小圆帽下面，可是天底下最棒的妈妈。

"哦，我亲爱的孩子们，你们今天过得怎么样？我事情太多，得准备明天用的箱子，我都没来得及回家吃午饭。有人来过吗，贝丝？你的感冒好些了吗，美格？乔，你看上去要累死了，快来亲亲我，孩子们。"马奇太太一面慈爱地一一询问，一面换下湿衣服，穿上暖和的拖鞋，然后坐上安乐椅，把艾美抱坐在膝头，准备享受繁忙一天中最幸福的时光。

姑娘们纷纷行动起来，各显身手，尽量把一切都布置得舒适怡人。美格摆放茶桌。乔去抱柴并安排椅子，不想却把柴火撒了一地，把椅子也弄翻了，她所到之处响声不断。贝丝在客厅和厨房之间小跑着穿梭，忙碌而安静。而艾美则抱着手坐在那儿，给每个人发号施令。

大家都聚到桌边的时候，马奇太太说："晚饭后，我有好东西给你们。"她的脸上有一种异乎寻常的快乐。

明亮的笑容立刻如阳光般荡漾开去。贝丝顾不得手里还拿着饼干，便拍起了手掌，而乔则把餐巾一抛，嚷道："信！信！爸爸万岁！"

"是的，一封令人愉快的长信。他一切都好，而且冬季也不会熬得很苦，我们不必担忧。他祝我们圣诞快乐，事事如意，并特别问候你们这些姑娘们。"马奇太太边说边用手摸着衣袋，似乎里头装着珍宝。

"快点儿吃饭！别拧你的小手指头，也别对着盘子边吃边傻笑，艾美。"乔嚷道。她自己却因为急不可耐地要听信，被茶噎了一口，面包也掉了，掉落到地毯上的那一面恰恰沾满了黄油。

贝丝不吃了，悄悄到幽暗的屋角坐下，沉浸在即将到来的欢乐中，直到其他人也准备好。

"我觉得他去当随军牧师是件让人佩服的事，因为那个时候他已经超过当兵的年龄，身体不适合当战士了。"美格热切地说。

"我真想当个鼓手，或者当个随军——什么来着？或者去当个护士,这样我就可以在他身边帮忙。"乔大声说道,还哼了一声。

"睡帐篷,吃各种难吃的东西,用那种大锡杯喝水,一定十分难受。"艾美叹道。

"他什么时候回家,妈妈?"贝丝声音微颤地问道。

"要好几个月呢,亲爱的,除非他病倒。他在部队一天就会尽忠职守一天,哪怕一分钟,我们也不应该要求他提前回来。现在来读信吧!"

她们都围近火边。妈妈坐在大椅子上,艾美坐在她脚边,美格和贝丝一边一个靠在椅子扶手上,而乔倚在椅子背后,这样读到信中感人的地方时,别人也不会觉察到她表情的变化。

在那艰难的日子里,很少有不催人泪下的信,尤其是父亲们写给家里的。但这封信却极少论及遭受的艰难险阻和压抑的乡愁,这是一封快乐并充满希望的信,所描述的尽是些生动的军营生活、行军情况和部队新闻,只在信尾才展露出一颗满溢着父爱的心以及想念家中爱女的热望。

把我所有的爱和吻给她们。告诉她们我天天想念她们,夜夜为她们祈祷,每时每刻都从她们的爱中得到最大的安慰。要见到她们还要等上漫长的一年,但请提醒她们,在等待中我们可以工作,只有这样那些难挨的时光才不会虚度。我知道她们会牢记我的话,做你的好姑娘,对她们该做的事忠于职守,勇敢地生活、战斗,并且善于自我控制。等我重返家园的时候,我的小淑女们一定会变得更可爱,更令我自豪。

读到这段,每个人都抽泣着。乔任由大滴大滴的泪珠从鼻尖滚落下来。艾美把脸埋在妈妈的肩头上,不再顾及鬈发会因此弄乱，还呜咽着说："我是个自私的女孩儿，但我真的会努力让自己变得更好，那就不会让爸爸对我越来越失望。"

"我们都会努力。"美格哭着说，"我太注重外表，而且讨厌工作，以后不会这样了，我会尽量改正。"

"我会努力做爸爸喜欢的'小淑女'，改掉粗野的脾气。我会在这儿守住自己的本分，不再想去别的什么地方。"乔嘴上这样说着，心里却明白在家管好自己的脾气比在南方对付一两个叛军还要艰难。

贝丝什么都没说，只是用深蓝色的军袜抹掉眼泪，拼命埋头编织。她那沉静幼小的心灵正暗下决心，要分秒必争地完成手头的任务，一定要在爸爸凯旋并与家人团聚的那一年，让他看到愿望中的她。

马奇太太用她愉悦的声音打破了乔说完话之后的沉寂："还记得你们小时候是怎么演《天路历程》❶的吗？你们让我把布袋绑到你们背上当包袱，再给你们帽子、棍子和纸筒，让你们从屋里走到地窖，也就是'毁灭之城'，然后再往上一直走到屋顶，那是你们用所有收集来的好玩意儿组建的'天国'。再没有什么能让你们那么高兴过。"

"简直好玩儿透了，尤其是走过狮群，大战魔王，还有穿过精灵谷的时候！"乔说。

"我喜欢包袱掉下来，滚下楼梯的情节。"美格说。

"我没记住那么多，就记得挺害怕地窖和那个黑洞洞的入口，还有就是上到屋顶时总会吃到蛋糕和牛奶。如果我还没长到现在这么大，我倒挺想再演一遍的。"艾美说着。她才"成

注释 ❶ 指约翰·班扬的《天路历程》，讲述朝圣者与恶势力做斗争，最终克服困难，来到天国。本书中的"包袱"、"狮群"、"魔王"均出自此书。

熟"到十二岁,就开始讨论甩掉身上的孩子气了。

"我们是绝不会老到不能演这出戏的,亲爱的姑娘们,因为这是一出我们在时刻演出的剧目,只是方式不同而已。如今我们背着包袱,我们的道路就在眼前,追求美好与幸福的渴望就是我们穿越险阻、直达和平圣地——真正天国的引导。现在,我的小朝圣者们,设想你们又一次开始这样的旅程,不是演戏,而是诚心诚意地去做,看看爸爸回来时你们走了多远的路。"

"真的吗,妈妈?我们的'包袱'在哪儿呢?"艾美问道。她实在是个缺乏想象力的小姐。

"刚才你们每个人都把自己的'包袱'说了出来,除了贝丝。我想,她大概是没有。"母亲答道。

"有的,我有的。我心头的'包袱'就是那些锅碗瓢盆和清洁工具,还忌妒那些有好钢琴的姑娘,而且我还怕见人。"贝丝的"包袱"如此滑稽,大家都想笑,但谁也没这么做,因为那太伤她的自尊心了。

"就让我们努力吧,"美格若有所思地说,"这是追求美好的另一种说法而已。这个故事帮助了我们,因为尽管大家都有追求美好的愿望,可是因为做起来很难,所以我们就忘记了,不再尽力去做了。"

"我们今晚掉进了'绝望的深渊',幸好妈妈来了,她像书中的'救世主'一样,把我们拉了出来。我们应该像个基督徒一样有一本指导手册。这事怎么办好呢?"乔问道,她很有几分得意,因为她的奇思妙想给沉重的完成重任的话题增添了一丝浪漫的色彩。

"圣诞节的早上你们到枕头底下找找看吧,你们会找到那本指导手册的。"马奇太太说。

老汉娜收拾桌子的时候,她们开始讨论新计划,然后拿出四个针线筐，姐妹们开始飞针走线地为马奇姑婆缝制被单。针线活儿了无生趣，不过今晚没人抱怨。她们采纳了乔的主意，把长长的缝口分为四段，还把这些部分起名叫欧洲、亚洲、非洲和美洲。她们一边缝一边谈论针线穿越的不同国家，这样，缝纫活儿就进展得非常顺利了。

九点钟的时候大家停下来，像平时那样唱歌，然后睡觉。除了贝丝，没人能在那架老掉牙的钢琴上弹奏出音乐来，只有她可以轻触那些泛黄的琴键，为她们朴素的歌声配上悦耳的伴奏。美格的嗓音有如长笛，她和妈妈为这支小合唱队领唱。艾美嗓音清脆，有如蟋蟀的鸣叫，而乔则随心所欲地任由自己的声音在旋律中悠扬，总是在不该出声的时候弄出一个颤音或怪叫，搅乱了原本哀怨的曲调。从牙牙学语的时候，她们就这样唱歌了……

"一闪一闪，亮晶晶，漫天都是小星星。"这早已成为家庭习惯，因为妈妈是个天生的歌唱者。早晨听到的第一个声音，就是她在房间里走动时好似云雀般的哼唱声。晚上，她那轻快的歌声又成了一天的尾声。对于姑娘们来说，这支熟悉的摇篮曲百听不厌。

第二章　快乐的圣诞节

圣诞节的早晨，天刚蒙蒙亮，乔第一个醒过来。看到壁炉上并没有挂着袜子，她深感失望，就像多年前的那次失望一样，那一次是因为塞了太多糖果的小袜子掉到了地上。然后，她想起了妈妈昨晚的承诺，当她悄悄把手伸到枕头下面，果然摸出了一本红色封皮的书。她太熟悉这本书了，因为它记载的是那些最优秀的人物的经典故事。乔觉得，对于任何一个踏上漫漫征途的朝圣者来说，这都是一本真正的指导手册。她用一声"圣诞快乐"叫醒了美格，示意她也看看枕头下面是什么，一本绿封皮的书立刻出现在眼前，里面的图画是一样的，只是妈妈在上面写了话，这件礼物立刻显得更加珍贵。很快，贝丝和艾美也醒来，她们找到各自的小书—— 一本是灰紫色的，另一本是蓝色的—— 大家于是坐起来边看边谈论着，不知不觉间，东方泛起了一抹红霞，新的一天又要开始了。

玛格丽特虽然有那么一点儿爱慕虚荣，但她天性温婉虔诚，这点也潜移默化地影响了众姐妹，尤其是乔，乔跟她特别亲，对她言听计从，因为她总是轻声细语地提出她的建议。

"姑娘们，"美格严肃地说，看看身边头发蓬乱的这位，又看看房间另一头戴着睡帽的两个小脑袋，"妈妈希望我们去读这些书，爱惜它们，并且重视它们。我们应该马上开始。我们曾经对书中所讲的东西深信不疑，可是自从爸爸走了以后，这场战争弄得我们心神不宁，这让我们忽略了许多事情。你们随便吧，我可是要把我的书放在这张桌子上，每天早上醒来都读上一点儿，因为我知道，这样对我有好处，它会帮我度过这段时光。"说完她打开新书读了起来。乔用胳膊拥着她，和她并肩读起来，不安分的脸上露出少有的平静。

"美格说得真好！来，艾美，咱们也像她俩那样。我会帮你解释生词，不懂的地方就让她俩解释给咱们听好了。"贝丝轻声说。她被漂亮的小书和两个身为榜样的姐姐深深打动了。

"真高兴，我这本是蓝色的。"艾美说。接下来除了书页翻动的声音，房间里一片寂静。冬日的阳光带着圣诞的祝福，悄悄潜入屋内，温柔地爱抚着她们聪慧的小脑瓜和严肃的脸蛋。

"妈妈去哪儿了？"半个小时后，当美格和乔跑下楼，要找妈妈道谢时，美格问道。

"天知道。有个小穷鬼来讨东西，你妈直接就跟过去了，要看看他们需要些啥。从没见过这样的女人，把家里吃的、穿的、喝的、用的都送给别人。"汉娜答道。老汉娜自打美格出生，就一直和她们一家生活在一起，尽管她是个用人，但大家更把她当成朋友。

"我想她很快就会回来，你先煎饼，咱们把东西都准备好。"美格一边说一边把装在篮子里的礼物又看了一遍。礼物藏在沙发下面，准备在适当的时候拿出来。"哎，艾美的古龙香水呢？"发现那个小瓶子不在里面，美格问道。

"她刚把它拿走，去系什么丝带或者诸如此类的小玩意儿。"乔答道。她正在屋子里窜来窜去，为了要把第一次穿的硬军用拖鞋弄软和些。

"我的手帕漂亮极了，对吧？汉娜把它们洗得干干净净，还替我熨过。我亲手在上面绣了字呢。"贝丝说着，骄傲地看着那些绣得不太工整的字母，那可费了她不少工夫。

"哎哟，乖乖！她把'马奇太太'绣成了'马奇妈妈❶'，真逗！"乔拿起一条手帕嚷道。

"这不行吗？我觉得这样更好，因为美格的首写字母也是 M. M.，除了妈妈，我不想让别人用。"贝丝脸上显出一抹不安的神色。

"没错，亲爱的，是个好办法，而且非常有道理，现在就没人会弄错了。我知道，这一定会让妈妈开心极了。"美格说着，冲乔皱皱眉，又给贝丝送去一个微笑。

"妈回来了，把篮子藏起来，快！"当乔听见房门被拉开的响声和大厅里传来的脚步声，立即大叫起来。

艾美急匆匆地走进来，看到姐姐们都在等她，显得有点儿不好意思。

"你去哪儿啦？后面藏的什么？"美格问。她对小懒虫艾美居然穿戴得如此整齐早早就出门去非常诧异。

"别笑我，乔！我并不是故意要瞒着大家的，我去把小瓶的古龙香水换成大瓶的了。我把我所有的钱都花了。我真的不想再那么自私了。"

艾美一边说一边给大家看她用原先的便宜货换回来的大瓶古龙香水。她那么谦虚又满怀热诚，努力地克服着那个小小的"我"。美格为此一把抱住了她，乔宣布她是个"王牌大好人"，而贝丝则跑到窗边摘下一朵最美丽的玫瑰花来装饰这个漂亮的香水瓶。

注释 ❶ 马奇太太：M.MARCH；马奇妈妈：M.MOTHER。

"你们知道，今天早上大家一起看书，都说要做好孩子，我为我的礼物害臊，所以我一起床就出去把它给换掉了。现在我高兴了，因为我的礼物是最棒的啦！"

临街的大门又响了一下，篮子再度藏到沙发下面。姑娘们围坐在桌子边，盼望着享受圣诞早餐。

"圣诞快乐，妈妈！永远快乐！谢谢你送给我们的书。我们读了一些，而且以后每天都会读。"姐妹们一起喊道。

"圣诞快乐，小宝贝儿们！真高兴你们马上就开始读书了，我希望你们能够坚持下去。不过，咱们吃早餐之前，我想说几句话。离这儿不远的地方，躺着一个可怜的女人和一个刚生下来的小宝宝。还有六个小孩儿为了不被冻僵，挤在一张床上，因为他们没有火取暖。那儿还没有吃的，最大的孩子来告诉我他们又冷又饿。姑娘们，你们愿意把早餐送给他们做圣诞礼物吗？"

她们刚才等了差不多一个小时，现在正饿得慌，有那么一会儿大家都没吱声——不过就那么一会儿，就听乔夸张而突兀地说道："我真高兴，早餐还没开始呢！"

"我能帮你把这些东西拿给那些可怜的小孩儿吗？"贝丝热切地问道。

"我会带上奶油和松饼。"艾美接着说，英雄似的放弃了自己最喜欢吃的东西。

美格已动手把荞麦粥盖上，把面包堆放到一个大盘子里。

"我就知道你们会这么做。"马奇太太会心地笑着说，"你们都去帮忙，回来后我们吃点儿牛奶面包，到正餐的时候再补回来。"

大家很快准备妥当，队伍出发了。幸亏时候尚早，她们又从后街穿过，没几个人看到她们，也没人取笑这支奇怪的队伍。

这可真是一个家徒四壁、满目凄凉的穷苦人家。窗户破烂，炉子冰冷，破烂的床单被褥，生病的母亲，啼哭的婴儿，还有一群面色苍白、饥肠辘辘的孩子挤在一床破被下面以求温暖。

当他们看见姑娘们走进来，眼睛瞪得那么大，冻得发紫的嘴唇也立刻咧开笑了起来。

"哎呀，老天爷，善良的天使到咱们家来啦！"那个可怜的女人欢喜得叫起来。

"是裹头巾、戴巴掌手套的滑稽天使。"乔说道，逗得他们都笑起来。

有那么一阵工夫，真让人以为是好心的神灵在显圣呢。带木柴来的汉娜生起了火，又用一些旧帽子和自己的斗篷挡住破烂的玻璃窗。马奇太太一边给产妇端茶递粥，一边答应着以后常来帮忙，这话让那女人很是宽心。说话间，马奇太太还轻柔地给小宝宝穿上衣服，就像这个小东西是她的亲骨肉一样。姑娘们摆好桌子，把孩子们安顿到炉火边，像喂一群饥饿的小鸟一样喂他们。与此同时，她们还不时地说笑，尽力想听明白他们有趣而又蹩脚的英语。

"太好啦！""这些天使好心人！"可怜的小家伙们边吃边把发紫的小手伸到温暖的火炉边暖和着。从来还没什么人把姑娘们叫作天使呢，所以这称呼让她们十分受用，尤其是乔，她可是从出生就被大家当作"桑丘"式的人物。那可真是一顿心情愉快的早餐，尽管她们什么也没吃上。当她们把温暖留给别人，自己却饿着肚子走在回家的路上时，我想整个城里再也找不出四个比她们更幸福的人了。她们心甘情愿地放弃丰盛的早餐，宁愿在圣诞节的早上吃面包喝牛奶。

"这就是所谓的爱人胜于爱己吧，我喜欢。"美格说。当妈妈上楼去给可怜的赫梅尔一家搜罗衣服时，姑娘们把她们的礼物摆了出来。

不是什么华丽的展示，但经过精心包装的小礼物，寄托了一片深情。一只高颈花瓶立在桌子中间，里头插着红玫瑰和白菊花，再配上几缕垂蔓，更添一分雅致。

"她来了！奏乐，贝丝！开门，艾美！为妈妈欢呼二声！"乔蹦跳着大声喊着，美格则上前去把妈妈引到最尊贵的座位上。

贝丝弹起欢快的进行曲，艾美拉开门，美格庄严地护送着妈妈。马奇太太既惊讶又感动，她端详着她的礼物，读着附在上面的小字条，不由得泪眼婆娑地笑了。拖鞋立即穿在了脚上，散发着古龙香水的新手帕被掖进了口袋，玫瑰花别上了胸口，那副别致的手套更被称赞为"绝对合适"。

姑娘们笑着，亲吻着，细说着原委，这种简单而又充满爱意的方式，在那一刻，让家里的节日气氛变得如此温馨，让人久久难以忘怀。然后，大家又投入了工作。

早上的善举和赠礼仪式花了太多的工夫，余下的时间就得完全投入到圣诞晚宴的准备工作了。姑娘们年龄太小，不适合经常上戏院，而经济的窘迫也让家里无力承担业余表演的开支。于是姑娘们充分发挥了她们的才智——需要是发明之母——需要什么，她们便做什么。她们的一些小创造还真是构思巧妙——纸板吉他，用锡纸裹老式牛油瓶儿，绚烂夺目的长袍不过是旧棉布做成的，从腌菜厂弄来的小亮片闪闪发光地镶在上面，还有盔甲，也布满了同样材质的钻石形的小亮片，这些被广泛使用的东西只是腌菜厂做罐头剩下的边角余料而已。大房间就是舞台，姑娘们在台上天真无邪地尽兴表演。

由于不收男士，乔便可以尽情地演绎那些男性角色。她对一双红褐色的长筒皮靴尤为满意。因为靴子是她的一个朋友送的，这位朋友又认识一位女士，女士又认识一位演员。这双靴子、一把旧钝头剑，还有一件开衩背心，上面有几幅艺术家画过的画，这可是乔的主要宝藏，任何场合都得拿出来亮亮。剧团的规模小，两个主要演员必须分别扮演好几个角色才够用。她们得同时演三四个角色，得飞快地穿穿脱脱各式各样的戏服，同时还要兼顾幕后工作，她们的努力的确值得称道。对于记忆力来说，这可真是一种绝妙的训练。同时，这也是一项有益的娱乐，让空闲的时光变得有趣，否则生活不知道会多么无聊寂寞，或者浪掷在百无一用的社交活动上。

圣诞之夜，十几个女孩子挤在床上，那可是"前排的包厢"，她们坐在黄蓝相间的棉布帘前面，兴奋地盼望着好戏开场。灯光朦胧的幕后，是窃窃私语和沙沙的响声，偶尔还传来容易激动的艾美在兴奋之中发出的咯咯笑声。不一会儿铃声大作，帘幕拉开，《歌剧式的悲剧》开演了。

"黑森林"——按照剧本，这一幕是由几株盆栽灌木、铺在地板上的绿色厚毛呢，以及远处的一个洞穴构成的。洞顶用衣服架支撑，衣柜做墙壁，里头还有一个熊熊燃烧着的小炉子，一个老巫婆正弯腰摆弄着炉上的一口黑锅。炉火的光亮营造出良好的舞台效果。尤其是当女巫揭开锅盖，锅里竟袅袅地冒出真的水蒸气，令人叫绝。

第一阵高潮过后，腰间挎着叮当响的宝剑，坏蛋胡果上场了。压低的帽檐下，一抹小黑胡，神秘的外衣下露出一双靴子。舞台上一阵焦躁的踱步声，他猛然一拍额头，放声歌唱，唱他对罗德力戈的恨，对萨拉的爱，以及要杀掉仇敌、赢得萨拉的心愿。胡果粗哑的嗓音和感情爆发时偶然发出的一声大喝让人印象深刻。在他停顿的间歇，大家立刻报以热烈的掌声。他习以为常地躬身谢过，又走到洞穴，大模大样地命海格出来："嗨！奴才！你给我出来！我需要你！"

小淑女
Xiao Shunü

　　美格脸上挂着灰色马鬃出现了，她身穿黑红二色的长袍，手拄拐杖，衣服上画着神秘符号。胡果要的是让萨拉爱上他的魔药和毁掉罗德力戈的毒剂。女巫海格在曼妙的歌声中许诺，两种药他都可以得到，接着，她召唤起那位送"爱剂"的小精灵。

　　　　来吧、来吧，空中的精灵。
　　　　我令你来此听候命令！
　　　　育于玫瑰，食于朝露的精魂，
　　　　可知晓那魅之魔药如何生成？
　　　　把那药儿送于我处，
　　　　以你精灵的速度。
　　　　那就是我想要的芳馥药剂，
　　　　那药儿要甜蜜、速力。
　　　　精灵儿，快对我的歌声做出回应！

　　音乐轻柔地响起，接着洞穴后面现出一个小小的云一样洁白的身影：金色的头发，一身乳白色的衣裳，两只翅膀闪闪发亮，头上戴着玫瑰花环。它挥舞着魔杖开唱：

　　　　我来到这里，
　　　　从我空灵的家园，从那遥远的银色月亮。
　　　　拿去这神奇药剂，
　　　　并用在适当的地方，
　　　　否则魔力速失，没商量！

　　小精灵把一个金闪闪的小瓶子扔到女巫脚下，随之消失。海格再次施魔法唤来另一个精灵，不过它可不是可爱的那种类型，在哇哇大叫的回应中，一个又丑又黑的小鬼头出现了，它把一个黑乎乎的瓶子扔给了胡果，还嘲弄地笑了一声，然后消失得无影无踪。胡果用颤抖的嗓音道过谢，把两瓶魔药掖进靴子里，转身离去。海格这才告诉观众，因为胡果以前曾杀死过她的几个朋友，她已经对他施了魔咒，不会让他的恶行得逞，以此复仇。接着帘幕落下，观众们一边休息吃糖，一边评长论短。

大幕拉开之前，里面传来好一阵叮叮当当的敲击声。不过当舞台布景终于显现在眼前时，没人再去抱怨刚才耽搁的时间，因为布景实在是美轮美奂。

只见一座塔楼耸入屋顶，塔楼半空露出一扇亮着灯光的窗户。白色的帘幕后面萨拉身穿一套漂亮的银蓝色的裙子在等待她的罗德力戈。罗德力戈盛装出场：他头戴羽毛帽，身披红斗篷，额前一绺栗色的刘海儿，怀抱吉他，脚踏长靴。当然，他跪在塔下，柔情万分地吟唱了一首情歌。萨拉立即回应，在一段歌声的交流后，萨拉同意和罗德力戈私奔。

接下来可是这出戏的大场面，罗德力戈拿出一条五个梯级的绳梯，抛上去一头，好让萨拉下来。萨拉羞答答地从窗口爬出来，手放在罗德力戈的肩头，正要优雅地纵身一跃——

"哎呀！哎呀！萨拉！"她忘了她的长裙，长裙裾挂到了窗户上，塔楼摇晃着向前倒了下去，哗啦一声，这对倒霉的小情人立刻被埋在一片废墟当中。

尖叫声响起的时候，那双红褐色皮靴在废墟中使劲儿乱摇，一个金发脑袋探出来叫道："我就说过会这样！我就说过会这样！"还是那位冷酷的父亲唐·佩德罗头脑极为冷静，他冲进去拖出自己的女儿，一把拉向身边。

"别笑！继续演，就当什么都没发生过！"他命令罗德力戈站起来，盛怒而轻蔑地禁止他再出现在他的王国。虽然被倒下的塔楼砸得不轻，罗德力戈仍然十分投入，他拒绝服从老绅士的命令，干脆一动不动。这种大无畏的精神启发了萨拉，她也拒绝了父亲。唐·佩德罗于是命令把两人一起押到城堡最底层的地牢里。一位胖胖的小侍从手持锁链走进来，神色慌张地把他们带走，显然是把该讲的台词给忘了。

第三幕是城堡大厅，海格在这儿现身，她来解救这对恋人并除掉胡果。她一听到胡果的声音便藏了起来，眼见他把魔药倒进两个酒杯，又听他吩咐那位腼腆的小仆人："把酒带给地牢里的囚徒，告诉他们我一会儿就来。"小仆人把胡果带到一边说话的工夫，海格就把两杯药酒换成两杯没有药性的。"宠臣"费迪南多带着酒走了。海格把原来要毒死罗德力戈的那杯酒放了回去。胡果唱完一支冗长的歌后感到口渴，便喝下了那杯酒，顿时神志尽失，好一番挣扎之后，身子一挺，死了。与此同时海格则用热烈而优美的曲调对着挣扎的胡果唱着前因后果，算是让他死个明白。

第四幕上，绝望的罗德力戈要饮剑自杀，因为听人说萨拉不再爱他。他刚刚把剑对准心脏，窗下歌声响起，那歌声说，事实上萨拉正身处险境，如果他愿意，可以把她救出来。接着外面扔进一把钥匙。他立即欣喜若狂地锉断锁链冲出牢门，去营救心爱的姑娘。

第五幕开场，萨拉和唐·佩德罗正大声争吵。唐·佩德罗要她进修道院，她坚决不从，一番恳切的哀求后，她几近晕倒。罗德力戈适时闯入并向她求婚。唐·佩德罗拒绝这桩婚事，因为罗德力戈不够富有。他俩大吵着，还激烈地比比画画，互不相让。罗德力戈正打算抢走筋疲力尽的萨拉时，一个羞怯的小仆人拿着一封信和一个布袋走上来，那是已神秘消失的海格给唐·佩德罗的。这封信告诉大家她把一大笔隐秘的财富赠给这对年轻人，而且如果唐·佩德罗破坏他们的幸福，必遭恶报。接着布袋打开，大把大把的锡币撒落下来，堆在台上闪闪发亮。钱彻底软化了这位"狠心父亲"的心肠，他全无怨言地同意了。众人于是齐声欢唱，一双恋人以极为优雅浪漫的姿态跪下，接受唐·佩德罗的祝福，大幕随之落下。

接下来响起了雷鸣般的掌声，不料却突然中断，原来那座被当作"包厢"的折叠床突然折拢，压制了观众的热情。罗德力戈和唐·佩德罗飞身前来抢救，众人虽然毫发无损，但全都笑得说不出话来。兴奋劲儿还没过去呢，汉娜就出现了，带来了"马奇太太的祝贺"，"并请女士们下楼用餐"。

大家深感意外，连演员也不例外。当她们看到桌子上摆着的东西，竟高兴得面面相觑。妈妈平时也会弄点儿吃的犒劳她们，不过自从告别了富足的日子以来，这样的好东西连听都没听说过。桌子上摆着冰激凌——事实上有两盘，粉色和白色——还有蛋糕、水果和迷人的法式夹心糖，桌子中间还摆着四束美丽的温室鲜花！

这阵势让她们大为惊讶。她们看看饭桌，又看看妈妈。母亲看上去也是格外高兴。

"这是小仙女干的吗?"艾美问。

"是圣诞老人。"贝丝说。

"是妈妈！"美格甜美地笑着，尽管脸上还挂着白胡子白眉毛。

"是马奇姑婆大发善心,给我们送来的。"乔突发奇想地叫道。

"都不对，是老劳伦斯先生送来的。"马奇太太答道。

"劳伦斯男孩儿的爷爷！他怎么会想到我们的呢? 我们和他素不相识啊！"美格嚷道。

"汉娜把你们的早餐派对告诉了他的一个用人，老绅士虽然脾气古怪，但他听说后很高兴。他多年前就认识我父亲，今天下午就给我送了张十分客气的字条，他希望我能允许他向我的姑娘们送上一些微不足道的圣诞礼物，来表达他的心意。我不便拒绝，所以今晚你们可以拥有一桌盛宴来弥补早上的面包牛奶餐喽。"

"一定是那男孩子出的主意，准没错！他真是个棒小伙儿，我真希望和他交朋友。看来他也想认识我们，只是有点儿怕羞，而美格那么一本正经，连路过时也不让我跟他说句话。"这时碟子传过来，冰激凌已开始融化，乔一边说一边吸哈吸哈地吃得津津有味。

"你们说的是住在隔壁那座大房子里的人吗?"一个姑娘问，"我妈认识劳伦斯先生，但说他非常高傲，不喜欢和邻居们走动。他的孙子不跟家庭教师骑马散步的时候，就把他关在家里,逼他用功读书。我们曾经邀请他参加我们的晚会，但他没来。妈妈说他相当不错，虽然他从没跟我们这些姑娘说过话。"

"一次我们家的猫跑出去，还是他送回来的呢。我们隔着篱笆聊了几句，相当投机，谈的都是板球一类的东西，他看到美格走过来，就走开了。我总有一天要认识他，因为他需要开心，我敢说他真的需要。"乔自信地说道。

"我喜欢他的举止，就像个小绅士。如果时机适宜，我不反对你们认识。他今天亲自把鲜花送过来，我本应该请他进来的，但因为不知道你们在楼上干什么，就没让他进来。他走的时候似乎闷闷不乐，他听到你们在玩闹，而显然他自己没什么玩儿的。"

"幸亏没叫他进来，妈!"乔望望自己的靴子笑道，"不过以后我们会演一出他可以看的戏。或许他还可以和我们一起演呢，那岂不更有趣？"

"我从没收到过这么漂亮的花束!真是太漂亮了!"美格兴致盎然地审视着自己那束鲜花。

"这些花儿是漂亮!不过对我来说贝丝的玫瑰花更香。"马奇太太闻闻插在腰带上那几近凋零的花朵说道。

贝丝依偎到她的身旁，轻柔地低语道："我多希望我的花束也可以送给爸爸，恐怕他过不上我们这么开心的圣诞节呢。"

第三章　劳伦斯家的小伙子

"乔！乔！你在哪儿呢？"美格站在阁楼楼梯脚下叫道。

"在这儿！"上面一个嘶哑的声音应道。美格跑上去一看，只见妹妹坐在向阳窗户旁的一张旧三脚沙发上，身上裹着一条羊毛围巾，正一边吃苹果一边抹着眼泪读《莱德克力夫的继承人》呢。这里是乔最钟爱的避难所，她喜欢带上五六个苹果和一本好书在此逍遥，享受这里的宁静以及和爱鼠做伴的滋味。小耗子就住在近处，对她全无顾忌。看到美格走来，这个叫"扒扒"的小东西才飞窜入洞。乔抹掉脸颊上的泪珠，等着听一些新鲜事。

"好玩儿着呢！看！一张标准的晚会请柬！明天晚上！加德纳夫人送来的！"美格一边叫一边扬起那张宝贝字条，以女孩子特有的兴致读起来。

"'加德纳夫人诚邀马奇小姐和约瑟芬小姐参加新年前夜的小舞会'，妈也同意我们参加，只是我们穿什么好呢？"

"问这个有什么意义？你明知道我们除了穿府绸衣裳外，别无选择。"乔嘴里塞得满满的，答道。

"如果我有一件丝绸衣裳就好了！"美格叹息道，"妈说我到十八岁时或许会有，但还要等上两年，简直是遥遥无期。"

"我敢说我们的府绸衣裳看上去跟丝绸一样，我们穿上也挺漂亮的。你的就跟新的一样，我倒忘了我那件给烧坏了，而且还裂了个口子。这可怎么办呢？那块焦痕糟透了，而我也没别的衣服可穿。"

"你就老老实实地待着别动，别让人看到你的后背，从前面看问题不大。我要用一条新丝带扎头发，妈妈会把她的小珍珠发夹借给我，我的新鞋子很漂亮，手套虽然没有我希望的那么漂亮，但也还可以啦。"

"我那副被柠檬汁弄脏了，我又弄不到新的，到时候就不戴了。"乔说。她向来不大注重打扮。

"你必须要戴上手套，否则我没法去。"美格断然说道，"手套比什么都重要，不戴手套就不能跳舞。如果你不戴，我就得羞死。"

"那我就老实待着呗，我才不在乎跟别人跳舞呢。转来转去一点儿意思也没有。我喜欢自由来去，轻松说笑。"

"你不能叫妈妈买新的，手套太贵了，而你总是那么不小心。你弄脏了那些手套的时候，她就说过今年冬天不再给你买了。你能将就一下吗？"

"我可以把手套揉成一团握在手里，这样就没有人知道它们多脏了，我只能这么做了。不！我看这么办吧！——我俩各戴一只好的，拿着一只脏的，你明白吗？"

"你的手比我的手大，会把我的手套撑坏的。"美格说道。手套可是她的心肝宝贝。

"那我就不戴好了，我不在乎别人怎么说！"乔拿起书大声说道。

"你戴吧，戴吧！只是别把它弄脏了，而且一定要言行检点。别把手背在身后，不许直勾勾地看人，不能说'我的天哪'，能行吗?"

"别担心我啦。我会尽量端庄贤淑，不惹麻烦，如果我能做到的话。好了，快走吧，去给人家回个条儿，让我把这个精彩故事看完。"

美格于是去写她的"万分感谢地接受"等话，把衣裳再过一次目，又愉快地唱着歌儿把网眼花边镶好。而乔呢，读完故事，吃掉四个苹果，又和扒扒嬉戏了一番。

新年前夜，客厅里居然没人待了，因为两个姐姐正专注于做着异常重要的事情——"为晚会做准备"，两个妹妹则是着装侍女。梳妆虽然挺简单，还是有很多事让姐妹们跑上跑下，又说又笑。有那么一阵子屋子里弥漫着一股浓烈的烧焦头发的味道。美格想在额前弄出些鬈发，乔便将她的头发用纸片包起来，再用一把烧热的火钳卷起。

"头发应该像这样冒烟吗?"贝丝倚在床上问。

"这是湿气蒸发法。"乔答。

"好难闻的味儿啊！像是烧焦的羽毛。"艾美一边评论一边自豪地摸摸自己美丽的鬈发。

"好了，现在我要把纸片拿开，你们就会看到一簇小鬈发了。"乔说着放下火钳。

她确实拿开了纸片，但却不见那簇小鬈发，因为头发都断在纸片里了。吓坏了的发型师把一段烧焦的发束放在倒霉蛋面前的柜子上。

"哦，哦，哦！你都干了些什么呀？我完蛋了！我去不了了！我的头发，哦，我的头发!"美格绝望地看着额前参差不齐的头发疙瘩，放声大哭。

"我就是个倒霉鬼！你就不该叫我弄。我总是把事情搞砸。真对不起，是火钳太烫，所以我弄得一团糟。"可怜的乔嘟囔着说。望着那团黑色的'烧饼',她歉疚的泪水夺眶而出。

"没那么糟,把头发卷起来,上面扎根丝带,在靠近前额的地方打个结,这样看上去就像是最时髦的发型了。我看到很多女孩儿都这么打扮的。"艾美安慰道。

"这是对臭美的报应。要是我不去动头发就没事了。"美格使着性子哭道。

"我也这样想,它们本来是那么光滑漂亮。不过头发很快就会长出来的。"贝丝边安慰边走过来亲了亲这头剪了毛的小羊。

又经历了一连串小意外后,美格终于装扮好了。经过家人的一致努力,乔也弄好了头发,穿上衣裳。虽然衣饰简单,她们却显得相当好看——美格身穿银灰色斜纹布衣裳,配蓝色天鹅绒发网,蕾丝花边,珍珠发夹;乔一身栗色衣裳,配一件笔挺的男式亚麻布衣领,身上唯一的点缀是两朵白菊花。两人各戴一只精致干净的手套,而把脏的那只攥在手里,众人一致称赞这种效果"既自然又优雅"。美格的高跟儿鞋太紧,脚被夹得生疼,却又不愿承认。乔的十九个齿的发夹似乎要直插入她的脑袋,令她非常不自在,不过,嘿,不优雅,毋宁死!

"祝玩儿得开心,姑娘们!"马奇太太对优雅地走下人行道的两姐妹说,"晚饭不要吃得太多,十一点钟我让汉娜去接你们回家。"大门在她们身后砰地关上。一个声音从窗子里传出来……

"姑娘们,姑娘们!带漂亮的小手帕了吗?"

"带啦,带啦,漂亮着哪,美格的还洒了香水。"乔大声答道,一边走着又笑了一声,"我相信就算我们遇上地震狼狈逃窜,妈也会这样问的。"

"这是妈的贵族气质,而且相当合乎规矩,因为真正的淑女是凭着干净的靴子、手套和手帕看出来的。"美格回答。她本人就颇具这些"高贵味儿"。

"现在，记住不要让别人看到烧坏的那面，乔。我的腰带这样行吗？我的头发看上去是不是很糟？"美格在加德纳夫人的梳妆室对镜理妆，好一会儿才转过身来说道。

"我知道我肯定会忘记些什么。要是你看到我有什么事做得不对，就挤下眼睛提醒我，好吗？"乔说着把衣领一拉，又匆匆理理头发。

"不行，挤眉弄眼可不是淑女的举止。要是你做错事我就抬抬眼眉，做对了就点点头。现在挺直腰，迈小步。如果把你介绍给别人时，不能握起手就晃，那不合规矩。"

"这些规矩你都是打哪儿学来的？我老学不会。听，音乐多轻快！"

姐妹两人略带羞怯地走过去。虽然这只是个非正式的小舞会，对于她们来说却是件盛事，因为她们很少参加这样的活动。加德纳夫人是位神态庄重的老太太，她和蔼可亲地接待了她们，并把她们交给六个女儿中最大的那个，她叫莎莉。美格和莎莉很熟，很快便不再拘束。而乔呢，一向对女孩子和女孩子的闲话不感兴趣，这时她只能很不自在地站在那里，小心翼翼地背靠着墙，那感觉就好像自己是一匹关在花园里的小野马。五六个快活的小伙子在房间的另一头大谈溜冰，她恨不得也走过去参与，因为溜冰是她生活中的一大乐事。她把心愿传给美格请示，可美格的眉毛抬得老高，让她不敢轻举妄动。没人来和她说话，身边的人也渐走渐少，最后只剩下她孤单一个。因为怕露出烧坏了的衣服，她不敢四处走动去自己找乐儿，只能可怜巴巴地站在那里盯着别人看，直到舞会开始。美格立刻被请进了舞池。她步态轻快，笑脸盈盈，没有人会想到她的双脚正被鞋子折磨得生疼。乔看到一个大个子红头发的年轻人向她走来，担心他会来请她跳舞，便赶快溜进一间挂着帘幕的休息室，打算偷偷地看上一会儿，静静欣赏。谁料到另一个羞怯的人看中了同一个避难所：因为当帘幕在身后落下时，乔发现自己正与"劳伦斯家的小伙子"来了个顶头撞。

"噢，我不知道这儿有人！"乔张口结舌，准备转身冲出去。

但男孩了笑了，尽管他看上去也有点儿吃惊，但还是很友好地说："别管我，你喜欢就待着吧。"

"我不会打扰你吗？"

"一点儿也不。我进来是因为有很多人我都不认识，你知道一开始总有点儿陌生。"

"我也一样。请不要走开，除非你真的想这样。"

男孩子又坐下来，低头望着自己的浅口皮鞋。乔用尽量礼貌又轻松的口吻说："我想我曾幸会过阁下。阁下就住在我们附近吧？"

"是隔壁。"他抬起头，还笑出了声，因为当他想起把猫送还她家时他们一起谈论板球的情景，而乔现在却一副一本正经的样子真是相当滑稽。

这一笑也让乔放松了下来，她也笑了。然后她诚挚地说："你送来的美妙的圣诞礼物真的让我们开心极了。"

"是爷爷送的。"

"但这是你出的主意，没错吧？"

"你的猫好吗，马奇小姐？"男孩子试图严肃一点儿，但黑色眼睛里却闪着调皮的光芒。

"很好，谢谢，劳伦斯先生。不过我不是什么马奇小姐，我叫乔。"年轻女士答道。

"我也不是什么劳伦斯先生，我叫劳里。"

"劳里·劳伦斯——这名字真怪！"

"我的名字是西奥多，但我不喜欢，因为那些小子们叫我多拉，所以我让他们改叫劳里。"

"我也不喜欢我的名字——太伤感了！我希望人人都叫我乔，而不叫约瑟芬。你是怎么让那些男孩子不再叫你多拉的？"

"痛打他们。"

"我不能痛打马奇姑婆，所以我只能由着她叫了。"乔失望地叹了一口气。

"喜欢跳舞吗，乔小姐？"劳里问，似乎认为这个称呼挺适合她。

"如果地方足够大，大家也都有兴致，我倒是挺喜欢的。但是这样的场合我肯定会打翻点儿东西，踩到别人的脚指头，或者出一些糟糕透顶的洋相，所以我还是老实待着，让美格悠来荡去好了。你不跳舞吗？"

"有时也跳。你知道我在国外生活了好多年，在这里没几个朋友，还不大熟悉你们的生活方式。"

"国外！"乔叫道，"嘿，给我讲讲吧！我最爱听人家讲自己的旅行见闻啦。"

劳里似乎不知道该从何说起，但见乔热切地提问，很快便打开了话匣子。他给她讲，他在韦威的学校生活，告诉她那里的男孩子从来不戴帽子，而且他们在湖上都有一队小船，还有假期时大家跟老师步行去瑞士的事。

"我多想也到那里！"乔叫道，"你去过巴黎吗？"

"去年冬天，我们在那里过的。"

"你能讲法语吗？"

"在韦威只许讲法语。"

"说几句吧！我会读，但不会说。"

"Quel nom a cette jeune demoiselle en les pantoufles jolis?"劳里友善地说。

"说得真好！让我想想——你是说：'那位穿着漂亮鞋子的年轻女士是谁？'对吗？"

"Oui, mademoiselle. ❶"

"我姐姐玛格丽特，你早就知道的！你说她漂亮吗？"

"漂亮。她让我想起德国女孩儿，她看上去清新娴静，舞姿也很优美。"

听到有男孩子这样夸赞自己的姐姐，乔高兴得脸上放光，忙把这些话记在心中，等着回家转告美格。他们偷偷看着舞池，一边品评一边闲聊，那感觉就像是一对相知已久的老友。劳里很快便不再害羞，乔的男孩子性格让他很开心，也十分放松。乔也找到了自己的快乐，因为她总算忘掉了衣服的尴尬，而且也没有人对她高挑着眼眉了。她更加喜欢"劳伦斯家的小伙子"了，为了把他描述给姐妹们，她不禁多看了他好几眼，因为她们没有兄弟，也没有什么表兄弟，对男孩子几乎一无所知。

"黑色的鬈发，棕色皮肤，黑色的大眼睛，帅气的鼻子，整齐的牙齿，手脚不大，比我稍高一些，温文尔雅，不乏风趣。只是不知他有多大。"

话都到了嘴边，乔又及时收住了，机智地换了一种婉转的口吻。

"我想你很快就要念大学了吧？我看到你在啃书本——不，我是指用功读书。"乔为自己脱口而出的"啃"字一下子羞红了脸。

劳里微笑着并没有在意，而是耸耸肩答道："这一两年内都不会，十七岁之前，我哪里也不去。"

"你才十五岁吗？"乔望着这位高高的小伙子问。她以为他已经十七岁了。

注释 ❶ 法语，即"对，小姐"。

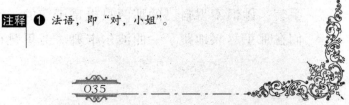

"下个月满十六岁。"

"我是多么想上大学啊！可你似乎不大喜欢。"

"我讨厌读大学，不过是折磨和嬉闹。我也不喜欢这个国家年轻人的生活方式。"

"那你喜欢什么呢？"

"住在意大利，按自己的方式享受生活。"

乔很想问问他自己的方式是什么样的，但他锁起双眉，神情严肃，乔便一边用脚踏着节拍，一边换了个话题："这支波尔卡舞曲棒极了！你为什么不去跳？"

"如果你也一起来的话。"他说道，并颇有教养地轻轻一躬身子。

"我不能，因为我跟美格说过我不跳，因为……"乔欲言又止，思量着是说出来呢还是一笑了之。

"因为，什么？"

"你不会说出去吧？"

"绝不！"

"好吧，我有个在炉火边待着的坏习惯，所以我烧坏了我的这件衣服，虽然看起来它补得够好了，可是还是能看出来。所以，美格叫我别乱动，这样就没人能看到。你要笑就笑吧。我知道这很好笑。"

但劳里没有笑，他只是低头沉思了一会儿，便带着令乔不解的神情轻声说："不要紧，我有一个解决的办法：那外边有一个长长的走廊，我们可以尽兴起舞，没有人会看见我们。请来吧。"

乔谢过他，高兴地走过去。看到舞伴儿戴着精致的乳白色手套，她恨不得自己的那两只也是干净的。走廊空无一人，他们在那里尽兴地跳了一曲波尔卡舞。劳里跳得很好，他还教乔跳活泼轻快的德国舞步，乔十分喜欢。音乐停下后，他们坐在楼梯上喘口气。劳里跟乔谈着海德堡的学生庆祝会时，美格过来找妹妹。她招招手，乔不大情愿地跟着她走进一个侧间，却看到她坐在沙发上，手托着脚，脸色苍白。

"我扭伤了脚踝。那只讨厌的高跟鞋一歪，把我狠狠地扭了一下。真疼啊，我都要站不稳了，可怎么回家呀。"她一边说一边疼得直晃。

"我就知道那双笨鞋会弄伤你的脚。我很难过，但我想不出什么法子，除非去叫一辆马车，或者在这儿过夜。"乔答道，边说边轻轻揉着美格那受伤的脚踝。

"叫一辆马车要花不少钱，我敢说，根本叫不到，大多数人都是坐自己的马车来的。这儿离马厩有好长一段路，也找不着人去叫的。"

"我去。"

"千万别去！都过九点了，外面黑黢黢一片。我不能待在这里，因为屋里满是人。莎莉有几个女孩子陪着。我在这里休息到汉娜来，到时候再尽我所能吧。"

"我去叫劳里，他会去的。"乔说。想到这个主意，她松了一口气。

"求你了，不要去！不要让人知道。把我的橡胶套鞋给我，把这双鞋子放到我们的包里。我不能再跳了。晚餐一结束就看汉娜来了没有，她一到马上告诉我。"

"他们现在出去吃饭了。我陪着你，我宁愿这样。"

"不，亲爱的，快到那边给我弄点儿咖啡。我累得要命，都动不了了！"

于是美格遮好她的橡胶套鞋，而乔则朝饭厅跑去，但她还是走错了好几个地方。她先是闯入放瓷器的小房间，再推开一扇房门后，发现那是加德纳先生独自小憩的私房，最后总算找到了。她冲到桌边好不容易倒好咖啡，匆忙中又把它弄洒了，把衣服的前胸弄得跟后背一样糟糕。

"噢，天哪，我真是个冒失鬼！"乔叫道，忙用美格的手套擦拭，却又弄脏了手套。

"我可以帮忙吗？"一个友善的声音问道，原来是劳里。他一手拿着装得满满的杯子，一手拿着放有冰块的小盘子。

"我正想弄点儿咖啡给美格，她累坏了。不知谁碰了我一下，便成了这副狼狈相。"乔说着沮丧地看看弄脏了的裙子，又看看变成咖啡色的手套。

"真是太糟糕了！不过我手里的东西正要给人送去，可以拿给你姐姐吗？"

"噢，谢谢你！我带你去。东西还是你拿着吧，我拿着准会闯祸的。"

乔说完在前面引路，而劳里似乎很会招待女士，他先拉过一张小桌子，还二次为乔取来咖啡和冰块，十分殷勤周到，连一向挑剔的美格也禁不住称他为"不错的小伙子"。大家开心地吃着各式糖果。汉娜进来的时候，他们正在跟两三个刚进来的年轻人安安静静地玩儿一种"嗡嗡"游戏。美格一时忘了脚疼，猛站起身，疼得大叫了一声，并立刻抓住了乔。

"嘘！什么也别说。"她悄悄地说，接着放大嗓门，"没有什么，我的脚稍微扭了一下，小事情。"说完她一瘸一拐地走上楼收拾东西。

汉娜责骂，美格哭泣，乔不知所措，最后终于决定亲自收拾残局。她一溜烟儿跑下楼，找到一个用人，问他是否能帮她叫辆马车。偏巧这个用人是新雇来的侍者，对周围情况一无所知。乔正在东张西望找人帮忙，劳里听到她叫车，便走过来，请她用他爷爷的马车，它恰好刚来接他回家。

"时间还早呢！你不会这么快就走了吧？"乔问，她松了一口气，但又犹豫是否该接受这个好意。

"我总是走得早——真的，不骗你！请让我送你们回家，反正是顺路，你知道。而且，他们说还下着雨呢。"

事情就这样定下来了。乔把美格的灾难告诉他，感激不尽地接受了他的好意，又跑上去把美格和汉娜带下来。汉娜跟猫一样痛恨下雨，所以顺顺当当上了车。她们乘着豪华的封闭式四轮马车回到家，觉得极为高雅，内心十分得意。劳里坐到车夫座位上，腾出位置让美格把脚架起来，姐妹俩毫无顾忌地谈论刚才的晚会。

"我玩儿得开心极了。你呢？"乔问，把头发弄乱，使自己舒服一些。

"开心，直到把脚扭伤。莎莉的朋友安妮·莫法特喜欢上我了，请我随莎莉到她家住一个星期。莎莉准备在春天歌剧团来的时候去，如果妈妈让我去就太美了。"美格答道。想到这里她愉快起来。

"我看到你跟我躲开的那个红头发小伙子跳舞。他人好吗？"

"噢，非常好！他的头发是红褐色的，不是红色，而他礼貌极了。我还和他跳了一个漂亮的瑞多瓦呢。"

"他学跳新舞步时像个抽搐的蚂蚱。我和劳里都忍不住笑起来，你听到了吗？"

"没有，但这样非常无礼。你们一晚上藏在那里头干什么？"

乔把自己的冒险经历告诉她，讲完时恰好到家了。她们谢过劳里，又道了晚安，悄悄溜进门去，不想惊动任何人。但随着门吱嘎一声，两个戴着睡帽的小脑袋突然冒出来，两个困乏但热切的声音喊道——

"讲讲舞会！讲讲舞会！"

尽管美格认为这样"极无教养"，乔还是为两个妹妹带了几块夹心糖。她们听了晚会最刺激的情节后，很快便安静下来。

"我敢说，晚会后有马车送回家，穿着睡衣坐在家里有女仆侍候，上流社会的年轻女士也不过如此。"美格边说边让乔在她脚上敷上山金车酊，并给她梳头发。

"虽然我们烧焦了头发，衣裳破旧，手套也不成双，紧鞋子又扭伤了脚踝，但我敢说我们比上流社会的年轻女士玩儿得开心多了。"我想乔说得对极了。

第四章　重　担

　　"唉，老天！又得背上包袱继续前进，可真是不容易！"舞会后的第二天早晨，美格叹息着说。假期结束了，尽情玩乐了一个星期的美格很难适应这份压根儿就不喜欢的工作。

　　"我多想每天都过圣诞节或者新年，那该多好玩儿。"乔沮丧地打着呵欠。

　　"那我们就不会有现在这么高兴了。不过如果能有那么几次小小的宴会与鲜花，能去参加舞会，坐着马车回家，看书，休息，不用工作，这样的日子会有多美啊。就像那些人那样，你知道，我就是羡慕能那样生活的姑娘们，我是多么喜欢那种锦衣华服的生活啊！"美格说。她正在比较两条破旧不堪的长裙，看看哪条旧的程度能差一点儿。

　　"好啦，我们没这个福气，所以就别抱怨了，还是扛起我们的包袱，像妈那样乐观地前进吧。我敢说，马奇姑婆就是人说的'掉进海里的老太太'，一个十足的大包袱，不过我想只要我学会忍耐，不去埋怨，她就会被丢到脑后，或者变得微不足道。"这主意让乔觉得挺好玩儿，心情也好起来。但美格却不是很高兴，因为她的包袱——四个宠坏了的孩子——比以往更沉重了。她甚至没有心情好好装扮自己一下，像往常一样梳个头，并在领口打上蓝丝带，也没有心绪对镜理妆。

"打扮漂亮有什么用，除了那几个小捣蛋，没人有工夫看我，谁在乎我漂不漂亮？"她咕哝道，猛地关上抽屉，"我这辈子就会这样忙忙碌碌，偶尔获得一些小乐趣，渐渐变得又老又丑，尖酸刻薄。就因为我穷，不能像其他女孩儿那样享受生活。这是个耻辱！"

美格带着一脸受伤的表情走开，吃早餐时笑容不展。大家都有点儿不对劲儿，好像都要哇哇大叫一番才好。

贝丝头痛，躺在沙发上，试着从大猫和三只小猫那儿寻找点儿安慰；艾美烦着呢，因为她弄不明白她的功课了，而且还找不到她的橡皮擦；乔打算打上一声口哨，随时准备大吵一架。

马奇太太正赶着写一封急信，汉娜因为不喜欢大家晚起，不停地抱怨。

"咱们家从来没这么烦躁过！"乔喊道。她打翻了墨水，又弄断了两根靴带，然后一屁股坐在自己的帽子上，她终于发作了。

"你是最烦躁的一个！"艾美反击道，掉在写字板上的眼泪恰好用来擦掉算错的题目。

"贝丝，如果你不把这些讨厌的猫放到地窖里去，我就把它们淹死。"美格一面生气地尖叫着，一面试图摆脱背上那只小猫。这小家伙像根芒刺一样，坚定地趴在美格够不着的地方。

乔大笑着，美格咒骂着，贝丝哀求着，艾美因为想不起九乘十二等于多少而号啕大哭。

"姑娘们，姑娘们，安静一会儿吧！我必须赶在第一班邮车把信寄出，你们却乱哄哄地使我分神。"马奇太太一边叫道，一边画掉信中第三个写错了的句子。

众人总算安静了一会儿，可这片刻的安宁却被大步走进来的汉娜给打破了。她把两个热气腾腾的酥饼放在桌子上，又大步走出去。这两个酥饼是家里的惯例，姑娘们叫它"暖手套"，因为她们没有别的，只有热乎乎的酥饼可以让她们在寒冷的早上备感舒适。

汉娜无论多么忙，多么牢骚满腹，也不会忘记做上两个，因为天寒路远，两个可怜的姑娘常要在下午两点以后才能回到家里，酥饼就是她们的午饭。

"抱上你的猫，战胜你的头痛，贝丝。再见，妈妈。我们今早真是一群小捣蛋，不过我们回来还会变成平日的天使。走吧，美格！"乔迈开步伐，觉得她们的朝圣之路从一开始就没有走好。

转过拐角之前她们总要回头望望，因为母亲总是倚在窗前冲她俩点头微笑，还挥手道别。要是没有那一幕，她们这一天都难以踏实度过，因为无论她们心情如何，她们最后一瞥所看到的母亲的脸庞犹如照射心灵的阳光，深深地感染着她们。

"即便妈不是跟咱俩吻别，而是挥拳头，也是咱们罪有应得。我们真是天底下最不知道感恩图报的小混账。"乔在冷风瑟瑟的雪路上高声忏悔。

"别说得这么难听。"美格说。她用头巾把自己裹得严严实实，看上去就像一个厌世的修女。

"我喜欢感情强烈还有意义的字眼。"乔答道，用手抓着几乎被风吹落的帽子。

"你怎么说自己我不管，我可不是坏蛋，也不是混账，也不愿意人家这么叫我。"

"今天你伤心透顶，怒气冲冲，就是因为你不能整天置身于花团锦簇之中。小可怜，等着吧，等我赚到钱，你就能享受马车、冰点、高跟儿鞋、花束，还可以和红发小伙子一起跳舞了。"

"乔，你简直是胡言乱语！"美格不由得被乔的胡说八道逗笑了，心情也不由自主地好了起来。

"有我在，你就幸福吧！要是我也像你一样垂头丧气哭丧着脸，我们可有的好看。谢天谢地，我总能找到一些开心事让自己斗志昂扬。别再满腹牢骚了，可得高高兴兴地回家，那才是好姑娘。"

那天分手时，乔鼓励地拍拍姐姐的肩膀，然后两人分头而去，每个人都怀揣着自己暖烘烘的小酥饼，尽管寒风刺骨、工作辛劳，尽管年轻、热爱幸福的心没有得到满足，但每个人都努力让心情愉快起来，

当马奇先生为帮助一位不幸的朋友而失去财产时，他的大女儿和二女儿请求让她们出去干点儿活儿，这样她们至少可以负担自己的生活。考虑到她们也应该积蓄能量，勤勉自立，父母便同意了。姐妹俩带着美好的心愿投入工作，并且坚信尽管困难重重，最后一定会取得成功。

玛格丽特找到了一份幼儿家教工作，微薄的薪水却让她备感丰厚。正如她自己所说，她"向往奢华"，主要烦恼便是贫穷。由于她还记得过去家里那些轻松快乐、无忧无虑的好时光，她比其他姐妹更难接受现实。她也努力想要知足，不忌妒别人，然而对于一个渴望漂亮、渴望交朋友、渴望备受瞩目和快乐生活的年轻姑娘来说，这些情绪的出现极其自然。在金家，她每天都能看到所有她想要的东西，因为孩子们的几个姐姐刚刚开始参加社交活动。美格不时看到精致的舞会礼服和漂亮的花束，听到她们关于戏剧、音乐会、雪橇比赛等各种娱乐活动的闲谈，看到她们把钱毫不吝惜地花费在各种她喜爱得不得了的精巧物件上。可怜的美格虽然极少抱怨，但一股不平之气却让她有时对每个人都尖酸刻薄。因为她还没有认识到，拥有爱才是快乐生活的所在，她是那么的富有，因为她身在其中。

乔刚好被马奇姑婆看中了。马奇姑婆跛了腿，需要找一个

勤快的人来照顾。这位膝下没有子嗣的老夫人曾在他们家困难的时候，向马奇夫妇提出要一个姑娘做养女的要求，不想却被婉言拒绝了，这可大大地冲撞了老夫人。一些朋友告诉马奇夫妇说，他们错失了被列入这位阔太太遗嘱继承人的机会，但视金钱如粪土的马奇夫妇只是说——

"我们不能为钱财而放弃女儿。不论贫富，我们都要在一起，相互拥有才是幸福。"

老太太有一段时间都不愿跟他们说话，直到很偶然地在一位朋友家里遇到了乔。乔表情滑稽，举止直率，很合老太太的脾性，她便提出让乔跟她做个伴。乔并不乐意，但她找不到更好的差事，便应承下来。出人意料的是，她跟这位性情暴躁的亲戚相处得十分融洽。不过偶尔也会遇到狂风骤雨，有次乔便气得跑回了家，宣布自己忍无可忍。但马奇姑婆总是很快收拾了残局，派人捎来各种十万火急，并且难以拒绝的理由，请她回去。其实，从她的本心来看，她也觉得和这位火辣辣的老太太很是投缘。

我猜想真正吸引乔的还是那个装满了漂亮图书的大藏书室，这个房间自马奇叔公去世后便留给了灰尘和蛛网。乔还记得那位和蔼的老绅士常常让她用大字典堆起铁道桥梁，给她讲拉丁语书中那些带着古怪插图的故事，每次在街上碰到她都会给她买姜饼吃。藏书室光线暗淡，灰尘满布，高高的书架上竖立着几个半身人像，几把舒适的椅子，一些精致的地球仪，但最妙的是，书籍凌乱地堆放着，乔可以毫无顾忌地随处走动翻阅，这一切使藏书室成了乔的乐园。

一等到马奇姑婆打盹儿或忙着招待朋友的时候，乔就会立刻跑到这个安静的所在，蜷曲在一把舒适的椅子上，像个十足的书虫一样，沉迷于诗歌、浪漫故事、游记、画册等之中。不过这种令人陶醉的享受总是不能长久，每当她就要触碰到故事最关键的时刻，吟诵到最甜美的瞬间，或者读到游记最惊险的片段，必定会传来一声尖叫："约瑟——芬！约瑟——芬！"这时她便不得不离开自己的天堂，出去绕纱线，给卷毛狗洗澡，或者朗读波尔沙的《随笔》，忙个不停。

乔的野心是做一番恢宏的大事业，但这番事业具体是什么，乔心里也没数，只能留给时间来告诉她答案了。同时，她也发现自己最大的痛苦是不能尽兴读书、奔跑和骑马。她的急性子、刀子嘴和不受拘束的灵魂，总是让她陷入窘境。她的生活就是这样，一波三折，悲喜交加。不过在马奇姑婆家接受的锻炼正是她所需要的，可以做事情来养活自己的想法让她满心欢喜，如此看来，老太太没完没了的"约瑟——芬"也变得微不足道了。

贝丝因性格太羞怯而没有上学，家里也试过送她去课堂读书，但她为此备受煎熬，终于让家人不忍，干脆就留在家里跟着父亲学习功课好了。即使爸爸不在家，妈妈去"士兵援助社"服务，贝丝仍然尽着自己最大的努力学习着。她是个居家型的小姑娘，会帮助汉娜把家里收拾得整洁又温馨，从不要求酬劳，只要被爱就心满意足。她悄然度过漫漫长日，既不孤独也不懒散，在她小小的世界里有好多想象中的朋友，而她天生就是一只勤劳的小蜜蜂。贝丝仍然是个孩子，喜欢她的玩具们，每天早上，她都有六个娃娃要挨个拥抱，逐个穿上衣服。这些娃娃已经没有一个是完整或者漂亮的了，它们都是弃儿，个个残缺不全，都是两个姐姐大了不能玩儿了才给她的，因为这些又旧又丑的东西艾美根本不稀罕。而这恰是贝丝对它们呵护有加的原因，她还专为这些"体弱"的娃娃设了间医院。她从没用大头针扎进过它们的棉花身体，从没对它们施与任何的责骂和拍打，从不忽略冷落或者是厌恶任何一个娃娃，它们得到的是她从未减弱的爱所伴随下的喂食、穿衣和无微不至的照顾。有一个残缺不堪的"宝宝"原是乔的旧物，经过暴风骤雨的生活洗礼后，被扔进一个破袋子里头，贝丝把它从凄凉的贫民窟里解救出来，带进了她的避难所。它的脑袋已经秃了，贝丝就给它戴上一顶雅致的小帽，胳膊腿都没有了，她就把它裹在毯子里，把缺陷掩盖起来，并把最好的床让给这位长期病员。如果有人知道她是如何细致入微地照料这个玩具娃娃，我想在大笑之余，也一定会深受感动。她给它送花、读书，把它裹在她的大衣里，带它出去呼吸新鲜空气，给它唱摇篮曲，睡觉前总要吻吻那张小脏脸，并柔声细语："祝你晚安，可怜的宝贝。"

贝丝像她的姐妹一样也有自己的烦恼，她并非什么天使，只是一个普普通通的小女孩儿。用乔的话来说，她常常会"抹点儿小眼泪"，因为不能去上音乐课，也没有一架好钢琴。她是那么热爱音乐，如此用功地学习着，并且极富耐心地在那架叮当作响的钢琴上练习着，似乎真该有人（并非暗指马奇姑婆）来帮她一把。然而没有人帮她，也没有人看到她悄悄抹掉那些落在早已音调不准的黄色琴键上的眼泪。她像只小云雀般吟唱着她的工作，为妈妈和姐妹们不知疲倦地这样歌唱着，她日复一日充满希望地对自己说："我知道只要我乖，早晚我会实现我的音乐梦想。"

世界上有许许多多个贝丝，腼腆安静，默默安于一角，需要时才挺身而出，快乐地生活着。人们只看到她们脸上的笑容，却没有意识到她们所作出的牺牲，直到炉边的小蟋蟀停止了吟唱，甜美的阳光消失无踪，空留下一片沉寂和阴影。

如果有人问艾美生活中最大的苦恼是什么，她会立即回答："我的鼻子。"当她还是个小宝宝的时候，乔一次不小心把她摔落在煤斗里头。艾美认定那次意外永远毁掉了她的鼻子。她的鼻子并没有像"彼得利亚"❶那样又大又红，只是有点儿扁。无论怎样捏怎样夹也弄不出个贵族式的鼻尖儿，除了她自己外，并没有人在意，她的鼻子也在竭尽全力地生长着，只是艾美太想要一个希腊式的鼻子了，于是，她便常画上满纸高挺的鼻子来安慰自己。

"小拉斐尔"正如她的姐姐们所称，无疑极有绘画天分。

她最大的幸福莫过于描摹鲜花、设计仙女，或者用画着古怪图像的插图来讲故事。她的老师抱怨说，她的写字板不是用来做算术，而是画满了动物，地图册上的空白处被她摹满了地图，她的书本一不小心就会掉出一些滑稽的图画来。她的功课不错，而且竭力端正举止以成为楷模。她的好性子和常怀快乐的心态，让她不费吹灰之力就可以取悦别人，因此她很受伙伴们的喜爱。她的风度和优雅与她的成绩一样备受推崇，因为她除了会画画，还会弹十二首曲子，会编织，会读法文，并且读错的字不超过三分之二。在她哀怨地说"在我父亲富有的时候，我们如何如何"这句话时，悲哀婉转，令人感动，她拖长了的发音被姑娘们视为"绝顶优雅"。

艾美一直享受着宠爱，因为每个人的呵护，她小小的虚荣和私心，合理地滋长起来。然而有一件事却相当地打击她：她不得不穿表姐的衣服。由于表姐弗洛伦斯的妈妈毫无品位，艾美深受其累，帽子该配蓝色的却配了红色，衣服与她很不协调，而围裙又过分讲究。其实这些衣物全都不错，做工精细，磨损极少，但艾美挑剔的艺术眼光却饱受折磨，尤其是这个冬天，她穿的暗紫色校服布满黄点儿还没有饰边。

"我唯一的安慰，"她眼含热泪对美格说，"无论我怎么淘

注释 ❶ 意大利文艺复兴时期的画家，长了一个又大又红的鼻子。

气，妈都不会像玛莉亚·帕克的妈妈那样，把我的裙子卷到膝头上。天哪，那真是太可怕了。有时玛莉亚的长裙子被卷到了膝盖上面，不能来上学。我一想到这种羞辱，就觉得我的扁鼻梁和那件缀着黄火箭头儿的袍子没什么大不了的。"

美格是艾美的知己和监护者。也许是个性不同的吸引吧，乔和温柔的贝丝又是一对。腼腆的贝丝只会跟乔倾诉心事，而贝丝对她那个大个头冒失鬼姐姐的潜移默化的影响，竟在家中发挥了举足轻重的作用。两个姐姐十分要好，但都以各自的方式照管着一个妹妹——她们称之为"扮妈妈"——并出于一种女孩子的母性对两个妹妹呵护有加。

"就没人讲点儿什么吗？今天可真是闷透了，我想听点儿好玩儿的。"那天晚上她们坐在一起做针线活儿，美格这样问。

"今天我和姑婆之间倒是有个不寻常的段子，我可是占尽了上风，所以讲给你们听听。"极爱讲故事的乔开了腔。

"我像往常一样用既单调又沉闷的声调读那本永远读不完的'波尔沙'，因为这样姑婆很快就会被我打发进梦乡，我就可以趁机拿出一本好书，在她醒来之前好好地看个够。只是我自己也真的觉得困了，她还没开始打盹儿呢，我就打了个大哈欠，而她就问我干吗把嘴巴张那么大，看起来就像要把整本书吃掉。

"'真能这样倒是不错，正好给这本书作个了结。'我说，尽量不显得太无礼。

"然后她立刻对我的罪恶口诛笔伐，并叫我在她'迷失自我'的那一阵工夫静坐思过。她可绝不会那么快'找到自我'。等到她头上的帽子像朵头重脚轻的大丽花一样摇摇摆摆的那一刻，我立马从口袋里抽出《威克菲尔德牧师传》读起来，一边看书，一边看着姑婆。读到书中人物全都跌进水里的那段时，我一时忘情，竟然大笑起来。好在姑婆小睡之后，心情不错，让我也给她读上那么一点儿，让她也看看，那书怎么就能比她那本富有教育意义的宝书'波尔沙'更让我喜欢。我很卖力地读，她喜欢这书，不过嘴上却说：'我不明白它究竟要说什么。从头再读一次，孩子。'

"我就又翻回去，声情并茂地竭力让普利罗斯家听起来更有趣。一旦读到紧张的地方，我还故意停下来，假装老实地说：'我真的很怕您会烦呢，夫人，我要不要就读到这儿呢？'

"她捡起听得出神时掉落的编织活儿，透过眼镜片狠狠地瞪了我一眼，用她一贯简短的方式说：'把这章读完，不得无礼，小姐。'"

"她承认喜欢这本书吗？"美格问。

"噢，想什么呢？根本不可能！不过她总算让老波尔沙休息了。今天下午我跑回去拿手套时，看到她正聚精会神地看那本牧师传，我为此高兴得在大厅里跳快步舞，还笑出了声，而她居然浑然不晓。要是她愿意，她可以过得多快活啊！尽管她有钱，我并不怎么羡慕她。我想，在烦恼面前，富人和穷人是一样的。"乔添了一句说。

"你这话可提醒了我，"美格说，"我也有件事要说，可没有乔的故事有趣儿，但在回家的路上，我想了很多。今天，在金家，我看到他们乱作一团，一个孩子说她的一个哥哥做了件可怕的事，她的爸爸已经打发他远走高飞了。我听见金太太在号啕大哭，金先生在破口大骂。格瑞斯和艾伦看到我走过去都把头转向一边，就是不想让我看到她们哭红的眼睛。当然我什么也没有问，但我很替他们难过，同时也暗自庆幸自己没有这样可恶的兄弟，让家人蒙羞。"

"我觉得在学校丢人，要比坏小子的所作所为更让人难堪。"艾美摇着脑袋说，好像她对此有更为深刻的体验，"苏茜·巴金斯今天戴着一枚精致的红玉戒指上学，我太想要一个了，恨不得自己变成苏茜。嘿，她给戴维斯先生画了一幅漫画，超级大鼻子，驼背，嘴里还吐出一串话：'年轻的女士们，我盯着你们呢！'我们正笑的时候，他的眼睛突然就看了过来。他命令苏茜把写字板拿上去。她吓得浑身瘫软，但还是走上去。噢，你们猜他做了什么？他揪着她的耳朵——耳朵！想想那有多恐怖！——让她站在讲台上，站上半个小时，手里还要拿着那块写字板，让所有人都看到。"

"姑娘们看见那幅画就不笑吗？"乔问。她倒是很喜欢这样的场面。

"笑？谁敢！她们一个个安静得像小老鼠，而苏茜在那儿痛哭流涕。我明白她的感受，我不再羡慕她了。打那以后，我明白，如果要像苏茜那样，就算是有成千上万个红玉戒指也不能让我更幸福。我是绝对绝对受不了那样的奇耻大辱的。"艾美说完，继续做她的针线活儿，并且很为自己的品行，以及非常成功地一口气说出两串长长的词组自鸣得意。

"我今早看到一件我喜欢的事情，本来晚餐时要说的，却给忘了。"贝丝一边说一边收拾被乔弄得乱七八糟的篮子，"我去帮汉娜买鲜蚝的时候，劳伦斯先生也在那个鱼店里，不过他没看到我，因为我站在一个水桶后面，他又忙着跟鱼店老板卡特先生说话。一个穷女人拿着桶和刷子走进来，问卡特先生能不能让她干些洗刮鱼鳞的活儿，因为她的孩子们都饿着肚子，她自己又没揽到活儿。卡特先生正忙着，毫不客气地就说了'不'。这个又饥饿又难过的女人正要走开，劳伦斯先生用自己的手杖弯柄钩起一条大鱼递到她面前。她简直是又惊又喜，她就那样把鱼抱在怀里，不断地向他道着谢。他叫她'回家烧鱼去吧'，她才高高兴兴地奔回家去了。劳伦斯先生真是个好心人！噢，她当时的模样可真是滑稽，抱着又大又滑的鱼，嘴里还不停地祝愿劳伦斯先生在天堂的大床'虚虚（舒舒）服服'。"

大家听到贝丝的故事大笑了一阵，又请母亲也讲上一个。母亲想了一下，神情严肃地说："今天我在工作间里裁剪蓝色天鹅绒大衣时，很为你们的父亲担忧，万一他要是有个三长两短，我们会多么孤单和无助。这么想并不明智，但我还是想个不停，直到一位老先生走进来交给我一张衣服的订单。他就在我旁边坐下，他看起来很穷、很疲惫，也很忧虑，我就和他聊起来。"

"'你有儿子在军队里吗？'我问。他带来的订单不是给我的。

"'有，夫人。有四个呢，但死了两个，还有一个在监狱，我现在去看另一个。他住在华盛顿医院，病得很厉害。'他平静地说。

"'你为国家做出了巨大贡献，先生。'我说，这时我对他不再感到怜悯，而是肃然起敬。

"'理应如此，夫人。如果用得上我的话，我也会去的。既然用不上，我就献上我的孩子，无偿地献上。'

"他说话的时候是那么愉快，神情是那么恳切，看起来就好像奉献自己的一切是很高兴的事情，我不禁为自己感到羞愧。我献出一个人便思前想后，他献出了四个却毫无怨言。我在家里有四个好女儿来安慰我，他唯一能见到的儿子却远在数英里之外，可能等着跟他道永别。想到上帝赐给我的恩典，我觉得自己已经很富足，也很幸福。我于是给他打了个漂亮的包裹，给他一些钱，并由衷地感谢他给我上了一课。"

"再讲一个，妈妈——讲个有哲理的，就像这个一样。如果故事是真的，又不是在讲大道理，我喜欢听完后再回味一遍。"乔沉默了一会儿后说。

马奇太太笑笑，马上又讲开了。她给这班小听众讲了多年故事，知道怎样迎合她们。

"从前，有四个姑娘，她们衣食不愁，安逸舒适，有好心的朋友和深爱着她们的父母，然而她们并不满足。"（这时听众们狡黠地互相交换个眼色，又继续飞针走线。）

"这些姑娘们都非常想做好孩子，还制订了很多好的计划，但总是不能坚持到底。她们老说：'如果我们有这些东西就好了'，或者'如果我们能够这样多好'，完全忘记了自己已经拥有的东西和她们理应做的事。于是她们问一位老妇人有什么魔法可以让她们幸福。老妇人说：'当你们感到不满足时，想想自己所拥有的东西，并为此而感恩。'"（这时乔马上抬起头来，似乎有话要说，但想到故事尚未结束，便把话咽了回去。）

"姑娘们是聪明人，决定采纳这个建议，不久便惊奇地发现她们是多么富有。一个姑娘发现，金钱并不能让有钱人也免受羞辱和痛苦；另一个发现虽然自己没有钱，但拥有青春活力和健康的身体，远比愁眉苦脸、年老体弱、不会享受生活乐趣的人幸福多了；第三个发现帮忙做饭虽然让人厌烦，但比起向别人乞讨的滋味要好多了；第四个发现好品行比红玉戒指更加珍贵。于是她们不再牢骚满腹，而是尽情享受已经拥有的一切，并力图报答上帝的恩赐，唯恐失去而不能更多地享受它们。我相信她们没有后悔接受了老妇人的建议。"

"呀，妈，你好狡猾，用我们自己的故事来对付我们，不讲浪漫故事不说，却跟我们讲起大道理来了！"美格嚷道。

"我喜欢这种大道理，爸爸以前也经常这样讲的。"贝丝沉思着说道，把针插入乔的针垫里。

"我的怨言没有别人那么多，但从今天开始也要更加小心，否则，苏茜的下场就是个样子。"艾美颇有哲理地说。

　　"我们正需要这样的启示，而且将永不忘记。如果我们忘了，你就学《汤姆叔叔的小屋》里的克洛艾那样，冲我们说：'想想上天的恩典吧，孩子们！想想上天的恩典吧！'"乔虽然也像其他姐妹一样把它记在心中，但还是情不自禁地从这个小布道中发掘出一点儿乐趣。

第五章 比邻而居

"你到底要去干吗，乔？"美格问道。这是一个雪花纷飞的午后，她看到妹妹头戴雪帽，脚踏胶靴，披着个旧布袋，一手拿着扫帚，一手提着铁锹，大踏步走过大厅。

"出去活动活动。"乔答，眼睛调皮地一闪一闪。

"一早上散两次步，还不够啊？外面又阴又冷，我说你还是像我一样，待在火边暖和暖和算了。"美格说着打了个冷战。

"不听不听！我不能一整天都安静地待着，我又不是小猫，才不喜欢在火炉边打盹儿呢，我喜欢探险，这就去！"

美格走回去暖脚，读她的《艾凡赫》，乔则开始卖力地扫雪开路。积雪不厚，她很快便用扫帚绕着花园扫出一条小道。这样，太阳出来时，贝丝就能在这里散步，把病娃娃抱出来呼吸新鲜空气。马奇家和劳伦斯家只有一园之隔。两座屋子地处市郊，十足的乡村风味，四围是草地、小树林、大花园，还有静静的街道。一道低矮的树篱把两户人家分隔开来。树篱的一面是破旧的棕色房子，显得颓败荒芜，夏天盖在墙上的藤叶和绕屋的鲜花早已凋零。而另一面是一栋很气派的石砌门庭，里面有宽大的马厩和花房，地面清扫得干干净净，透过华丽的窗帘，隐约可以看到房间里考究的布置，一望便知里头的主人过着安逸豪华的生活。然而这栋房子似乎孤单寂寞，缺乏生气，草地上没有嬉戏的孩子，窗边见不到母亲的笑脸，只能见到老绅士和他的孙子进进出出。

在想象力丰富的乔的眼里，这栋富丽堂皇的楼宇就像是一座幻想中的宫殿，流光溢彩，却无人欣赏。她早就想看看里头究竟藏着什么宝贝，也想认识一下那位"劳伦斯家的小伙子"。他看来也有意交个朋友，只是不知从何处做起。自从那次晚会之后，她这种愿望尤为强烈，心里盘算了许多与他结识的方法，但最近他却很少露面。正当乔以为他出了远门的时候，却突然发现那张脸庞出现在楼上的窗边，正若有所思地望着她们的花园，花园里贝丝和艾美正在一起玩儿雪球。

"这个小伙子没有朋友，也不开心。"她心里想道，"他爷爷不知道他想要什么，总是把他孤零零地关在屋里。其实他要的就是一班快乐的小伙子来陪他玩儿，需要活力四射的年轻人做伴儿。我真想走过去把这些话告诉那位老绅士！"想到这里乔乐了。她是个有胆识的姑娘，常常做出一些出乎意料的事情，总是让美格惊诧不已。"过去看看"这个计划一直在乔的脑海里纠缠，这天下午雪花飘落时，乔决定采取行动。她看到劳伦斯先生坐车出了门，便开始扫路，一直扫到树篱边，这才停下来看看。四处悄无声息——楼下窗户帘幕低垂，用人也全无踪影，只有楼上窗边露出一个黑色鬈发的脑袋，在一只瘦弱的手臂上托着。

"他在上头呢，"乔想，"可怜的家伙！这么阴沉沉的天气孤独一人，闷闷不乐。简直岂有此理！我要抛个雪球上去，引他望过来，再跟他好好说上几句话。"

乔抛出一捧软绵绵的雪花，楼上的人马上转过头来，脸上无精打采的神情一扫而光，大眼睛闪闪发亮，嘴角露出笑意。

乔点点头笑了，挥舞着手中的扫帚叫道——

"你好吗？生病了？"

劳里打开窗，像个渡鸦般嘶哑着嗓子答道："好点儿了，谢谢你。我得了重感冒，在屋里关一个星期了。"

"真糟，有什么可玩儿的吗？"

"没有。屋里头闷得像座坟。"

"你不看书吗？"

"不大看。他们不让我看。"

"没人念给你听吗？"

"爷爷有时念一点儿，但我的书他不感兴趣，我又不愿意老叫布鲁克来念。"

"那就叫人来看你吧。"

"我腻烦见人。男孩子吵闹起哄，我头痛受不了。"

"不能找个好女孩儿来跟你念书消遣吗？女孩子天性文静，而且喜欢照顾别人。"

"不认识。"

"你认识我们。"乔提醒他，然后笑了起来，又赶忙停下。

"可不是吗！能请你过来吗？"劳里叫道。

"我可不文静，也谈不上是个好女孩儿，但如果妈妈允许的话，我就过来。我去问问她。你乖乖关上窗子，我一会儿就来。"

说罢，乔扛着扫帚走回家，心里猜想着大家会对此有何议论。劳里想到将有人做伴儿，高兴得不得了，四处奔忙做准备。他的确像马奇太太说的那样儿，是个"小绅士"，为对客人表示敬意，他特意把鬈发梳理一遍，换上一条干净领带，并试着整理房间，虽说有六个用人，房间仍然凌乱不堪。一会儿，铃声大作，一个沉着的声音请求见"劳里先生"，一位满脸惊奇的用人跑上楼来，对劳里说有一位小姐求见。

"好极了，把她请上来，那是乔小姐。"劳里边说边走到他的小客厅门前迎接乔。乔走进来，脸色红润，亲切友好，一手拿着个盖着盖儿的碟子，一手捧着贝丝的三只小猫。

"我来了，带着全部家当。"她爽快地说，"我妈妈问候你，我若能为你效劳，她感到很高兴。美格要我送上她做的牛奶冻，她的手艺很不错。贝丝认为她的小猫咪可以安慰你。我知道你一定会笑话它们，但我不能拒绝，她是这么想帮助别人。"

贝丝的这份滑稽的礼物还真是拿对了，劳里被小猫逗得大笑，他顾不得害羞，很快变得活跃起来。

"做得太精美了，叫人舍不得吃。"看着乔掀开碟子上的盖儿，现出牛奶冻，里面围着一圈绿叶和艾美最喜爱的绛红色天竺葵花朵，他快乐地笑了。

"这算不了什么，只是她们的一番心意。叫女用人拿去给你做茶点，就这点儿小东西，不必客气，它又软又滑，喉咙痛吃下去也不碍事。你这房间真舒服！"

"如果收拾妥当，倒是挺舒服的，但女佣们都懒，我又不知道怎样才能让她们用心。这让人头疼。"

"我两分钟就能收拾妥帖，其实只需要扫扫壁炉，把壁炉台上的东西这样——竖起来，书这样——放在这边，瓶子放那边，你的沙发不要直冲着光，靠枕丰满一些。行了，一切妥当。"

真的一切妥当，因为谈笑之间，乔已经把东西收拾得有条不紊，并给房间带来一种特别的气氛。劳里看看乔，心下十分佩服，当她示意他坐到沙发上时，他坐下来满意地舒了一口气，感激地说道："你心地真好！房间是需要这么收拾一下。现在请坐到这张大椅子上，让我为我的客人效劳点儿什么。"

"不，是我来为你效劳的。我给你读点儿什么好吗？"乔热切地望着近处几本诱人的书。

"谢谢你！那些书我都读过，如果你不介意，我倒很乐意聊天。"劳里回答。

"当然不介意。如果你愿意听，我可以讲上一天。贝丝常说我从不知道适可而止。"

"贝丝是不是常待在家里，有时提着个小篮子出来，脸色红扑扑的那一位？"

"对，那就是贝丝，十足的乖宝贝，我最喜欢她了。"

"漂亮的那位是美格，鬈发的是艾美，对吗？"

"你是怎么知道的？"

劳里红了脸，不过还是坦白回答："嗯，你知道，我常听到你们喊对方。当我一个人待在楼上，就忍不住望向你们的屋子。你们似乎总是玩儿得很开心。请原谅我这样无礼，但有时你们忘记放下窗帘，就是那个摆着鲜花的窗户，灯亮时简直就像是看一幅画。炉火下你们和母亲围坐在桌子旁，她的脸刚好对着我，有鲜花的陪衬，她看起来那么美，我忍不住要看。你知道，我没有妈妈。"劳里的嘴唇忍不住轻轻抽搐了一下，他拨了拨炉火想要掩饰一下。

劳里孤独、渴望的眼神激起了乔的热情。她受到的教育十分单纯，心中没有一丝杂念，十五岁了，仍像孩子一样坦诚直率、天真无邪。劳里病了而且孤独，极羡慕她享有家庭的温暖和幸福，她也很想与他一同分享。她神情十分友好，尖嗓子也变得非同寻常地轻柔，说——

"那个窗的帘幕我们以后再也不拉上，你尽可以看个够。不过，我希望你能过来看望我们，而不是偷看。我的妈妈很不一般，你一定会受益良多。贝丝可以唱歌给你听，如果我请求她的话。而艾美则可以为你跳舞，我和美格可以给你看我们有趣的舞台道具，我们一定会玩儿得很开心。你爷爷会让你来吗？"

"如果你妈妈跟他说，我想会的。他心肠很好，只是不轻易表露出来。可以说他相当宠爱我，只是担心我会给陌生人添麻烦。"劳里说，神情越发兴奋。

"我们不是陌生人，我们是邻居，你不必见外。我们想认识你，我老早就想这么做了。我们在这里住的时间不长，你知道，但我们和邻近的人家都认识了，就差你家。"

"爷爷就爱看书，对外面发生的事情不大关心。我的私人教师布鲁克先生又不住在这里，没有人跟我一起玩儿，所以我只能待在家里自己过。"

"太可惜了。如果有人邀请，你应该多外出拜访，这可以交许多朋友，去许多有趣的地方。别老惦着害羞，你不想它就没事了。"

劳里脸又红起来，但却没有生气，虽然乔言语唐突，责备他害羞，但言谈之间那一番真情实意，却令他非常感激。

"你喜欢你的学校吗？"男孩子凝视着火光停顿了一会儿，然后换了个话题问道。

乔正四下打量着，显得非常愉快。

"我没有上学，我是个实干家——我的意思是干实事儿的女孩儿。我侍奉我的叔祖母，一个既可爱又蛮横的老太太。"乔回答。

劳里刚要张口再问，猛然想到打探太多别人的私事不礼貌，便立刻收声，神态显得颇不自然。乔喜欢他这样有教养，但觉得谈谈马奇姑婆的趣事没什么大不了，便活灵活现地跟他描绘那位烦躁不安的老太太，她的胖卷毛狗，会讲西班牙语的鹦鹉，还有自己最喜爱的藏书室。劳里听得如痴如醉。她说到一次一位庄重的老绅士来向马奇姑婆求婚，正当他甜言蜜语之际，鹦鹉一下扯下了他的假发，令他大为恼火。劳里听到这儿身子向后一仰,笑得眼泪都流了出来,引得一个女佣探头进来看个究竟。

"啊！真是灵丹妙药，请接着说。"劳里从沙发上抬起头来，脸上兴奋得泛起红光。

乔为自己的成功扬扬得意，便"接着再说"，谈她们的话剧、计划，她们对父亲的盼望和担心，以及她们姐妹中间最有趣的事儿。接着他们谈起书，乔高兴地发现劳里跟她一样爱读书，而且读得比她更多。

"如果你这么喜欢书，下楼看看我家的书吧。爷爷出去了，你不用害怕。"劳里边说边站起来。

"我什么也不怕。"乔答，把头一扬。

"我信！"男孩子叫道，并羡慕地望着她，虽然心中暗想如果遇上老人心情不佳，她一定也会有一点儿害怕。

整座屋子的气氛与夏天无异，劳里领着乔挨个房间参观，遇到乔感兴趣的地方便驻足观赏。这样走走停停，最后才来到藏书室。乔立刻兴奋得手舞足蹈，一如她平日特别高兴时那样。藏书室里头一层层摆满了书本，放着图画、雕塑，引人注目的小橱柜装满了钱币和古玩，还有《睡谷传奇》里的椅子，古怪的桌子和青铜器，最令人叫绝的是一个用精致的花砖砌成的敞开式大壁炉。

"你家真是应有尽有！"乔赞叹的同时，身子一歪重重坐在一张天鹅绒椅子上，神情极为满足地注视着四周。"西奥多·劳伦斯，你应该是世界上最幸福的孩子。"她说，神态让人难忘。

"人不能光靠书活着。"劳里坐在对面一张桌子上，摇摇头说。

他正要说下去，门铃响了，乔飞快地站起来，慌张地叫道："哎呀！是你爷爷！"

"咦，是他又怎么样？你不是说什么也不怕吗？"男孩子调皮地对她说。

"我想我是有点儿怕他，但我不明白为什么会这样。妈妈说我可以过来，我也觉得这样对你没有坏处。"乔定定神说，眼睛却一直望着房门。

"你来让我精神好多了，真是不胜感激。我只怕你跟我谈话累着了呢，这样交谈令人愉快极了，我简直不想停下来。"劳里满怀感激地说。

"医生要见你，少爷。"女佣招手道。

"我走开一会儿行吗？看来我得见他。"劳里说。

"不用管我。我在这里快乐得像个蟋蟀。"乔答道。

劳里走出去，留下客人独自快活。她正站在那位老绅士的肖像前，门忽地又打开了，她没有回头，自信地说："现在我肯定不会怕他。虽然他的嘴唇冷峻，但他有一双善良的眼睛，看样子很有个性。虽然他没有我外公帅，但我喜欢他。"

"承蒙夸奖，小姐。"一个生硬的声音从她身后传来，原来进来的是劳伦斯先生，乔窘得恨不能找个地缝儿钻进去。

可怜的乔脸色红得不能再红，想到自己方才说的话，心里慌得怦怦乱跳。她一开始很想马上跑掉，但胆小鬼才会那么做，姐妹们一定会因此嘲笑她的，于是她决定按兵不动，尽自己的能力摆脱窘境。她又望了一眼老人，发现灰白浓眉下面的两只眼睛比起相片上的更加和善，目光中还闪着一丝狡黠，这让乔的心里轻松了许多。

突然，老人打破可怕的沉默，用更为生硬的声音问道："那么说你不怕我，嗯？"

"不是很怕，先生。"

"你觉得我不如你外公帅？"

"没错，先生。"

"我很有个性，对吗？"

"我只是说我这么认为。"

"但尽管如此，你还喜欢我？"

"是的，是这样，先生。"

这个回答使老人很高兴，他笑了并跟她握手，然后用手指托着她的下巴，抬起她的脸，严肃地打量了一番，又放下手点头说道："虽然你没有继承你外公的相貌，但你继承了他的精神。他是个好人，孩子，但更难得的是，他勇敢正直。我为自己是他的朋友而自豪。"

"谢谢您，先生。"乔现在觉得相当舒服了，因为这话说得非常中听。

"你对我的孩子做了什么，嗯？"他接着毫不客气地问道。

"只是尽量做个好邻居而已，先生。"乔接着把来龙去脉说了出来。

"你认为他需要振作一点儿，对吗？"

"是的，先生，他看上去有点儿孤独，年轻的同伴也许会对他有好处。我们不过是些女孩子，但如果可以帮上忙的话，我们会很高兴，我们可没有忘记您送给我们的圣诞大礼。"乔热切地说。

"啧！啧！啧！那是那孩子做的事。那个可怜的女人过得还好吗？"

"过得挺好，先生。"乔接着便一口气介绍了赫梅尔一家的情况，并告诉他母亲已说服了比她们更富有的人来关心此事。

"你外公也是这么乐善好施。改日我要去登门拜访，把这话告诉你母亲。用茶的铃声响了，因为那孩子的缘故，我们很早就吃茶点。接下来继续做个好邻居吧。"

"如果您喜欢的话，先生。"

"如果我不喜欢，就不会请你。"劳伦斯先生说着用传统的礼节，向她伸出手臂。

"不知美格知道了会怎么说。"乔一边走一边揣测，想象到自己在家里讲这个故事的情景，眼睛高兴得直忽闪。

这时劳里跑下楼梯，看到乔居然和他那令人生畏的爷爷手挽着手，吓得怔住了。

"嘿！怎么了，这小伙子到底怎么了？"老人问。

"我不知道您在这儿，先生。"他开口说。乔得意地跟他使个眼色。

"显然如此，看你冲下楼梯的样子就知道。过来吃茶吧，先生，斯文一点儿。"劳伦斯先生怜爱地扯扯男孩儿的头发，又继续向前走。劳里在他们身后傻乎乎地发呆，逗得乔差点儿忍不住大笑。

老人喝下四杯茶，两个年轻人很快就谈得像对老朋友。老人看在眼里，并不多言，他孙子的变化逃不过他的眼睛。现在男孩子的脸红润生动起来，一副快活神态，笑声洋溢着真正的快乐。

"她说得对，小伙子是太孤单。我倒要看看这小姑娘能为他做什么。"劳伦斯先生一面看他们说话一面想。他喜欢乔，因为她与众不同，她那古怪、率直的方式很合自己的脾气，而且她似乎非常理解这孩子，简直好像是他身上的一部分。

假如劳伦斯一家真如乔原来所说的那样"既古板，又冷漠"的话，乔就不可能和他们相处下去，因为这样的人会让她觉得胆怯，但她现在却发现他们很随和，和他们在一起，她轻松自在，谈笑自如，给主人留下了良好的印象。当他们站起来的时候，她提出告辞，但劳里说他有些东西要给她看，接着把她带到花房。

花房特意为她点亮了灯。乔在过道上来回地走着，在柔和的灯光下细细观赏着墙边盛开的鲜花，以及周围千奇百怪的藤蔓灌木，尽情呼吸湿润清新、芬芳怡人的空气，那情形如临仙境。

她的新朋友剪下满满一捧美丽的鲜花，并束起来，神情愉快地说："请把它带给你妈妈，就说我十分感激她送给我的药。"他们发觉劳伦斯先生此时正站在大客厅的炉火前，但乔的注意力却被一架打开着的大钢琴牢牢吸引住了。

"你弹琴吗？"她望着劳里问道，脸上露出敬佩的神情。

"偶尔弹一点儿。"他谦虚地回答。

"能弹一首吗？我现在想听，回去好告诉贝丝。"

"你先来。"

"我不行。太笨学不会，但我酷爱音乐。"于是劳里弹琴，乔把鼻子深深埋在天莱花和香水月季里仔细聆听。劳里的演奏相当好，毫不矫情。乔对这位"劳伦斯家的小伙子"平添敬意。她心下想着若是贝丝能来听就好了，嘴上却只是称赞劳里的琴艺，倒夸得他不好意思起来。

幸亏爷爷过来打圆场："够了，行了，小姐。甜言蜜语太多他吃不消。他的音乐是不错，但我希望其他更重要的事情他也一样能干好。你要回去了吗？好吧，我非常感谢你，并希望你再来。问候你母亲。晚安，乔医生。"他慈爱地跟她握手，但神色似乎有点儿不快。当他们走到大厅时，乔问劳里是不是自己哪里说错了，劳里摇摇头。

"不是，是我的缘故，他不喜欢听我弹琴。"

"为什么？"

"以后我会告诉你的。约翰会送你回家，原谅我，就不送你了。"

"用不着。我可不是娇小姐，不过一步之隔。多多保重，好吗？"

"好的，但你要再来呀，我希望。"

"除非你答应病好后来看望我们。"

"我会的。"

"晚安，劳里！"

"晚安，乔，晚安！"

听了乔这个下午的奇遇后，一家人都感到有必要全体作一次访问，因为大家都觉得树篱那边的大房子有一种说不出来的吸引力。马奇太太想跟老人谈谈自己的父亲，因为老人还没忘记他；美格渴望到花房里走走；贝丝为那架大钢琴而叹息不已；艾美则很想看看那些精致的图画和雕塑。

"妈妈，为什么劳伦斯先生不喜欢劳里弹琴？"爱寻根问底的乔问。

"这我不是很清楚，但我想是因为他的儿子。劳里的父亲娶了个意大利姑娘——一个音乐家，这事让自尊心极强的老人很不愉快。其实那个姑娘贤淑可爱，而且多才多艺，但他不喜欢她，他们婚后他便不再见儿子。劳里还很小的时候，他们便去世了，爷爷把他接回家。那男孩子在意大利出生，我想老人害怕失去他，因此格外小心。劳里像他母亲，天生热爱音乐。我敢说他爷爷害怕他有当音乐家的念头。不论怎样，他的琴艺让老人想起了自己不喜欢的那个女人，所以他'怒目而视'，就像乔说的那样。"

"啊，多浪漫啊！"美格叫道。

"真傻！"乔说，"如果他想做个音乐家就让他做去，他不喜欢念大学就别把他送进去受折磨。"

"我想，正因为这样，他才有一双漂亮的大眼睛和优雅的举止。意大利人总是风度翩翩。"有点儿多愁善感的美格说。

"他的眼睛和举止你知道什么？你几乎没跟他说过话。"乔嚷道。她可并不多愁善感。

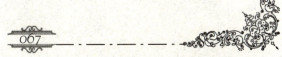

"我在晚会上见过他，你讲的事情说明了他言谈得体。他说的妈妈送他的药那些话多巧妙。"

"我猜他说的是牛奶冻。"

"真是个傻丫头！他指的是你，绝对没错。"

"是吗?"乔睁大眼睛，似乎从来没有这么想过。

"我从来没见过你这样的女孩儿！人家恭维你都不知道。"美格说，好像她无所不知。

"我认为那都是些废话。我还是得感谢你没在那一刻傻乎乎地坏了我的好兴致。劳里是个好男孩儿，我喜欢他，我可不想让什么恭维之类的废话让我心烦。我们都要对他好，因为他没有母亲。他也可以过来看我们，您说对吗，妈妈?"

"对，乔，非常欢迎你的小朋友，我也希望美格记住，孩子就应该天真无邪。"

"我可不把自己当孩子，尽管我还不到十三岁。"艾美说，"你说呢，贝丝?"

"我正在想我们的'天路历程'。"贝丝答道，她一句话也没有听进去。"我们下定决心做好孩子，走出'低谷'，穿过'边门'，努力爬上陡坡，也许那边那座装满漂亮东西的屋子便是我们的'丽宫'。"

"我们得先走过狮子群。"乔满怀憧憬地说。

第六章　贝丝的丽宫

那座大房子确实是座"丽宫"，不过大家真是颇费时日才算迈进去，而贝丝尤其觉得走过"狮子群"非常困难。劳伦斯老先生就是最大的狮子。不过，自从他来拜访，跟每个姑娘都轻松谈笑，还和妈妈一起回忆了过去的美好时光后，大家便不再怕他了，只有腼腆的贝丝例外。另一头狮子是两家贫富悬殊这个现实，这让她们羞于接受她们报答不了的恩惠。不过，后来她们发现，是劳里反把她们当作恩人般对待：他对马奇太太母亲般的款待、姐妹们的热情相伴，以及他在那间简陋的屋子里所得到的温暖，不知道有多感激呢。于是她们不再自卑，更加亲热往来，不再去计较谁付出的更多。

新的友谊像春草一样茁壮成长，各种美好的事情都在那个时候发生。人人喜欢劳里，他也悄悄告诉他的私人教师"马奇家的姑娘们十分出众"。充满热情的年轻姑娘们把孤独的男孩子带进她们的圈子里，对他悉心照顾。她们心地善良而单纯，劳里在这种天真无邪的交往中感到十分陶醉。由于他从小失去母亲，又没有姐妹，因此很快便感受到她们给他带来的影响。她们忙碌、生机勃勃的生活方式让他对自己的懒惰生活感到羞愧。他厌倦书本，发现了与人交往的乐趣。布鲁克先生不得不极为不满地向劳伦斯先生告状，因为劳里常常逃学跑到马奇家去。

"不要紧，让他放个假，以后再补回来吧。"老人说，"隔壁的那位好太太说他学习太用功，需要年轻人做伴儿、娱乐和锻炼。我想她说得有道理，我一直对这小子娇生惯养，都像他奶奶了。只要他高兴，爱干什么就干什么吧。在那边的小修道院里他翻不了天，马奇太太比我们更会管教他。"

毫无疑问，这样的时光多么美好！他们一起演戏，滑雪，在旧客厅度过愉快的夜晚，有时也在大房子里举行快乐的小派对。美格可以随意进入温室，摘大捧大捧的鲜花；乔在新藏书室里贪婪地浏览，向老人发表高见；艾美摹绘图画，尽情地沐浴在美的享受中；劳里则非常可爱地扮演"庄园主"的角色。

而贝丝，虽然对大钢琴朝思暮想，却鼓不起勇气走进那间被美格称为"极乐大厦"的屋子。她跟着乔去过一次，但老先生不知道她天性懦弱，浓眉下的一双大眼紧紧盯着她，还大叫了一声"嗨"。她后来告诉妈妈，那一刻吓得她"双脚在地板上乱抖"，她夺路而逃，并宣布再也不去了，甚至对大钢琴也忍痛放下。无论大家如何劝说和鼓动都没法让小贝丝克服她的恐惧。后来，劳伦斯先生不知从哪儿听到了这事，决意亲自弥补。在一次短暂的拜访中，他巧妙地把话题扯到音乐上，大谈他所见闻的歌唱家和弦琴珍曲等奇闻趣事。如此曼妙的话题让贝丝觉得自己无法再待在远处的角落，仿佛一种巨大的吸引力，竟让她越靠越近，站定在他椅子背后悄悄聆听，睁大了眼睛，脸颊因自己不寻常的举动而泛红。劳伦斯先生对她只当飞虫视而不见，继续谈劳里的功课和教师，一会儿，他似乎突然想起了什么，对马奇太太说——

"那孩子现在不太理音乐了，我倒挺高兴，因为他原来喜欢得有点儿过头。不过钢琴闲在那儿太可惜，你家小姑娘们愿不愿意过来经常弹弹，好让它别走调儿。你说呢，夫人？"

贝丝上前一步，双手要紧握才不至于拍起掌来。这实在是个难以抗拒的诱惑，想到在那架漂亮的钢琴上弹奏，她真是又惊又喜。

还没等马奇太太回答，劳伦斯先生古怪地轻轻点点头，微笑道："她们用不着跟人说，随时都可以跑进来，因为我总待在屋子另一头的书房里，劳里常常不在家，九点钟后用人也从不走近客厅。"说到这儿他站起来，似乎要告辞了。贝丝下定决心要讲两句话，因为最后的安排完全称了她的心愿。

"请把我的话转告给年轻女士们，如果她们不想来，嘿，那就算了。"这时一只小手塞进他的手里，贝丝满脸感激地仰头望着他，诚恳而腼腆地说："哦，先生，她们想的，非常非常想！"

"你就是那个喜欢音乐的姑娘？"他问道，他只是慈爱地注视着她，再不会突兀地喊一声"嗨"了。

"我是贝丝，我很喜欢音乐。如果您肯定没有人会听到我弹琴——被我骚扰的话，我会来的。"她接着说，唯恐出言不敬，边说边因自己的勇敢而颤抖。

"不会有人听到，好孩子。屋子有半天空着。你尽管过来弹吧，非常欢迎你。"

"您真是太好了，先生！"

在老先生和善的注视下，贝丝的脸红得像朵玫瑰花，不过她现在不再胆怯了，只是感激地紧握住那双大手，因为实在不知道什么致谢的话才配得上他送给她的这份珍贵的礼物。老人轻轻拨开她额上的头发，俯下身来吻了一下，用一种少有的语调说："我曾经有个小姑娘，眼睛跟你的一模一样。上帝保佑你，亲爱的孩子！再见，夫人。"说罢，他便匆匆离去。

贝丝与母亲狂喜一番后，因为姐妹们不在家，便冲上楼去把这个天大的好消息告诉那些残破不堪的布娃娃。那天晚上她高兴得唱个不停，还被大家笑话了一次，因为半夜，她在睡梦中竟然在艾美的脸上弹琴，直到把她弹醒。

第二天，贝丝看到一老一少两位绅士都出了门，贝丝几经犹豫，终于从侧门而入，像只小耗子一样蹑手蹑脚地奔向客厅，那里正是她的心爱之物的所在。当然，钢琴上十分凑巧地摆着一些美妙又易弹奏的乐谱。贝丝不时地停下来聆听周围的声响并四下张望。终于，贝丝颤抖的手指触碰到这件美妙的乐器，她立刻忘记了恐惧，忘记了自己，连同周围的一切。音乐犹如一位密友的喃喃私语，给了她无以名状的快乐。

她一直弹到汉娜过来带她回家吃饭。但她食欲全无，只是坐在一边，置身于极度幸福中，望着每个人傻笑。

从此以后，一个戴着棕色小帽的身影几乎每天都溜过树篱，一个音乐精灵常常无人察觉地在那间大客厅出没。她从不知道劳伦斯先生经常打开书房门聆听他喜欢的旧曲子，从没有看到劳里在大厅放哨，提醒用人不要走近，对于那些琴架上特意为她摆放的练习乐谱和新曲子，从未心生疑窦。劳伦斯先生在家里跟她谈论音乐时，使她大受裨益，她也只以为他是出于好心而已。因此她尽情陶醉在音乐的天地中，有时甚至觉得自己已经得偿毕生之愿。也许正因为她对这种恩赐常怀感激之心，更大的恩赐接踵而来，但无论怎样，她都受之无愧。

"妈妈，我打算为劳伦斯先生做一双拖鞋，他对我这么好，我得感谢他，我也不知道别的法子。您说行吗？"贝丝问母亲。这时距老人那次重要拜访已有好几个星期。

"可以，亲爱的。他会非常高兴，这是感谢他的好办法。姐妹们会帮你的，费用我出。"马奇太太答道。她特别乐于答应贝丝的要求，因为她极少为自己要求什么。

贝丝跟美格和乔几番严肃讨论后，选定了图案，购买了材料，拖鞋的缝制工作开始了。大家一致称赞紫黑色底衬着一丛庄重而生机勃勃的三色堇非常合适漂亮。贝丝夜以继日地缝制，只有难做的部分才偶尔要人帮忙。她是个心灵手巧的小织娘，众人还未感到厌倦，鞋子便完工了。然后她写了一张简短的便条，在劳里的帮助下，某天趁老先生还没起床，放在了他的书房桌子上。

这个令人兴奋的举动之后，贝丝怀着紧张的心情等待着那边的反应。当天无事发生，第二天中午仍然无声无息，她开始担心自己冒犯了那位古怪的朋友。这天下午，她出去办点儿事，并带残破的洋娃娃乔安娜去做日常锻炼。当她沿着街道回来时，她看到三个，对了，是四个人在客厅的窗边探头探脑。

看到她走来的那一刻，几只手一同挥舞起来，还有好几声愉快的尖叫："老先生来信了！快回来，快来读吧！"

"哦，贝丝，他送你……"艾美极力比画着，可是刚开了个头，就被乔"砰"地关上窗户掐断了。

贝丝悬着一颗心加快了脚步，刚走到门边，姐妹们便将她一把抓住，众星捧月般地把她拥到大厅，一起指着说："看哪！看哪！"贝丝仔细一看，惊喜得脸色发白，因为那儿立着一架小巧精致的钢琴，光滑的琴盖上放着一封信，像个招牌一样摆着，上书"致伊丽莎白·马奇小姐"。

"给我的？"贝丝气喘吁吁，她抓紧了乔，仿佛要跌倒。这实在太超出想象了。

"对，就是给你的，我的宝贝！他是不是棒极了？你说他是不是天底下最可爱的老人？这是信里头的钥匙。信我们没拆，但我们都太想知道他都说了些什么。"乔喊道，紧紧搂着妹妹，并把信递上。

"你来念吧！我念不了，我觉得头晕目眩！呵，这太好了！"贝丝把脸埋在乔的围裙里，她被这件礼物弄得神魂颠倒。

乔展开信笺，笑出声来，因为首先映入眼帘的几个字是——

马奇小姐：亲爱的女士

"多么动听！但愿有人会这样给我写信！"艾美说。她认为旧式称呼非常优雅。

我一生中穿过无数双鞋子，但没有一双像你做的这么适合我。

三色堇是我最喜欢的花，它将使我永远记住温柔的赠予者。我想报答你的恩惠，我知道你会允许"老先生"送给你件东西，它曾经属于他失去了的小孙女。谨致诚挚的谢意及美好的祝愿。

你衷心的朋友，最谦卑的仆人

詹姆士·劳伦斯

"嘿，贝丝，这绝对是件值得骄傲的光彩事儿！劳里跟我说过劳伦斯先生最疼爱那死去的孩子了，他把她用过的所有东西都小心地保存着。想想吧，他竟把她的钢琴送给了你。那是因为你有一对蓝色的大眼睛，而且热爱音乐。"乔说。她努力安抚着发抖的贝丝，她从未这样激动过。

"你看这些精致的烛台，这些折叠得漂漂亮亮的绿绸子，中间还镶着一朵金色的玫瑰，再看漂亮的凳子和乐谱架，简直是完美。"美格一面说一面打开钢琴向大家展示。

"'谦卑的仆人,詹姆士·劳伦斯'。只要想想他给你写信的方式,我就要告诉学校里的姑娘们,她们也一定会觉得妙不可言。"艾美说。那封信给了她太深刻的印象。

"弹一下吧,乖乖。让大家听听这架宝贝钢琴的声音。"汉娜说。她一向和她们一家人甘苦与共。

贝丝便弹起来。每个人都宣称这是迄今为止让人最难以忘怀的琴声。钢琴显然新近调校了音调,并收拾得整整齐齐。但我以为,当贝丝脚踏亮晶晶的踏板,珍爱地奏响漂亮的黑白琴键时,聚拢在钢琴旁的那些快乐脸庞中最幸福的那个——贝丝,才是小钢琴引人注目、完美无瑕的真正原因。

"你得过去谢谢他哩。"乔开玩笑地说,她从没想过这孩子会真的这么做。

"是的,我要去。我想现在就去,再犹豫就会害怕了。"说罢,令一家人大为惊讶的是,贝丝竟然不慌不忙地走过花园,穿过树篱,从劳伦斯家的门口走进去。

"老天爷!我发誓我从没见过这么稀奇古怪的事情!小钢琴弄得她神魂颠倒了!她脑子正常的话,绝不会去的。"汉娜喊道,呆呆地目送着她走进去,姐妹三人则惊诧得不能言语。

如果她们看到贝丝后来做的事情一定会更加惊异。真的,她走到书房门口,想都没想就叩响了门。当一个生硬的声音响起:"进来!"她径直走进去,走到大吃一惊的劳伦斯先生面前,伸出她的手,声音微颤地说道:"我来谢谢您,先生。谢谢你……"一语未毕,劳伦斯先生慈爱友善的目光令她忘记了要说的话,她只记得他失去了最钟爱的小孙女,于是伸出双臂搂住他的脖子,吻了他一下。

即使屋顶突然飞落,老先生也不会这么震惊,但他欢喜——

啊，老天，欢喜得难以言喻！——那真情流露的轻轻一吻使他那么感动，那么愉快，生硬的脾气一扫而光。他让她坐在膝头，满布皱纹的脸靠着她玫瑰色的脸颊，仿佛自己的小孙女又回到他的身边。贝丝从那一刻起不再怕他，她坐在那里与他亲切地聊天，仿佛从一生下来就已经认识他一般。爱可以驱除恐惧，感激可以征服自尊。在她回家时，劳伦斯先生一直把她送到家门口，跟她诚挚地握手，往回走时又轻触帽檐儿向她致意，腰身挺直，神态庄重，活像个英俊勇敢的老绅士，而事实也正是如此。

当姑娘们看到这一幕，乔为了表达她的喜悦心情，跳起了快步舞，艾美惊讶得差一点儿摔出窗户，美格则高举双手大叫："啊，我真相信世界末日到了！"

第七章　艾美的蒙羞谷

　　"那小伙子真像希腊神话中的独眼巨人，你说呢？"艾美说。这时劳里正骑马嗒嗒而行，经过时还把马鞭一扬。

　　"你怎么这样说话？他一双眼睛完整无缺，而且漂亮得很哩。"乔叫起来。她容不得人家说她的朋友半点儿闲话。

　　"我并没有说他的眼睛怎么了，我不明白我赞赏他的骑术怎么就让你火冒三丈。"

　　"哦，老天爷！这小呆头鹅的意思是骑马高手，可却把他叫成了独眼巨人。"乔爆发出一阵大笑，叫道。

　　"你不用如此无礼，这只是戴维斯先生说的'口吴（误）'而已。"艾美反驳道，想用拉丁语把乔镇住。

　　"我真希望我能有一丁点儿劳里花在骑马上的钱。"她仿佛自言自语，但却希望两个姐姐听到。

　　"为什么？"美格好意问道。乔却因艾美第二次用错词而再次大笑起来。

　　"我太需要钱了，债务缠身呢，但我还要等一个月才能领到钱。"

　　"债务缠身，艾美？怎么回事？"美格神情严肃地问。

　　"哦，我至少欠下一打泡酸橙。你知道我得有钱才能还清。

因为妈妈不许我在商店赊账。"

"你得把事情说明白。现在时兴酸橙了吗？以前可是刺橡胶块来做圆球。"美格尽量不动声色，而艾美则神情庄重，一本正经。

"哦，是这样的。姑娘们总买酸橙，要是不想让人觉得你小气你也得跟着买。现在就是流行酸橙。在学校里，人人都在自己的座位上咂酸橙，课间休息时用酸橙交换铅笔、念珠戒指、纸娃娃或者别的玩意儿。如果一个女孩儿喜欢另一个，她就送她一个酸橙；如果她讨厌她，便当着她的面吃掉一整个酸橙，舔都不给她舔一口。她们轮流做东，我已经吃了人家不少，至今没有还礼，我理当偿还，因为那是信用债。"

"还差多少钱才能使你恢复信用？"美格一面问，一面拿出钱包。

"两角五分足够了，还可剩几分钱给你买一点儿。你不喜欢酸橙吗？"

"不怎么喜欢，我那份给你吧。给你钱，省着点儿用，钱不多，你知道。"

"哦，好姐姐！有零花钱真是太好了！这星期一个酸橙都没吃到呢，我得来顿大餐，因为自己还不起，我不好意思再要她们的。"

第二天，艾美到校相当晚，但是炫耀的念头在心头作怪，令她无法抗拒，在把湿润的棕色酸橙包塞进书桌前，她不无自豪地展示了一番。

在接下来的几分钟后，艾美·马奇带了二十四个美味酸橙（她自己在路上吃了一个）并准备供诸好友的小道消息在她的"同伙"之中不胫而走，朋友们对她刮目相看。凯蒂·布朗当场邀请她参加下次晚会；玛丽·金斯利坚持要把自己的手表借给她戴到下课；珍妮·斯诺，一个曾经粗俗地挖苦过艾美的尖酸刻薄的女孩子立即偃旗息鼓，主动提供某些难题的答案。但是艾美并没有忘记斯诺小姐说过的那些刺心话："有些人鼻子虽扁，却仍然闻得到别人的酸橙味儿；有些人虽然狂妄自大，却仍得求人家的酸橙吃。"她用令人泄气的言辞把那位"斯诺女"的希望当场击得粉碎："你用不着一下子这么殷勤，因为你半个也捞不着。"

那天早上恰巧有一位重要人物访问学校，艾美的地图画得极好，受到了赞扬。斯诺小姐对敌人的这种荣誉怀恨在心，马奇小姐因此更摆出一副自命不凡的架势。不过，唉！骄兵必败！斯诺报仇心切，反戈一击，打了场完全彻底的漂亮仗。一待客人照例讲了一番陈词滥调的客套话躬身出去后，珍妮立即佯装提问，悄悄告诉老师戴维斯先生，艾美·马奇把泡酸橙藏在书桌里头。

原来戴维斯先生早已宣布酸橙为违禁品，并庄重发誓要把第一个违反者公开绳之以法。这位相当不朽的仁兄曾经发动过一场漫长的暴风骤雨般的战争，成功取缔了口香糖，烧毁了没收的小说画报，镇压了一所地下邮局，并禁止了做鬼脸、起花名、画漫画等一类事情，竭尽全力要把五十个反叛的姑娘训导得规规矩矩。老天作证，男孩子已经使人大伤脑筋，但是女孩子更难伺候，这对于脾气暴躁、缺乏教学天分、神经紧张的人来说更是如此。戴维斯先生希腊语、拉丁语、代数以及各门学科无所不通，于是被称为好老师，而言行、道德、情操及表率却被认为无关紧要。珍妮心里明白，这种时候告发艾美活该她倒霉。戴维斯先生那天早上显然喝了冲得太浓的咖啡，东风又刺激了他的神经痛。而他的学生竟然在这种时候往他脸上抹黑，用一位女同学虽不优雅但相当贴切的话来形容："他紧张得像个女巫，粗暴得像一头熊。""酸橙"二字犹如引爆炸药的火苗，他把黄脸孔憋得通红，使劲儿敲击讲台，吓得珍妮飞速溜回座位。

"年轻女士们，请你们注意！"

这么厉声一喝，喊喳声戛然而止，五十双蓝色、黑色、灰色以及棕色的眼睛，全都乖乖地盯住他那可怖的脸。

"马奇小姐，到讲台来。"

艾美依令站起来，她虽然外表镇静，内心却是又惊又怕，因为酸橙压得她心里沉甸甸的。

"把书桌里的酸橙带过来！"她尚未走出座位，又收到第二道出乎意料的命令。

"别都交出去。"坐在她身边的女孩儿头脑十分冷静，悄声说道。

艾美匆忙抖出六只，把其余的放在戴维斯先生面前，心想任何铁石心肠的人闻到那股喷香的味道都会软下来。不幸的是，戴维斯先生特别讨厌这种时髦腌果的味道，他越发勃然大怒。

"就这些吗？"

"还有几个。"艾美结结巴巴地说。

"立刻把剩下的都拿上来。"

她绝望地望了一眼她那班伙伴，顺从了。

"你肯定再没有了吗？"

"我从不撒谎，先生。"

"那好，现在把这些讨厌的东西两个两个拿起扔出窗外。"

眼看着最后一丝希望破灭，到了嘴边的东西被夺走，姑娘们都发出一阵叹息声。艾美又羞又恼，脸色涨得通红，忍辱来回走了足足六趟。每当一对倒霉的酸橙——啊！多么饱满圆润——从她极不情愿的手中落下时，街上便传来一声欢叫。姑娘们简直心碎欲绝，因为叫声告诉大家她们的美食落在了她们不共戴天的敌人——爱尔兰小孩儿的手上，成为他们的美餐，令他们狂喜雀跃。这——这简直不能忍受。众人向冷酷无情的戴维斯投去气愤而恳求的目光，一位热烈的酸橙爱好者忍不住热泪暗流。

当艾美扔掉最后一个酸橙走回来时，戴维斯先生令人战栗地"哼"了一声，装腔作势地训斥道："年轻女士们，你们记得我一星期前说的话吧，发生了这种事我很遗憾，但我绝对不会姑息这种违反纪律的行为，而且决不食言。马奇小姐，伸出手来。"

艾美吓了一跳，把双手藏在背后，用祈求的目光望着他，说不出半句话来，样子极其可怜。她本来是"老戴维斯"，当然啦，如大家所称，颇为得意的门生，如果不是一个姑娘"嘘"了一声以泄怨愤的话，我个人相信，戴维斯先生完全可能破例食言。但那嘘声尽管细若游丝，却激怒了这位脾气暴躁的绅士，并决定了犯规者的命运。

"伸出手，马奇小姐！"这一声便是对她无声恳求的唯一答复。自尊好强的艾美不愿哭求，她咬紧牙关，对抗地把头向后一甩，任由小手掌挨了几下抽打。虽然打得不多也不重，但这对她来说没什么不同。她平生第一次挨打，在她眼里这种耻辱和他将其重重推倒无异。

"现在站到讲台上，直到下课。"戴维斯先生说。既然开了头，他就决心做个彻底。

这实在太可怕了。回到座位与"亲者痛，仇者快"的脸庞相向已经足够难堪，而如今还要带着耻辱的烙印面向全班，这简直是不可能的事。有那么一刻，她感到自己唯有原地倒下，哭到心碎。但那种刺心的屈辱感和对珍妮·斯诺的恨使她挺住了。她踏上那个不光彩的位置，两眼死死盯着火炉烟囱管，连那里都似乎有无数脸孔，她一动不动地站在那里，面如白纸。姑娘们面对这么一个心碎欲绝的人，也都无心上课了。

在接下来的十五分钟里，这位傲慢敏感的小姑娘尝尽了永生难忘的耻辱和痛苦的滋味。别人或许觉得此乃小事一桩，荒唐好笑而已，对她而言，却是苦痛的经历。她有生十二年以来，一直与爱为伴，从未领教过这种打击。而一想到"回到家我不得不把这事说出来，她们一定会对我失望至极"，她连手掌和心上的痛苦也顾不上了。

这十五分钟就像一个小时那么漫长，但最后还是走到了尽头，"下课"的字眼，她还从未如今天这般渴盼过。

"你可以走了，马奇小姐。"戴维斯先生说。看得出来，他心里头很不自在。他很难忘怀艾美投来的责难的目光。

离开时，她一言未发，径直走进前厅，一把抓起自己的东西，恨然发誓，"永远"离开此地。回到家里她仍伤心不已。不久，姐妹们相继归来。一个义愤填膺的会议随即召开。马奇太太看样子大受其扰，却并没有多说，只是无限温柔地宽慰自己备受煎熬的小女儿。美格边掉泪边用甘油擦涂艾美那遭受凌辱的手掌；贝丝觉得即使自己可爱的小猫咪也安慰不了如此深重的痛楚；乔怒发冲冠，提议戴维斯先生应该立即被逮捕；汉娜对那"坏蛋"挥起拳头，捣土豆做饭时也敲打得噼啪作响，仿佛那"坏蛋"就躲在她的捣杵下面。

除了她的几个伙伴外，没有人注意到艾美没来上学，但眼尖的姑娘们发现戴维斯先生下午变得相当宽厚，而且格外紧张。放学前，乔露面了。她神情严峻，大步走近讲台，把母亲写的一封信交上去，然后收拾起艾美的物品，转身离去，在门垫上狠狠蹭掉靴上的泥土，似乎要把她脚上沾的这个地方的尘土甩个干净。

"好了，你可以放个假，但我要求你每天都和贝丝一起学点儿东西。"那天晚上马奇太太说，"我不赞成体罚，尤其是对女孩子。我不喜欢戴维斯先生的教学方法，我觉得你交往的那些姑娘对你没有什么好的影响。我要先征求你父亲的意思，再把你送到别的学校。"

"好极了！我希望姑娘们全走掉，毁掉他的破学校。一想到那些可爱的酸橙，我就气得发疯。"艾美叹息着，神情就像一个殉难者。

"你失去酸橙我并不难过，因为你破坏了纪律，应该受到惩罚。"母亲严厉地回答。一心只想得到同情的年轻女士，听到这话颇为失望。

"您的意思是您很高兴我当着全体同学的面丢脸吗?"艾美喊道。

"我不会选择这种方法来纠正错误，"她的母亲回答，"但我不敢说换一种温和一点儿的方法你就会从中得到教训。你现在变得过于自负了，亲爱的，是你改正这一点的时候了。你有很多天赋和优点，但不必摆出来展览，因为自大会把最优秀的天才毁掉。真正的才华和好品行并不惧怕漠视，即使无人问津，你对拥有禀赋的自知和对其良好的驾驭，都将让你获得身心的愉悦，真正吸引人的魅力源于谦逊。"

"完全正确！"劳里叫道。他正跟乔在屋角下象棋。"我曾认识一个女孩儿，她音乐天赋极高，自己却不知道，她从不知道自己独处时作的小曲有多美，即使别人告诉她，她也不会相信。"

"我能认识那位好女孩儿就好了，她或许可以帮助我，我这么笨。"贝丝说。她正站在劳里身边认真倾听。

"你确实认识她，她比任何人都更能帮你。"劳里答道，快

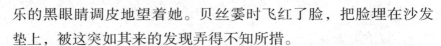

乐的黑眼睛调皮地望着她。贝丝霎时飞红了脸，把脸埋在沙发垫上，被这突如其来的发现弄得不知所措。

乔让劳里赢了棋，以奖励他称赞了她的贝丝。贝丝经这么一夸，怎么也不肯出来弹琴了。于是劳里一展身手，他边弹边唱，心情显得特别轻松愉快，因为他在马奇一家人面前极少流露自己的忧郁性格。

在他走后，整个晚上一直郁郁寡欢的艾美似乎若有所思，突然问道："劳里是多才多艺的男孩子吗?"

"当然，他受过优等教育，又很有天分，如果没被宠坏，他会成为一个出色的人才。"她母亲回答。

"而且他不自大，对吗?"艾美问。

"一点儿也不。这便是他这么富有魅力的原因，也是我们全都这么喜欢他的原因。"

"我明白了。多才多艺、举止优雅固然很好，但向人炫耀或翘尾巴就不好了。"艾美若有所思地说。

"如果态度谦虚，这些气质总会在一个人的言谈举止中流露出来，无须向人卖弄。"马奇太太说。

"譬如你一下子把所有的帽子、长袍、丝巾都穿戴出来，生怕别人不知道你有这些东西，这样当然不行。"乔插言道。

大家随之笑起来，训导于是到此结束。

第八章　乔遇上了恶魔

"姐姐们，你们上哪儿去?"星期六的下午，艾美走进房间时，发现两位姐姐正准备悄悄溜出去，便好奇地问道。

"没什么。小姑娘不应该多嘴。"乔尖刻地回答。

如果有什么能在我们年轻时刺痛我们的心，那就是听到这种话。如果我们听到"走开，亲爱的"，那就更加难受。艾美听到这句刺心话发起怒来，决意即使软磨硬泡一个小时也要弄清楚这个秘密。她转向一贯迁就她的美格撒娇道："告诉我吧!我知道你们也会让我一起去的，因为贝丝就知道弹琴，我无事可干，这么孤单。"

"不行，亲爱的，因为没有邀请你。"美格开口了。但乔不耐烦地打断她："好了，美格，别说了，不然你会把事情搞砸的。你不能去，艾美，别像个孩子似的嘟囔个没完。"

"你们要和劳里一起出去，我知道是这样。你们昨晚在沙发上又说又笑，见我进来就不吱声了。你们是不是跟他去?"

"对，是跟他去。现在别出声了，不要缠着我们。"

艾美住了嘴，但眼睛却在观察。她看到美格把一把扇子塞进衣袋里。

"我知道了!我知道了!你们要上剧院看《钻石湖七城》!"

她喊道，接着又坚决地说，"我要去，妈说这出戏我可以看的，再说我也有钱。你们不早点儿告诉我，可真够小气的。"

"乖乖听我说吧。"美格安慰道，"妈不想让你这个星期去，因为你眼睛还没好利索，受不了童话剧里灯光的刺激。下星期你可以跟贝丝和汉娜去，再享受不迟。"

"那怎么比得上跟你们和劳里一起去有意思。让我去吧。我感冒的时间够长了，整天关在家里，想出去玩儿都想得发疯了。答应我吧，美格！我一定乖乖听话。"艾美请求道，一副楚楚可怜的样子。

"假如我们带她去，只要帮她穿暖和点儿，我想妈妈也不会生气。"美格说。

"她去我就不去。如果我不去，劳里就会不高兴，而且这样很不礼貌，他原本只请了我们两人，我们却非要拉上艾美。她该识趣一点儿，不要去自己不受欢迎的地方。"乔生气地说。

她想痛痛快快看场戏，不愿劳心伤神地看管一个坐不住的孩子。

她的语调和态度激怒了艾美，她开始穿上靴子，用极富火药味儿的语气说："我就是要去，美格都说我可以去。如果我自个儿付钱，劳里就管不着。"

"你不能和我们一起坐，因为我们的座位是预定的。而你又不能一个人坐，那么劳里就会把他的位子让给你，那就扫了大家的兴。要不他就会另外给你找座位，这也不合适，因为人家本来就没有请你。你哪儿也不能去，老实在家待着！"乔责难道，匆忙间把手指扎伤了，这让她更加生气。

艾美穿着一只靴子坐在地上，放声大哭。美格好言相劝，这时劳里在下面叫她们，她俩赶忙下楼，留下妹妹在那里号啕大哭。这位妹妹有时会忘掉自己的大人风度，表现得像个被宠坏了的孩子。就在她们正要出发之际，艾美倚在楼梯扶手上用威胁的声调叫道："你一定会后悔的，乔·马奇，走着瞧吧！"

"随你的便！"乔回敬道，砰的一声关上门。

他们过得相当开心，《钻石湖七城》比想象中的还要精彩绝伦。不过，尽管红色小魔鬼滑稽古怪，小精灵熠熠生辉，王子公主美若天仙，乔的快乐心情却总是夹杂着一丝烦扰：仙女王后的黄色鬈发，总是让她想起艾美。

幕间休息时她寻开心地想象，她的小妹妹会做出什么让她"后悔"的事。在生活中她和艾美发生过多次小冲突，两人都是急性子，惹急了都会发怒。艾美挑逗乔，乔激怒艾美，偶尔便会疾风骤雨似的发作一次，事后两人都会觉得后悔。虽然年长，乔却最不善于控制自己，狂野的个性常令她惹祸上身，为了控制自己的性子，她着实吃了不少苦头。她的怒气总是消得很快，一旦乖乖地认了错，她便诚心悔改，努力补偿。她的姐妹们常说她们倒挺喜欢把乔逗得勃然大怒，因为狂怒之后她便成了无比温顺的天使。可怜的乔拼尽全力要做个好姑娘，但深藏心中的敌人总是随时跳出来，把她打倒。这场自我的战争经过数年的耐心努力才结束。

回到家时，她们看到艾美正在客厅读书。她们进来的时候她一副受伤的神情，眼皮儿也不抬，也不问一句话。要不是贝丝在那里问长问短，听两位姐姐热情洋溢地把话剧描绘一番，艾美的好奇也许就会征服愤慨，自己去问个明白了。乔上楼去放她最好的帽子时，先望望衣柜，因为上次吵架后艾美把乔的顶层抽屉底朝天倒翻在地上，借以出气。幸好，一切都原封不动。匆匆扫一眼自己各式各样的衣橱、袋子、箱子等物后，乔觉得艾美已经原谅了自己，忘记了她的过错。

乔这回可想错了。第二天乔的发现引发了一场大的家庭风暴。傍晚时分，美格、贝丝和艾美正坐在一处，乔神情激动、气喘吁吁地冲入房间："有人拿了我的书没有？"

美格和贝丝马上答："没有。"并觉得十分惊讶。艾美捅捅火苗，一言不发。乔发现她马上脸色飞红，好一会儿才恢复常态。

"艾美，你拿了！"

"不，我没拿。"

"起码你知道书在哪里！"

"不，我不知道。"

"撒谎！"乔喊道，用两手抓住她的肩膀，她的脸上满是恶狠狠的表情，就算比艾美胆大的孩子也会害怕。

"我没说谎，我没拿，我不知道它在什么地方，也不在乎。"

"你心中一定有数，最好马上讲出来，否则就让你尝尝我的厉害。"乔轻轻摇了她一下。

"你爱怎么骂就怎么骂吧，你永远也看不到你那本无聊的破书了！"艾美也激动地喊起来。

"为什么？"

"我把它烧掉了。"

"什么！我最最心爱的小书，我费尽心思想赶在爸爸回家前写完的小书，你真的把它烧掉了吗？"乔问道，脸色煞白，眼中像要冒火，两手神经质地把艾美抓得紧紧的。

"对，烧掉了！我告诉过你，要让你付出代价的，我做了，所以……"

艾美不敢往下再说，因为乔早已怒发冲冠。她一面狠劲儿猛摇艾美，弄得她牙齿咯咯作响，一面悲愤交加地大叫道："你这个狠心歹毒的女孩儿！我再也写不出这样的书来，我这辈子都不会原谅你！"

美格飞身上前营救艾美，贝丝则赶忙上来安抚乔。但乔仍然怒不可遏，她给妹妹一记耳光作为临别纪念，冲出房间，跑上阁楼，坐在那张旧沙发上，独个结束了这场战斗。

马奇太太回来时，楼下的风暴已经停息。听到这事后，她很快便让艾美认识到自己做了多么伤害姐姐的错事。乔的书是她心中的骄傲，被一家人视为极有前途的文学萌芽。书里只写了六个神话小故事，但却是乔耐心耕耘所得。她全心写作，希望写好后能够出版。她刚刚小心翼翼地把故事抄好，并毁掉了草稿，因此艾美这一把火便把她数年的心血毁于一旦。这对于别人来说可能是个小损失，但对乔来说却是灭顶之灾，她觉得无论怎样补救都无济于事。贝丝犹如死掉了一只小猫咪一样沉痛哀悼；美格拒绝为自己的宠儿说好话；马奇太太神情严峻，伤心万分；艾美后悔不迭，心想如果自己不向乔道歉，就再也没有人爱她了。

喝茶的铃声响起时，乔出现了，带着冷若冰霜拒人于千里之外的神情。艾美鼓足勇气，低声下气地说道："原谅我吧，乔，我非常非常抱歉。"

"我绝不会原谅你！"乔硬邦邦地抛出一句。从那一刻起她完全不理艾美了。

没人再提这个不幸的事件，连马奇太太也不例外，因为大家得出一条经验，但凡乔情绪如此低落，说什么都没用，最明智的办法是等一些偶然的小事或她本身宽容的天性来化解怨恨，治愈创伤。

这不是个令人愉快的夜晚，虽然她们照常做针线活儿，母亲照样朗读布雷默、司各特、埃奇沃思的文章，但气氛总是不对劲儿，原来甜蜜、和谐的家庭生活泛起了波澜。到了晚唱时间，大家更觉难受，贝丝只是默默抚琴，乔如石像般呆立一旁，艾美失声痛哭，只剩下美格和母亲孤军作战。然而，尽管她们力图唱得像云雀一样轻快，银铃般的嗓音却失去往日的和谐，全都不在调儿上。

当乔接受晚安吻别时，马奇太太柔声低语道："亲爱的，别让愤怒的乌云遮住了太阳。宽恕彼此，互相帮助，明天再重新开始。"

乔真想把头埋进母亲怀里，哭尽一切悲伤和愤怒，但男儿有泪不轻弹，而且，她觉得受到的伤害是如此之深，一时实在不能原谅。因此她拼命眨巴着眼睛，摇着头，因为知道艾美在一旁听着，于是硬邦邦地说："这种事情卑鄙至极，她罪不可恕。"说完她大步走回寝室。

这一夜姐妹们没有说笑，也没有讲悄悄话。

艾美因自己主动求和而遭到严厉拒绝，不禁恼羞成怒，她后悔自己太低声下气，觉得自己受到了前所未有的伤害，于是故意摆出一副更让人生气的炫耀自己的架势。乔的脸上依然阴云密布，这一天事情全乱了。

这是个寒意袭人的早晨，乔把最心爱的酥饼掉到阴沟里，马奇姑婆大发脾气，美格郁郁寡欢，贝丝在家里总是一副伤感而心事重重的样子，艾美还在那儿讲她的大道理，批评某些人口里常说要做好孩子,现在人家已为她做出了榜样,她却连试都不试。

"个个都这么可恨，还是找劳里滑冰去。他总是那么好心，那么快活，他会帮我高兴起来的。"乔心里说着，便走了出去。

艾美听到溜冰鞋发出的响声，向外一望，急得大叫起来。

"瞧！她答应过下次带我去，因为这是最后一个冰期了，但叫这么个火暴性子带上我，也是白费力气。"

"别这样说。你也确实太淘气了。你烧掉了她的宝贝书稿，哪那么容易就让她原谅你。不过我想现在她或许会这样做的，只要你在适当的时候试探她，我想她会心软的。"美格说，"跟着他们，什么也别说，等到乔跟劳里玩儿得开心的时候，你静静走上前去给她一吻，或是做点儿讨人喜欢的事情，我敢说她会诚心诚意与你和解的。"

"我试试看。"艾美说，觉得这个忠告正中下怀。她一阵风似的收拾妥当，向他们追出去。两位朋友正渐行渐远，身影逐渐消失在山的那面。

这儿离河不远，两人在艾美来到前已做好准备。乔看到她走来，立刻转过身去。劳里却没有看见，他正小心翼翼地沿岸滑行，探测冰块的声音，因为天气骤冷前暖和过几天。

"我去第一个转弯看看，没有问题我们再开始比赛。"艾美听他说完，就见他如离弦之箭飞驰而去，一身毛边大衣和暖帽衬得他活脱脱像个俄罗斯小伙子。

乔听到艾美跑得气喘吁吁，穿溜冰鞋时，冻得又是跺脚又是吹手，但乔就是不回头，只是沿河慢慢作"之"字形滑行着，对妹妹的小麻烦，竟心生快意，只是这快意却充满苦涩，全非愉悦。她积攒着愤怒，越积越多，直到这怒火迷失她的心智，如果不立即发泄出来，就会生出邪恶的念头和情绪。

劳里在转角拐弯时，回头大声喊道："沿着河岸滑，中间不安全。"乔听到了，但艾美正忙着穿鞋，一个字也没有听到。

乔侧头瞥了一眼，藏在心里的小魔鬼在她耳边鼓噪："管她听没听到，自己顾自己好了！"劳里的身影在转角消失了，接着是乔。艾美远远地落在后面，正迈步向河中间较为平滑的冰面走去。有那么一分钟，乔一动不动地站在那儿，心里漾起了一种奇怪的感觉。接着她决定继续向前走，但一种莫名的感觉使她停下脚步，转过身来，正好看见艾美举起双手，随着一阵突如其来的冰块爆裂的声音，在水花四溅中跌落冰河，那一声尖叫吓得乔的心几乎都不跳了。她想叫劳里，却发不出一点儿声音，她想冲上前去，双脚却全然没了力气，有那么一秒钟，她就只能呆站在那里，大惊失色地死盯着黑色冰面上的那顶小蓝帽。这时，一个身影从她身边疾驰而过，只听劳里大声喊道："拿根横杆来。快，快！"

她不知道自己是怎样做的，但接下来的几分钟她犹如着了魔一样，茫然地听从劳里的吩咐。劳里相当镇静，他平卧下去，用手臂和曲棍球棒拉起艾美，直到乔从栅栏拔出一根栏杆，两人齐心合力，把小姑娘弄了出来。艾美伤得不重，但吓得不轻。

"来吧，我们得赶快把她送回家，把我们的衣服披在她身上，我得把这讨厌的溜冰鞋脱掉。"劳里一边喊，一边用自己的大衣裹住艾美，并使劲儿扯着鞋带，这动作以前从未如此麻烦过。

打着战，滴着水，哭喊着，他俩总算把艾美弄回了家。这一场惊心动魄的意外之后，艾美裹着毛毯在暖和的炉火前睡着了。一团忙乱中乔几乎一声不吭，只是团团乱转，脸色苍白，神色慌张，她自己的东西弄得七零八落，裙子撕破了，双手被冰块、栅栏和坚硬的衣扣剐得满是伤口和瘀青。当艾美舒舒服服地睡着了，屋里也安静下来之后，马奇太太坐在床边，把乔叫过来，给她包扎弄伤了的双手。

"您肯定她没有事吗？"乔悄声问道，悔恨交加地望着那个险些在惊险的冰层下永远消失的金发小脑瓜。

"没什么事了，亲爱的。她没有受伤，也不会患上感冒，我想你用衣服包着她，把她尽快送回家，这是十分明智的做法。"母亲宽心地答道。

"都是劳里做的。我当时只是由她去。妈妈，如果她死了，那全是我的错。"乔一下子跌落床边，在悔恨交加的泪水中讲述了事情的经过，她痛斥了自己的铁石心肠，又呜咽着感谢老天化险为夷，使她不至于受到抱憾终生的惩罚。

"都是我的坏脾气！我想努力把它改好，我以为已经改好了，谁知发作起来越发不可收拾。噢，妈妈，我该怎么办？我该怎么办？"可怜的乔绝望地叫道。

"提防和祈祷吧，亲爱的，千万不要对此感到厌倦，千万不要认为你的缺点不可征服。"马奇太太说着，把乔乱蓬蓬的脑袋靠在自己肩上，无限温柔地吻着她湿漉漉的脸颊，乔哭得越发伤心。

"您不知道，您想象不出我的性子有多坏！我发起火来什么事都做得出来，我变得毫无人性，我伤害别人，还乐在其中。我好怕自己有一天会做出可怕的事情，毁了自己的生活，还让人憎恨。哦，妈妈，帮帮我吧，千万帮帮我！"

"我会的，孩子，我会的。别哭得这么伤心，但要记住这一天，并且要痛下决心不再让这种事情重演。乔，亲爱的，我们都会遇到诱惑，有些甚至比这种大得多，我们常常要用一生来征服它们。你以为自己的脾气是天下最坏的了，但我的脾气以前就跟你的一模一样。"

"您有脾气，妈妈？您从来都不生气啊！"乔惊讶得暂时忘掉了悔恨。

"我努力改了四十年，现在才刚刚控制住。在我的生活里，几乎每天都生气，乔，但我学会了不把它表露出来，我还希望学会不把它感觉出来，虽然可能又得花上四十年。"

对于乔而言，她所深爱的母亲脸上洋溢着的耐心与谦逊，就是最好的教导，要远比什么说教和斥责管用得多。母亲的安慰和信任使她心里好受多了。知道自己的母亲也有自己一样的缺点，并且努力改正，她觉得自己更要下决心改正过来，虽然四十年的提防与祈祷对于一个十五岁的少女来说相当漫长。

"妈妈，当马奇姑婆责骂您或有人惹您心烦时，您紧闭双唇走出屋外，那是不是在生气呀？"乔问道，觉得自己跟妈妈比以往更加亲近了。

"是的，我学会了收住冲到嘴边的气话，每当我觉得这些话要违背意志冲口而出时，我就走开一会儿，给自己一点儿时间来检讨自己的软弱和邪恶。"马奇太太舒了一口气，微笑作答，边说边把乔散乱的头发梳理好。

"您是怎么学会保持冷静的？我被这个麻烦折磨得要死——刻薄话总是趁我还没反应过来就飞出嘴巴，说得越多，就越是口不择言，最后终于恶语伤人。告诉我您是怎样做的，亲爱的妈妈。"

"我的好妈妈过去总是帮我……"

"就像您帮我们一样……"乔插嘴说道，感激地献上一吻。

"但我在比你稍大一点儿的时候便失去了她。我自尊心极强，不愿在别人面前暴露弱点，因此多年来只能独自挣扎。我度过了一段很难熬的时光，乔，并为此洒下无数痛苦的泪水，因为尽管我非常努力，但似乎总是毫无进展。后来你父亲出现了，我沉浸在幸福之中，发现做个好姑娘并非难事。但渐渐地，当我有了四个小姑娘整天围着我，我们又一贫如洗，我的老毛病就又犯了。因为我天生缺乏耐性，看到自己的孩子缺衣少食，心里便煎熬得厉害。"

"可怜的妈妈！那么是什么帮助了您？"

"你父亲，乔。他总是很有耐心，从不疑神疑鬼，怨天尤人。他总是快乐地憧憬，快乐地工作，并满怀期待。在他面前，其他的做法真的让人羞愧难当。他就这样帮助并且抚慰着我，还让我知道如果我要是想让我的小姑娘们拥有所有的美德，我就必须以身作则，因为我就是你们的榜样。一想到我的努力是为了你们，不再仅仅是为自己，改变就变得容易多了。每当我口不择言后，你们一脸的惊恐和诧异，比任何语言的忠告都令我警醒。以身作则，赢得孩子们的爱、尊敬和信任，这才是我所有努力后的甜美收获呀。"

"啊，妈妈，如果我及得上您一半，就心满意足了。"乔深受感动地说。

"我希望你会做得比我更好，亲爱的，但你得时时提防'藏在心中的敌人'，正如你爸爸所说，不然，就算它不会毁了你的生活，也会让你抱憾终生。你已经得到了教训，要记住它，在它带来比今天这场灾难更大的悲伤与悔恨之前，全力控制住你的急脾气吧！"

"我一定努力，妈妈，真的。但您得帮助我，提醒我，防止我乱发脾气。我以前看见爸爸有时用手指按住双唇，用温和但严肃的眼神看着您，您便紧咬嘴唇，或是走出门去。他这样是不是在提醒您？"乔轻轻问道。

"是的。我叫他这样帮助我，他也从来没忘记。看到那个小小的手势和亲切的目光，我的脾气便发不出来了。"

说话间，乔看到母亲的双眼突然充满了泪水，嘴唇也微微颤动，担心自己说得太多了，便赶紧轻声问道："我这样望着您，跟您谈这个问题合适吗？我并非有意冒犯您，可是跟您诉说心事我就觉得心里舒服了许多，坐在这里我就感到又安全又幸福。"

"我的乔，你可以向母亲倾诉衷肠。我的女儿信任我，向我诉说心里话，并明白我是多么爱她们，这对我是最可喜最骄傲的事情。"

"我以为是我让您伤心了呢？"

"不，亲爱的，只是谈起你的父亲，我便想到自己多么想念他，多么感激他，多么应该忠实地为他照看他的四个小女儿，使她们生活得平安幸福。"

"但是您却叫他上前线去，妈妈。他走时您没掉眼泪，现在也从不埋怨，似乎您从不需要帮助。"乔不解地说。

"我把我的最爱献给心爱的祖国，他走后才让眼泪流出来。我们两人只是为祖国尽了自己应尽的责任而已，而且最终一定会因此而更加幸福。我为何要埋怨呢？我似乎不需要帮助，那是因为我有一个比你父亲更好的朋友在安慰我，支撑着我。我的孩子，你生活中的烦恼和诱惑正开始露头，而且可能还会有许多，但只要你感受到天父的力量和仁爱，正如你感受到你平凡的父爱一样，你就能战胜它们，超越它们。你对天父之爱越深，信任越大，你就会觉得与他贴得越近，受世俗的束缚就越少。他永不疲倦，永不变更他的爱与关怀，永远不会收回他的仁慈，只会让这一切成为永生的和平、幸福和力量的源泉。全心地相信这个信念，带着你全部的关爱、希望、悲伤和罪过与上帝同在，就像你随意并信任地来找妈妈一样。"

乔无以作答，唯有与母亲紧紧相拥，在随后的静默中，全身心地做一个沉默但无限热诚的祈祷者，只因在那个悲喜交加的时刻，她不仅品味到悔恨与绝望的苦痛，也品尝到了自我否定和自我控制的美妙。在母亲的引领下，她与那位朋友靠得越发紧密了。他总是以比天下任何父母都更为诚挚热烈的爱与温存关爱着每一个小孩儿。

艾美在睡梦中动了动身子，叹了一口气。乔抬头望去，脸上露出一种从未有过的表情，似乎恨不得马上弥补过错。

"我的怒火让太阳都消沉下去了，不愿原谅她。今天，如果不是劳里，一切就都太迟了！我怎么可以这样邪恶？"乔说出声来，俯身看着妹妹，轻轻抚摩着披散在枕上的湿发。

艾美好像听到了说话声，她睁开眼睛，伸出双臂，向乔一笑，这一笑直入乔的心田。两人没有言语，只是隔着毯子紧紧拥抱在一起。在一吻之下，所有恩怨全都烟消云散了。

第九章　美格踏足花花世界

"我真的觉得那帮孩子在这个时候出麻疹，真是世界上再碰巧不过的事。"美格说。时值四月，她站在自己房间里往大皮箱里装行李，姐妹们围绕在她身边。

"安妮·莫法特没有忘记她的许诺，可真是个好人。足足两个星期让你尽情快活，玩儿个痛快。"乔一面接过话儿，一面用长胳膊把几件裙子折起来，那样子活像个风车。

"而且天气这么好，我真高兴这样。"贝丝边说边利索地从自己的宝贝箱子里挑出几条围巾和丝带，供姐姐出席大场面。

"但愿我也能去好好玩玩儿，把这些漂亮东西全穿戴上。"艾美说。她嘴里衔了满满一口的针，巧妙地插进姐姐的针垫里。

"我真希望大家都能去，既然不能，那就等我回来再跟你们讲遇到的奇闻趣事。你们对我这么好，把东西借给我，帮我收拾行李，我能为大家做的真是微乎其微。"美格说着环视房间，眼光落在行装上面。这套行装虽然十分简单，但在她们眼中却近乎完美。

"妈妈从那只宝箱里拿什么给你了？"艾美问，那天打开那个杉木箱子的时候，她刚好不在。马奇太太的那个杉木箱子，装了几件曾经辉煌一时的旧物，打算在适当的时候送给四个女儿。

"一双丝袜，一把精致的雕花扇子，还有一条漂亮的蓝色腰带。我原想要带那件紫罗兰色的真丝裙子，但没时间缝改了，只好穿我那条旧塔拉丹薄纱裙。"

"这比我的新薄纱裙子还要好看，衬上腰带就更加漂亮了。我真后悔我的珊瑚手镯给砸坏了，不然你便可以戴上它。"乔说。她生性豪爽大方，只是她的财物大都破旧不堪，派不上什么用场。

"宝箱里有一套漂亮的旧式珍珠首饰，但妈妈说鲜花才是年轻姑娘最美丽的点缀，而劳里答应把我要的全都送来。"美格回答，"来，让我看看，这是我的新灰色旅行衣——把羽毛卷进我的帽子里。贝丝，那是星期天和小型晚会穿的府绸裙子，春天穿有些厚，是不是？如果是紫罗兰色的丝绸裙子就好了，唉！"

"不要紧，你参加大型晚会还有塔拉丹呢。再说，你穿白衣裳就像个天使。"艾美说道，凝神欣赏着那一小堆漂亮衣饰。

"可它不是低领的，拖曳感也不够，但也只能这样了。我那件蓝色家居服倒是挺好，翻了新，新镶了饰边，和新的一样。我的丝绸外衣一点儿都不新潮，帽子也不像莎莉那顶。我原不想多说，但我对自己的伞失望极了。我原叫妈妈买一把白柄儿的黑伞，她却忘了，买回来一把黄柄儿的绿伞。这把伞结实雅致，因此我不该抱怨，但要是站在安妮的那把金顶丝绸伞的旁边，我就要无地自容了。"美格边叹息边极不满意地审视着那把小伞。

"换了它。"乔提议。

"我不会这么傻，妈妈费心地给我买东西，我可不想伤她的心。那些不过是我的胡思乱想，我是不会被这些荒唐想法左右的。我的丝袜和两副新手套，就是我可以仰仗的东西。你真是太好了，肯把你的借给我，乔。两副新的，一副干净的旧的，我已经觉得够体面，够高雅了。"美格又朝她放手套的箱子瞄了一眼。

"安妮·莫法特的晚礼帽上头有几个蓝色和粉红色的蝴蝶结，你可以帮我打上几个吗？"美格问。这时贝丝拿来一堆刚刚从汉娜手中接过的雪白薄纱。

"不，我不想打，因为太醒目的帽子不适合没有任何装饰的素净裙子，穷人不必装扮。"乔断然说道。

"真是不知道自己是不是有福气穿上锁有真花边的衣服，戴上打了蝴蝶结的帽子？"美格不耐烦地说。

"那天你说只要可以去安妮·莫法特家，你就心满意足了呢。"贝丝轻声提醒她。

"我还是这么觉得！没错，我高兴，我没什么可烦的，只是好像人得到的越多，想要的也就越多，不是吗？好了，现在，整装待发，万事俱备，就差我的舞会礼服，那得等妈来打理。"美格说。当她的目光从装得半满的行李箱滑向那条被折叠熨补了不知多少次的白色塔拉丹裙上的时候，她的心情再次雀跃起来，她口口声声地把那条裙叫作"舞会礼服"呢。

第二天天气不错，美格体面堂皇地动身了，去体验十四天新奇快乐的生活。马奇太太很不情愿地同意了这次出行，因为她担心女儿回来以后，会比以往更加对生活不满。但美格乞求个没完，莎莉也答应会好好照顾她，而且，干了一个冬天的烦闷工作后，到外面玩玩儿也是一大乐事，母亲便让步了，女儿得以初尝上流社会生活的滋味。

莫法特一家确实非常时髦。楼宇富丽堂皇，主人举止优雅，单纯的美格初来乍到，着实吃惊不小。不过，尽管莫法特一家生活奢华，但人还不错，很快便使客人放松下来。不知为什么，美格觉得他们不是很有教养，或者不是非常聪明，光鲜的衣着难掩普通平庸的本质。

不过，奢华的生活，坐豪华马车，每天穿漂亮衣裳，除了享乐无所事事，当然是快活不过。这正是她想要的。她很快便模仿身边那些人的言谈举止，摆点儿小架子，装模作样，说话时搭上一句半句法语，把头发卷曲，把衣服弄窄，并尽可能地言必谈流行。安妮·莫法特的漂亮东西她见得越多，就越是羡慕不已，自叹不如。如今家在她的心目中已经变得空无一物、沉闷无趣，工作变得比任何时候都要艰苦。她觉得自己是个一贫如洗、自尊严重受损的姑娘，即使有丝袜和两副新手套也难以弥补。

不过，她并没有多少时间来烦恼，因为三位年轻姑娘忙于打发"快乐时光"。她们整天逛商店、散步、骑马、探访朋友，晚上则上剧院或留在家里嬉戏，因为安妮结交了不少朋友，深谙待客之道。她的几个姐姐都是十分漂亮的年轻女子，一个已经订婚。美格想，订婚是极为有趣而浪漫的事。莫法特先生是个胖乎乎的快活老绅士，认识美格的父亲；莫法特太太是个胖乎乎的快活老太太，跟自己的女儿一样十分喜欢美格。一家人全都宠爱她，"黛茜"❶，如他们所称，被惯得有点儿头脑发热。

临到"小型晚会"那天晚上，她发现那件府绸裙子根本应付不了场面，因为其他姑娘全都穿着薄薄的裙子，个个光彩照人，于是塔拉丹出动了，但跟莎莉簇新的裙子一比，立即相形失色，显得残旧不堪，寒酸落伍。美格看到姑娘们扫了它一眼后，都互相交换个眼色，双颊顿时烧得通红。她虽然性格温柔，但自尊心极强。大家对此并没有说什么，不过莎莉主动提出帮她梳理头发，安妮帮她扎腰带，贝儿，那位订了婚的姐姐，则称赞她洁白的双臂。虽然大家全出于好意，但美格看到的只是

注释 ❶ 原意是"雏菊"，一种清新淡雅的小花，以此作为美格的别名，也有喻其清新雅致之意。

对贫穷的怜悯而已。她独自站立一旁，心情十分沉重，而姑娘们则又说又笑，像披着薄纱的蝴蝶一样到处跑来跑去。正当美格心酸难受之际，女用人突然送进来一箱鲜花。未等她说话，安妮已把盖子打开，众人随即发出一阵惊呼，原来里头装的全是绚丽的玫瑰、杜鹃和绿蕨。

"准是送给贝儿的，乔治常常送她，不过这些可真是太美了。"安妮叫道，深深地闻了一下。

"那位先生说，这些花是送给马奇小姐的。这里有张字条。"女用人插话说，并把字条递给美格。

"多有趣，是谁送来的？不知道你还有个情人呢。"姑娘们嚷起来，围着美格转来转去，显得十分好奇和惊讶。

"字条是妈妈写的，鲜花是劳里送的。"美格简单地回答，暗暗感激劳里没有忘掉自己。

"噢，原来如此！"安妮怪模怪样地说了一句。美格把字条装进口袋，把它当作一种抵御妒忌、虚荣和伪自尊的护身符。寥寥数语，却是一片慈爱真情，给了她莫大的支持，而美丽动人的鲜花也再次使美格的心情雀跃起来。

美格几乎恢复了愉快的心情，她拿出几枝绿蕨和玫瑰留给自己，很快将其余的分成几把精美的花束，分给朋友们点缀在胸前、头发和衣裙上。她的小小赠予如此令人愉快，大姐克拉拉不禁称她为"我所见到的最甜美的小东西"，众人也为她小小的心意感动不已。无论如何这个小小的善举将沮丧的心情一扫而光。其他人都跑到莫法特太太跟前展示去了。美格把几枝绿蕨插在自己的鬓发上，又把玫瑰别在裙子上，现在裙子看上去没有那么寒酸了。镜子里，她看到了一张喜气洋洋、明眸顾盼的脸孔。

那天晚上她尽兴起舞，玩儿得十分开心。大家都非常友善，她得到了三次恭维。安妮让她唱歌，有人称赞她的声音十分甜美；林肯少校问"那位水灵灵的长着漂亮眼睛的小姑娘"是谁；莫法特先生坚持要和她跳舞，因为她"不拖沓、舞步轻快有力"，他很有风度地说。这一切都使她的心情十分愉快，不料，她后来不经意听到了几句闲话，顿时让她的情绪一落千丈。那时她正坐在花房里面，等舞伴给她带冰块过来，突然听到花墙的另一面传来一个声音问道："她有多大？"

"十六七岁吧，我想。"另一个声音答道。

"这将对那些姑娘们中的一个大有好处，你说是吧？莎莉说他们（意指马奇家与劳伦斯家）现在关系很密切，老头儿（指劳伦斯老先生）挺宠爱他们。"

"我敢说，马奇太太有她的如意算盘，握了一手好牌，只是还早了点儿，那小丫头显然还没往这方面想呢！"莫法特太太说。

"她刚才撒了个小谎，好像字条真的是她妈妈写的。鲜花送进来时她的脸都红了，可怜的小东西！如果她打扮得时髦一点儿，一定漂亮极了。你说如果我们提出借条裙子给她星期四穿，她会生气吗？"另一个声音问。

"她是有点儿傲气，但我不相信她会介意，因为那条邋遢的塔拉丹就是她的全部。她大可今天晚上把它撕破，那就有借口送她一条体面的了。"

"等着瞧吧。我要特意为她邀请小劳伦斯，那咱们就有好戏看了。"

这时，美格的舞伴走回来，看到她面红耳赤，情绪相当激动。

她确实是个傲气的姑娘，也幸亏如此，她才忍住了没有发作，对刚才听到的这番话，她深觉羞辱、愤怒，并且深恶痛绝，因为无论她多么天真无邪，也不至于不明白这种闲话的意思。这些话挥之不去，一直在她耳边纠缠：什么"马奇太太的如意算盘"，"撒了个小谎"，"邋遢的塔拉丹"，等等。她真想大哭一场，冲回家去倾诉苦恼，寻求忠告。无奈这是不可能的事，她只得强装笑脸。尽管心情激动，她一点儿也没有露出破绽，没有人想象得出她心里经历着怎样的斗争。

真高兴曲终人散。她静卧在床，千思百想，愤愤不平，一直弄得脑袋生疼，发热的面颊上滚落几滴凉丝丝的泪来。那些没有恶意的蠢话为美格打开了一个新世界，而这大大搅扰了此前她孩童般单纯、快乐、平和的旧日生活。她和劳里天真无邪的友谊被无意听来的闲言蒙上了一层阴影。她对妈妈的信心也被以己度人的莫法特太太的一番"计划"言辞给动摇了。原以为穷人家儿女理应满足于衣饰简朴，谁知这帮姑娘却将旧式衣衫视为天底下最不幸的灾难，无端怜悯，同情泛滥，这一下又削弱了她于此的信念。

可怜的美格一夜无眠，起床时眼皮沉重，心情极坏。她半是对朋友的无事生非心怀怨恨，半是愧于自己不能坦然澄清，以正视听。那天早上姑娘们全都慵慵懒懒，直到中午时分才提起劲头做毛线活儿。美格马上意识到她的朋友们神色异常：她们待她更加敬重，对她的言谈十分关注，注视她的目光中透露着好奇。这一切令她既惊奇又得意，只是她实在不明就里。直到埋头书写的贝儿从书本上抬起头来，嗲声嗲气地说："黛茜，亲爱的，我给你的朋友劳伦斯先生送了一份请帖，请他星期四过来。我们也想认识认识他，这可是特意为你而请的哟。"

美格红了脸，但她突然想捉弄一下这些姑娘们，于是装作一本正经地回答："你们的心意我领了，只是恐怕他不会来。"

"为什么，chérie❶？"贝儿小姐问。

注释 ❶ 宝贝儿，乖乖（法语）。

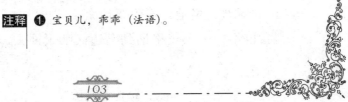

"他太老了。"

"你这是什么意思？他究竟有多大年纪？"克拉拉小姐嚷道。

"差不多七十吧，我想。"美格答道，假装数数打了多少针，拼命忍住笑。

"你这个狡猾的小家伙，我们指的当然是那个年轻人。"贝儿小姐笑了起来，喊道。

"哪里有什么年轻人，劳里只是个小男孩儿。"姑娘们听到美格这样形容自己的所谓"情人"，不禁互相交换了个古怪的眼色，美格见状也笑了。

"和你年纪差不多嘛。"南妮说。

"和我妹妹乔差不多，八月份我就十七岁了。"美格把头一仰，答道。

"他送你鲜花，可真是个好人儿，没错吧？"不识趣的安妮还想试探下去。

"没错，他经常这样做，送给我们全家人，因为他们家里有的是，而我们又这么喜欢鲜花。我妈妈和劳伦斯先生是朋友，你们知道，两家孩子在一起玩儿是相当自然的事情。"美格希望她们能够就此住口。

"显然黛茜还没有参加过社交。"克拉拉小姐朝贝儿点点头说。

"是天真无邪得可以。"贝儿小姐耸耸肩说道。

"我准备出门给我家姑娘买点儿东西，各位小姐要我捎点儿什么吗？"一身丝绸和花边的莫法特太太像头大象一样，吵嚷着蹒跚而入。

"不用费心了，夫人。"莎莉回答，"我星期四已经有一条粉红色的新丝绸裙子，不想要什么了。"

"我也不……"美格话到嘴边又咽了回去，因为她突然想到自己确实想要几样东西，但是却得不到。

"你那天穿什么?"莎莉问。

"还是那条白色的旧裙子，要是我把它补得能见人的话，昨晚可惜给撕破了。"美格非常想轻描淡写一带而过，但却感到很不自在。

"为什么不捎信回家再要一条?"莎莉问。她实在是不善于察言观色。

"我只有这一条。"美格好不容易才说出这话。

但莎莉仍然没有明白过来，她友好地惊叫起来："只有那一条? 真好笑……"

她的话只说了半截，因为贝儿冲她摇头，并友善地插话说："这没有什么好笑的，她又不出去社交，要这么多衣服有什么用? 即使你有一打，黛茜，也不必跟家里要。我有一条漂亮的蓝色真丝裙子，我穿着小了，闲放着呢，倒不如你来穿上，遂遂我的心意，好吗，亲爱的?"

"谢谢你的好意，但如果你们不在意，我倒不在乎穿我的旧裙子，像我这样的小姑娘这样穿挺合适。"美格说。

"能把你打扮入时是我最开心的事，我爱死这么做了，只需给你装点一番，你就会是个标准的小美人儿。等到你打扮停当，我才能让你出去见人。那时候我们要像灰姑娘和她的教母那样，在参加舞会时，惊艳全场!"贝儿用极具说服力的腔调说着。

美格无法拒绝如此友好的提议，因为她很想看看自己打扮后是否会变成个"小美人儿"，于是点头同意，把原来对莫法特一家的不满抛诸脑后。

星期四晚上，贝儿把自己和女佣关在房里，两人合力把美格变成一个绝代佳人。她们把她的头发烫曲，在她的脖颈和胳膊上扑上香粉，在她的双唇上抹上珊瑚色的唇膏，使它们显得更红，如果不是美格反抗，霍丹斯还会加上"一点点胭脂"。她们把她裹进天蓝色的裙子里。裙子又紧又窄，她几乎透不过气来，领口开得极低，矜持的美格对着镜子羞得满脸红晕。一套银丝首饰也被戴上了：手镯、项链、胸针，甚至耳环。一丛点缀胸前的香水月季花蕾和一条花边褶带衬得美格一双玉肩优美动人，一双高跟蓝色丝靴也使她的最后一个心愿得到满足。一条镶边手帕、一把羽毛扇和一束银枝礼花，终于把她打扮完毕。贝儿小姐满意地审视着自己的杰作，就像一个小姑娘在看一个刚刚打扮好的洋娃娃一样。

"小姐真 Charmante，trèsjolie❶，不是吗？"霍丹斯矫情地拍手称赞。

"来吧，展示一下！"贝儿小姐说。在她的引领下，她们来到其他姑娘等待的房间里。

美格在一片摩擦与碰撞声中翩然而至，曳地长裙窸窣有声，耳环叮当作响，鬈发上下波动，她的一颗心"扑通"个不停。刚才那面镜子已明明白白地告诉她自己是个"小美人儿"，她觉得她的"好戏"真的已经开始了。朋友们热情洋溢，不断地称她为"小美人儿"。她站在那里，好像寓言里的寒鸦，尽情享受着自己借来的羽毛，其他人则像一班喜鹊，叽叽喳喳地叫个不停。

"趁我换衣裳，南妮，你教她怎样走步，别让她被裙子和法式高跟鞋绊倒。卡莱拉，你用银蝴蝶发夹把她左边的那绺长鬈发夹起来。你们谁也别弄糟了我这一手漂亮功夫。"贝儿说着匆匆走开，对自己的成功显得相当得意。

"我怕是下不去楼了，我觉得头晕目眩，身子僵硬，好像只

注释 ❶ 迷人的（法语）。

穿了一半衣服。"美格对莎莉说。此时铃声响起，莫法特太太派人来请年轻女士们立即赴会。

"你完全变了个样，不过你漂亮极了。我在你身边简直无地自容，多亏贝儿品位高，当然你也很有法国味儿。就让你的花儿这么随意挂着，小心不要绊倒。"莎莉回答，努力不去在意美格比自己漂亮这个事实。

美格牢牢记着这个教导，小心翼翼地走下楼梯，款款步入客厅。莫法特夫妇和几个早到的客人已经聚集在那里。

她很快发现华丽的衣服有一种魅力，就是能吸引那么一些人，赢得他们的尊敬。几位以前没有正眼瞧过她的年轻小姐突然变得十分亲热。几个上次舞会只是盯着她看的年轻绅士现在不只盯着她看，还要求引荐引荐，而且向她极尽奉承，说了许多愚不可及但十分入耳的话。几位坐在沙发上指指点点的老太太感兴趣地打探她是何方人氏。美格听到莫法特太太回答其中一个说："黛茜·马奇，父亲是部队的上校，我们的远亲，可惜时运不济，你知道。也是劳伦斯家的密友。亲爱的，不瞒你说，我家内德对她很是着迷哩。"

"噢！"那老太太戴上眼镜把美格又细看一遍。

听到莫法特太太这番惊世骇俗的连篇谎话，美格只装作没有听见。

那种"头晕目眩"的感觉仍然没过去，但她假想自己正在扮演上流社会的漂亮小姐，倒也觉得相当愉快。不过，她的两肋被紧身裙勒得隐隐作痛，双脚不断踩到长裙，还老得提防那对耳环，担心它们突然甩出来，弄丢或摔破了。

她正手摇折扇，咯咯笑着听一位卖弄诙谐的年轻人讲并不好笑的笑话，突然止住了笑声，显得手足无措。原来，她看到劳里正站在对面。他紧紧地盯着她，毫不掩饰心中的惊愕，还有不快。因为他虽然躬身行礼，面露微笑，但坦诚的眼睛却流露出一种眼光，令她羞红了脸，只恨没有穿上自己的旧裙子。她看到贝儿用臂肘碰碰安妮，两人的目光从她身上扫到劳里身上，更加心乱如麻。幸亏劳里看上去孩子气十足，而且十分害羞，她这才安下心来。

"无聊的家伙们，把这些乱七八糟的念头放进我脑子里。我可不在乎，该怎样做就怎样做。"想到这里，美格一路窸窸窣窣地响着走到房间对面和她的朋友握手。

"你来了我真高兴，我还担心你不会来呢。"她说话时，一副成人的口气。

"乔希望我来，并告诉她你的情况，我便来了。"劳里回答，他对她那副老成持重的腔调感到好笑，但并不正眼看她。

"你打算告诉她些什么呢？"美格问。她很想知道劳里对自己的看法，却第一次觉得在他面前很不自然。

"我会说我不认识你了，因为你看上去这么成熟，一点儿都不像你自己，我挺害怕的。"他摸着手套上的纽扣，说道。

"你真荒唐！这些姑娘们把我打扮成这个样子，只是为了好玩儿，我也挺乐意的。你说乔看到我会不会把眼睛瞪直了呢？"美格说，想引他说出他是不是觉得自己更好看。

"我想她会。"劳里严肃地回答。

"你不喜欢这个样子吗？"美格问。

"不，不喜欢！"回答得干脆率直。

"为什么不？"声调甚为着急。

他扫了一眼她那披着鬈发的脑袋、裸露的双肩，以及镶着漂亮花边的裙子，那种神情把她窘得无地自容，接着他的回答也一反往日彬彬有礼的风度。

"我不喜欢轻浮炫耀。"

这话出自一个比自己年轻的小伙子口里，叫美格如何接受？她转身就走，一面恨恨地说道："我从来没有见过你这样无礼的男孩子。"

心烦意乱的她走到一扇远离喧嚣的窗边站定，让双颊凉下来，都是那条紧身裙箍得她极不舒服。这么呆站着时，林肯少校从她身边走过，不一会儿，她听到他对他的母亲说道："他们在愚弄那个小姑娘，我原想让你见见她的，但他们把她全毁了，今天晚上一无是处，只是一个洋娃娃。"

"唉，上帝！"美格叹息道，"如果我理智一点儿，穿上自己的衣服，就不会令人厌恶，也不会生出这般烦恼，替自己害臊了。"

她把额头靠在冰凉的窗棂上面，任由窗帘半掩着自己的身影。她最喜欢的华尔兹已经开始，她也仿佛浑然不知。这时，一个人碰碰她。她回过身来，看到了劳里。他一脸悔色，郑重其事地向她鞠了个躬，伸出手来："请恕我一时无礼，来和我跳个舞吧。"

"恐怕这会委屈了你呢。"美格试图装出一副生气的样子，却一点儿也装不出来。

"绝对不会，我打心眼里想跟你跳呢。来吧，我不会惹你生气的。我虽然不喜欢你的衣服，但我真的觉得你——反正漂亮极了。"他挥挥手，似乎语言还不足以表达他的仰慕之情。

美格一笑，心软了下来。当他们站在一起等着和上音乐节拍时，她悄悄说道："小心我的裙子把你绊倒，它使我受尽折磨，穿着它我简直就像个呆头鹅。"

"把它围着领口别起来就行了。"劳里说着，低头看看那双小蓝靴，显然对它们很满意。

他们敏捷而优雅地迈开舞步，由于在家里练习过，这对活

109

泼的年轻人配合得相当默契，成了舞场上一道令人赏心悦目的风景。他们欢快地旋转起舞，觉得经历了这次小口角之后，彼此更加靠近了。

"劳里，我想请你帮我个忙，愿意吗？"美格说。她刚跳一会儿便气喘吁吁地停下来，也不解释。劳里站在一边替她扇扇子。

"那还用说！"劳里欣然回答。

"回到家里千万不要告诉她们我今天晚上的打扮。她们不会明白这个玩笑。妈妈听到会担心的。"

"那你为什么这样做？"劳里的眼睛显然是在这样问。

美格急忙又说："我会亲自把一切告诉她们，向妈妈'坦白'我有多傻。但我宁愿自己来说，你别说，能做到吗？"

"我向你保证我不会说，只是她们问我时该怎样回答？"

"就说我看上去挺好，玩儿得很开心。"

"第一项我会全心全意地说的，只是第二项怎么说，你看上去并不像玩儿得开心，不是吗？"劳里盯着她，那种神情促使她悄声说道："是，刚才是不开心。不要以为我真的那么讨厌，我只是想开个小玩笑，但我发现这种玩笑毫无益处，我已经开始厌倦了。"

"内德·莫法特走过来了，他想干什么？"劳里边说边皱起黑色的眉头，仿佛并不欢迎这位年轻主人的到来。

"他订下了三场舞，我想他是来找舞伴的。烦死人！"美格说完摆出一副厌烦的神情，把劳里也逗乐了。

劳里一直到晚饭时候才再跟美格说上话，当时她正跟内德和他的朋友费希尔一起喝香槟。劳里觉得那两人表现得"十足一对傻瓜"，他觉得自己有权像兄弟一样监护马奇姐妹，必要时站出来保护她们。

"如果你喝多了，明天就会头痛得厉害，我可不这样做。美格，你妈妈不喜欢这样，你知道。"他在她椅边俯下身来低声说道。此时内德正转身把她的杯子重新斟满，费希尔则弯腰捡起她的扇子。

"今天晚上我不是美格，而是个轻狂的洋娃娃。明天我就会收拾起这副'轻浮炫耀'的嘴脸，重新做个好女孩儿。"她假笑一声答道。

"那么，但愿明天已经到来。"劳里嘟囔着，快快走开了。

看到她变成这副样子，他心里很不高兴。

美格一边跳舞一边调情卖俏，嘀嘀咕咕地聊着，傻笑着，就像别的姑娘们一样。晚饭后她跳华尔兹舞，由始至终跌跌撞撞，那条长裙子差点儿把她的舞伴绊倒。劳里见到她乱蹦乱跳的模样心生反感，他一边看着，一边想好了一番忠告，但却没有机会告诉她，因为美格总是躲着他，一直到他过去道晚安为止。

"记住！"她说道，勉强笑笑，因为剧烈的头痛已经开始了。

"守口如瓶，至死不渝。"劳里回答，使劲儿挥挥手，转身离去。

这小小的一幕激发了安妮的好奇心，但美格累得不想再扯闲话，早早上了床，觉得自己像参加了一场化装舞会，但玩儿得没有期待中的那样开心。她第二天整天都昏昏沉沉，星期六就回家了。两个星期的玩乐弄得她筋疲力尽，她自觉在那"繁华世界"已经待得太久。

"安安静静，不用整天客套应酬，这才是令人愉快的日子。家是个好地方，虽然它并不华丽。"星期天晚上，美格跟母亲和乔坐在一起，悠然四顾，说道。

"你这样说我很高兴，亲爱的，我一直担心这趟豪华之旅之后，家在你眼中会又穷又闷。"妈妈答道。她那天不时担心地望一眼女儿，因为孩子们脸上的任何变化都逃不过母亲的眼睛。

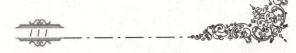

美格快乐地跟大家讲了她的经历，并一再说她玩儿得十分痛快，但她的情绪似乎仍然有点儿不对劲。当两个小妹妹去睡觉之后，她坐在那里若有所思地盯着炉火，寡言少语，神情焦虑。时钟敲过九下，乔也说要睡觉时，美格突然离开座椅，拿起贝丝的跪凳，双肘靠在母亲的膝头上，勇敢地说道："妈咪，我想'坦白'。"

"我也料到了，是什么事，亲爱的？"

"要我走开吗？"乔知趣地问道。

"当然不要。我什么事情瞒着你了？在两个小妹妹面前我没脸说出口，但我想把我在莫法特家干的那些好事向你们全抖出来。"

"说吧。"马奇太太微笑着说，不过神情有点儿焦虑。

"我说过她们把我打扮一新，但我没告诉你们她们给我涂脂抹粉，烫卷头发，给我穿紧身裙，把我收拾得像个时髦人儿。劳里虽然嘴里没说，但我知道他心里也认为我不像话。有一个人甚至说我是洋娃娃。我知道这样很傻，但她们奉承我，说我是个美人儿啊什么的，我便任凭她们摆布了。"

"就这些吗？"乔问。马奇太太则默默注视着美丽的女儿那张沮丧的脸孔，不忍心责备她干的那些傻事。

"不，我还喝香槟，乱蹦乱跳，学人家调情卖俏，总之丑态百出。"美格内疚地说。

"还有一些什么吧，我想。"马奇太太抚摩着女儿滑嫩的脸颊。美格突然涨红了脸，慢慢答道："是的。这很无聊，但我想说出来，因为我痛恨人家这样猜测和议论我们和劳里之间的关系。"

接着她把在莫法特家听到的流言蜚语告诉她们。乔看到母亲一面听一面紧闭双唇，似乎十分气愤，居然有人把这种念头塞进美格天真无邪的脑子里。

"哎呀，我第一次听到这么无耻的废话！"乔气愤地叫道，"你为什么不当场走出来说个明白？"

"我做不到，这太尴尬了。起初我是无意听到的，但后来我又怒又羞，倒没想起该走开了。"

"等我见到安妮·莫法特，你就知道我怎样解决这种荒唐事！什么'如意算盘'，什么对劳里好是因为他家有钱，以后会娶我们！如果我告诉劳里那些无聊东西是怎样谈论我们穷孩子的，他不叫起来才怪！"乔说着笑起来，似乎这种事情不过是个大笑话而已。

"如果你告诉劳里，我决不原谅你！她不该说出去，对吗，妈妈？"美格焦虑地说道。

"对，千万不要再重复那些愚蠢的闲话，并尽快把它们忘掉。"马奇太太严肃地说，"我让你置身于那些我了解甚少的人们中间，真是很不明智。我敢说，他们心肠不坏，但精于世故，缺乏教养，对年轻人满脑子粗俗念头。我对这次出访可能对你造成的伤害说不出有多么难过，美格。"

"不用担心，我不会因此而受伤害的。我会把坏的全抛诸脑后，只记住好的，因为我确实也玩儿得很尽兴，很感谢您让我去。我不会因此而伤心，也不会不知足，妈妈。我知道自己是个傻小姑娘，我会留在您身边，直到可以自己照顾自己。

"不过，让人家夸赞心里真是美滋滋的。我还是忍不住要说我喜欢呢。"美格说道，对自己的坦白显得有点儿不好意思。

"这十分自然，如果这种喜欢不过分，不会导致你一时冲动去做女孩子不该做的事情，那就一点儿都没有害处。要学会认识和珍惜有价值的赞美，用谦虚和美丽来激发优秀的人们对你的敬意，美格。"

　　玛格丽特坐着想了一会儿，乔则背手而立，专注的神情带着几分迷惑。她看到美格红着脸谈论爱慕、情人等诸如此类的东西，觉得十分新鲜。乔觉得自己的姐姐似乎在那两个星期里惊人地长大了，正在从她身边飘走，飘进一个她不能跟随的世界。

　　"妈妈，你有没有莫法特太太所说的那种'算盘'？"美格含羞问道。

　　"有，亲爱的，有很多呢。每个母亲都有自己的计划，但我的恐怕跟莫法特太太所说的有些不同。我会告诉你其中一部分，是到了跟你严肃地谈一谈的时候了，把你小脑袋里的浪漫念头拨到正道上来。你还年轻，美格，但也不至于不明白我的话。这种话由母亲来跟你们说最合适不过了。乔，也许很快就会轮到你的，也一起来听听我的'计划'吧。如果是好计划，就帮我一起执行。"

　　乔走过来，坐到椅子扶手上，好像她们就要参加到什么极其严肃的事情中去一样。马奇太太握着两个女儿的手，若有所思地望着两张年轻的面庞，语调严肃而轻快地说："我希望我的女儿们美丽善良，多才多艺，受人爱慕，受人敬重，青春幸福，姻缘美满。愿上帝垂爱，使她们尽量无忧无虑，过一种愉快而有意义的生活。被一个好男人爱上并选为妻子，是一个女人一生最大的幸福，我热切希望我的姑娘们可以体会到这种美丽的经历。考虑这种事情是很自然的事，美格，期望和等待也是对的，而明智之举是做好准备，这样，当幸福时刻到来时，你才会觉得自己已准备好承担责任，无愧于这种幸福。我的好女儿，我对你们寄予厚望，但并不是要你们急冲乱撞——仅仅因为有钱人豪门华宅，便嫁给他们。这些豪宅并不是家，因为里头没有爱情。金钱是必要而且宝贵的东西——如果用之有道，还是一种高贵的东西——但我绝不希望你们把它看作是首要的东西或唯一的奋斗目标。我宁愿你们成为拥有爱情、幸福美满的穷人家的妻子，也不愿你们做没有自尊、没有安宁的皇后。"

"贝儿说，如果不主动出击，穷人家的姑娘就永远不会有机会。"美格叹息说。

"那我们就做老姑娘好了。"乔坚决地说。

"说得好，乔，宁愿做快乐的老姑娘，也不做伤心的太太或轻浮的女孩子，四处乱跑找丈夫。"马奇太太用坚定的口吻说，"不要烦恼，美格，一个情到深处的恋人是不会轻易被贫穷吓倒的。我所知道的一些最优秀、最高贵的女士原来也是出身寒门，但爱神并没有遗忘这些可爱的女士们。把一切交给时间，让我们的家充满幸福，这样，当你们自己有一个家的时候，才可以承担起责任，如果没有，便在这里知足常乐地过一生。好孩子，记住：妈妈随时随地都是你们倾诉心事的知己，爸爸永远是你们的朋友，无论你们结婚还是单身，我们都希望自己的女儿能够成为我们生活中的骄傲和安慰。"

"我们一定能！妈妈，一定！"姐妹俩真诚地异口同声叫道。马奇太太说毕和她们道了晚安。

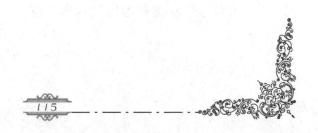

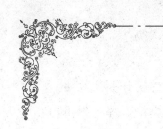

第十章　试　验

　　"六月一号！明天金家便要到海滩去，我自由了。三个月的假期——我要玩儿个痛快！"美格叫道。这天天气暖和，她回家时发现乔正疲倦不堪地躺在沙发上，而贝丝正帮她脱下沾满尘土的靴子，艾美在为大家做提神的柠檬汁。

　　"马奇姑婆今天总算走了，哦，我可真高兴！"乔说，"我从心眼儿里害怕她会叫我跟她一起去。要是她开口，我就会觉得自己责无旁贷，可是梅园那地方跟教堂的墓地一样沉闷，你知道，我宁可她放过我。我们诚惶诚恐地打发老太太启程，每次她开口跟我说话，我心里都一阵发慌，因为我为了早点儿完事，干得特别卖力特别殷勤，到头来又担心她会因此离不开我。我战战兢兢直到她顺利地上了马车，谁知道还有最后的惊吓。马车就要启程的时候，她探出脑袋，说：'约瑟芬，你能不能……'后面说的啥我一个字也没听进去，那工夫我真是不顾礼仪转身就跑，一路狂奔到了拐角，才放下这颗心啊。"

　　"可怜的老乔！她进来的样子活像身后有只熊在追她。"贝丝像慈母一样抱着姐姐的双脚说道。

"马奇姑婆真是个海蓬子❶，对吗？"艾美一边评论一边挑剔地品尝着她的混合饮料。

"她是说吸血鬼，不是海草，不过也无所谓啦。天气这么暖和，不必对修辞太讲究。"乔咕哝道。

"你们这个假期怎么过？"艾美问，巧妙地转开话题。

"我要躺在床上，什么也不做。"美格从摇椅深处回答，"我这个冬天每天一早就被唤醒，整天为了别人忙得团团转，现在我要随心所欲，休息个够。"

"我可不行，"乔说，"这种睡懒觉的法子不适合我。我已经囤积了一大堆书，我要躲到那棵老苹果树上消磨我的大好时光，如果不像云……"

"别说像'云雀'般云游！"艾美要求道，不过是回报挑刺"海蓬子"这一箭之仇。

"那我就说'夜唱'，像夜莺一样歌唱，和劳里一起，这词够贴切了，反正他歌唱得好。"

"咱们别做什么功课了，贝丝，让我们玩儿个痛快，好好歇歇，女孩子们就应该那样。"艾美建议。

"嗯，如果妈妈没意见的话，我就不做了。我想学几首新歌，夏天到了，我的娃娃们也要添置点儿东西，它们没什么衣服，乱糟糟的。"

"行吗，妈妈？"美格转头问马奇夫人，她正坐在她们称之为"妈咪角"的地方做针线活儿呢。

"你们可以试上一个星期，看看滋味如何。我想，到了星期六晚上你们就会发现，光玩儿不干活儿和光干活儿不玩儿一样难受。"

注释 ❶ 这里是艾美的一个误读。乔在下文中提到的"吸血鬼"，是艾美的本意。

"哎哟，不会的！我肯定这一定美妙绝伦。"美格美滋滋地说。

"现在我提议大家干上一杯。像我的'朋友兼搭档，萨瑞甘普'说的那样，永远快乐，永不劳动！"乔端起杯子，起身喊道，弄得杯子里的柠檬汁水花四溅。

大家快乐地一饮而尽，试验开始，那天的剩余时间便被懒洋洋地打发过去了。

第二天早上，美格直到十点钟才露面。她一个人的早餐犹如鸡肋。由于乔没有在花瓶里插上花，贝丝也没有打扫，艾美又把书丢得满地都是，房间显得既空落落，又乱糟糟，只有"妈咪角"仍然跟平常一样井井有条，令人愉快。美格便坐在那里，进行"休息式读书"，就是一面打呵欠一面盘算着自己的薪水够买件什么式样的漂亮夏装。

乔在河边和劳里玩儿了一个早上，下午爬到苹果树上读《大世界》，读得泪流满面。贝丝从洋娃娃家族居住的衣橱里头把东西全部翻出来整理，还没收拾一半就累了，于是她撇下横七竖八的残局，转而向音乐中寻求快慰去了，心中暗自高兴再没有洗刷碗碟的烦扰。艾美把她的小凉亭收拾了一番，又穿上漂亮的白色上衣，把鬈发梳了个整整齐齐，坐在忍冬花下画画，满心希望有人看到，询问一下这位年轻的艺术家姓甚名谁。可惜只来了一只好事的长脚蜘蛛，饶有兴趣地把她的作品审视一番。无趣之下，她只好去散步，却赶上滂沱大雨，弄得她湿淋淋地回了家。

到了喝茶的时候，她们互相交流心得，仍一致认为这一天过得相当愉快，尽管日子长得有些超出想象。美格下午上街买了一幅"漂亮的蓝薄纱"，把布料裁开后才发现，这种布不禁洗，这一小小的不幸着实令她有些抓狂。乔划船时晒脱了鼻子上的皮，长时间看书又害得脑袋生疼。贝丝被乱七八糟的衣橱搞得心烦意乱，一下子学三四首歌又力不从心。艾美淋湿了上衣，后悔不迭，因为第二天就是凯蒂·布朗的晚会，现在，她就像弗洛拉·麦克弗里姆西一样，"无衣可穿"。不过，这些都只是鸡毛蒜皮的小事，她们告诉母亲进展顺利。母亲笑笑，不作声，和汉娜一起把姐妹们抛下的工作接过来，把家操持得整齐舒适，维系着家庭的顺利运转。只是这种"休息和享乐"产生了令人大跌眼镜的后果：大家都有一种奇怪的、极不自在的感觉。日子变得越来越长，脾气跟天气一样阴晴不定，一种七上八下的感觉占据了每个人的心。而魔鬼撒旦却总会借助好闲的游手做些颠倒错乱的事来。

　　作为最高享受，美格把一些针线活儿拿出去让别人做，但接着便发现时间真的是沉闷到非得操起剪刀，结果在比照莫法特的衣服给自己的衣服改良时，她弄得一团糟。乔读书读到两眼昏花，见书生厌，脾气也变得异常烦躁，连好脾气的劳里也受不了，跟她吵了一架，她于是伤心落泪，竟生出不如跟马奇姑婆同去的想法。贝丝倒过得相当安稳，因为她常常忘记了这是光玩儿不工作时间，不时重新操起旧活儿。但大家的情绪感染了她，性子一向温柔平和的她也变得有几分烦躁不安——一次她甚至摇晃起可怜的乔安娜，还骂她是个"怪物"。最难受的要数艾美，她的交际圈子窄，三位姐姐撇下她，任其自娱自乐，自己顾自己，她很快发现这个多才多艺、举足轻重的自我，变成了一个最大的负担。她不喜欢洋娃娃，又嫌童话故事幼稚，而谁又能一天到晚地画画，扮家家酒"茶会"没什么意思，"野餐"也不过如此，除非组织得极好。"如果能有一栋漂亮的房子，里头住满善解人意的姑娘，或者外出旅游，这夏天才会过得开心。可是跟三个自私的姐姐和一个大男孩儿待在家里，神（圣）人也会发火。"我们的错词小姐心里抱怨道。这几天她充分体验了欢乐、烦恼，继而厌倦无聊的个中滋味。

没有人愿意承认自己对这个试验感到厌倦，但到星期五晚上大家都暗暗松了一口气，窃喜一个星期终于熬到了头。熟谙幽默之道的马奇太太为了加深这个教训的印象，决定用一种恰如其分的方式来结束这个试验。她给汉娜放了一天假，让姑娘们好好体会一下光玩儿不干活儿的滋味。

星期六早上姐妹们一觉醒来，发现厨房里没有生火，饭厅里没有早餐，母亲也不见踪影。

"老天垂怜！出了什么事？"乔嚷道，瞪着惊愕的大眼睛四处察看。

美格跑上楼，很快便折回来，神态不再紧张，但显得颇为困惑，还夹杂着几分惭愧。

"妈没病，只是非常累。她说要在房间里静养一天，让我们一切尽力而为。这真奇怪，一点儿都不像她平时的作为，但她说这个星期她干得很辛苦，所以让我们别发牢骚，还是自己照顾自己好了。"

"那还不容易！这还真是个好主意，我正愁没事干——我是说，找点儿新乐子。"乔飞快地添了一句。

事实上，做一点儿工作对她们来说是一种很好的放松。她们决心把活儿干好，可是她们很快就意识到汉娜所言"做家务可不是开玩笑"的真谛。

食品柜里储物丰富，在贝丝和艾美摆桌子的当儿，美格和乔做早餐，一面做一面还奇怪为什么用人说家务难做。

"虽然妈妈说我们不用管她，她会自己照顾自己，我还是要拿一些上去。"美格说。她站在锅碗瓢盆后面指挥，觉得挺像回事儿。

于是在早餐开始前，她们先匀出一碟，乔把碟子连同厨师的问候一同送上去。虽然烧过头的茶苦涩难当，鸡蛋煎得焦煳，饼干也被小苏打弄得斑斑点点，不过马奇太太还是对这份早餐表示了感谢。乔走后，她真是大笑了一番。

"可怜的小家伙们，恐怕她们要吃些苦头了，不过这样对她们有益无害。"她取出早已备好的食物，把煮坏了的早餐悄悄丢掉，免得伤害了她们的自尊心——这是一种令她们十分感激的母亲式的小伎俩。

这一刻，下面已是怨声载道了，大厨师在失败的厨艺面前委屈至极。"没关系。午饭我来弄，我做用人，你做女主人，别弄脏了手，陪好客人，发发号施施令就行了。"对烹饪的认识比美格还要糟糕的乔说。

这个恳切的提议被欣然应允，玛格丽特退居客厅，她把沙发下面乱七八糟的东西扫掉，拉上窗帘以省却打扫灰尘的麻烦，三两下便把客厅收拾得井井有条。乔对自己的能力深信不疑，她心怀善念，希望弥补因吵架而造成的隔阂，当即写下一张邀请劳里来吃饭的字条，并放进了匹克威客邮局。

"你最好先看看有什么好吃的再请人嘛。"美格知道了这个热情但轻率的举动后说道。

"噢，这里有咸牛肉，还有很多土豆，我去买些芦笋，再买个大鳌虾，像汉娜说的那样'换换口味'。我们可以弄些莴苣做沙拉，我虽不会做，但可以看菜谱。再弄些牛奶冻和草莓做甜点。如果你想高雅一点儿还可以弄点儿咖啡。"

"别好高骛远了，乔，因为你做的东西只有姜饼和糖块可以吃得下去。这个午餐会我是洗手不干了，既然是你要叫劳里，那就由你来款待他好了。"

"我不指望你做什么，替我招呼他就好，还有帮我完成布丁。我碰到麻烦的时候，你得给我指点指点，这样总行了吧?"

乔很受伤地说道。

"好的，但我除了面包和几种小玩意儿外，其他的都不大会做。你买东西之前最好先征得妈妈同意。"美格慎重地说。

"我当然会的，我又不是傻瓜。"乔走开时，对有人质疑她的能力很是不快。

"你们随便好了，别来打扰我就行。我要出去吃中饭，家里的事情就不操心了。"马奇太太对前来讨教的乔说，"我一向不喜欢家务事，今天我也要放个假，读读书，写写字，串个门儿，开心放松一下。"

一大早就看到平时忙碌的母亲一反常态地坐在摇椅上优哉游哉地读书，乔就觉得好像发生了什么自然灾害，因为即使日食、地震或者火山爆发也不会比这更奇怪。

"怎么搞的，事情全都古里古怪。"她自言自语地走下楼梯，"贝丝在那边哭，不用说，我们家肯定出了什么事情。要是艾美捣乱，我一定狠狠摇她几下。"

乔心绪不宁地匆匆走进客厅，发现贝丝正对着她们的金丝雀皮普呜呜咽咽地哭。小鸟直挺挺地死在笼子里，小爪哀怨地向前伸着，似乎正在乞求食物，显然它是饿死的。

"都是我的错——我把它忘了——这儿一粒米、一滴水都没有了。噢，皮普！噢，皮普！我怎么能对你这么残忍？"贝丝哭道，把可怜的小鸟放在手里，试图把它救醒。

乔瞄瞄小鸟半睁的眼睛，摸摸它的心脏，发现它早已僵硬冰冷，于是只能摇摇脑袋，主动提出用自己的衣盒做它的小棺材。

"把它放在炉边，或者会暖和苏醒过来。"艾美满怀希望地说。

"它是饿死的。已经死了，不要再去烤它。我会给它做一件寿衣，把它葬在花园里。我不会再养鸟了，再不了，我的皮普！

我不配。"贝丝低声哭诉着,她就那样坐在地板上,双手捧着她的小宠物。

"葬礼今天下午举行,我们都参加。好了,别哭了,贝丝。这事大家都不好受,但这个星期事情全都乱了套,皮普便是我们这个试验的最大牺牲品。给它做好寿衣,把它放在我的盒子里,午餐会后,我们为它举行一个隆重的小葬礼。"乔开始尝到了苦头。

其他人留下安慰贝丝,她直奔厨房,厨房里乱七八糟,一片狼藉。她系上大围裙开始干活儿,刚堆好碟子准备洗,却发现炉火灭了。

"真是前途光明!"乔咕哝道,砰地打开炉门,使劲儿捅里头的炉渣。

总算捅亮了炉火,她想趁烧水的工夫上一趟市场。这么一溜达,好兴致又回来了。买了几样东西以后,她又沾沾自喜起来。她买了一只很小的大虾,一些老掉牙的芦笋和两盒酸溜溜的草莓,她跋涉回家。待她收拾停当,备齐食料,炉子也烧红了。汉娜走前留下一盘要发酵的面包,美格早早便把面包做好,放在炉边再发酵一次,可是她随即就把它忘到了后脑勺。

门突然飞开的时候,美格正在客厅里招呼莎莉·加德纳,一个身上沾满面粉煤屑、头发蓬乱的怪物露出来,赤红着脸尖声叫道:"嘿,面包不沾盘子是不是已经发酵够了?"莎莉放声大笑,而美格则点点头,把眉毛抬得要多高有多高,怪物见状立即消失,一刻也不迟疑地把酸面包放到炉子上。马奇太太出来四处查看了一下情况的进展,又安慰了贝丝几句,就出门而去。贝丝坐在一边缝制寿衣,而心爱的小鸟躺在衣盒里任人凭吊。当母亲那灰色的帽子消失在拐角处时,姑娘们突然从心底萌生出一种奇怪的孤立无援的感觉。当几分钟后,克罗克小姐来访,还要留下来吃午饭的时候，姑娘们简直被绝望扼住了喉咙。这位女士是个面黄肌瘦的老姑娘，长着一个尖鼻子和一双好奇的眼睛，什么事都逃不过她的眼睛，而她看到什么也都要闲言碎语一番。她们并不喜欢她，但马奇太太却教她们要好好地对待她，原因很简单，她又老又穷，更没什么朋友。于是美格把安乐椅让给她，并尽量去跟她说话儿，而她则问这问那，指指点点，唠叨着她能知道的家长里短。

那天上午乔遭受到的殚精竭虑、焦头烂额、筋疲力尽的感受，简直是一言难尽。她做的午餐成了一个不折不扣的大笑话。因为不敢再向美格请教，她单枪匹马自作主张，这一刻才发现做厨师远非力气和良好的愿望那样简单。她煮了一个小时的芦笋，痛苦地发现笋头全都煮掉，笋茎却变得更硬。面包烤得乌黑。沙拉调料弄得她大为恼火，干脆听之任之地乱弄了一气，直到她最终确定她根本就做不出能吃的沙拉。大螯虾变成了神秘的猩红色，她捶开虾壳，把里头的肉捅出来，那一丁点儿肉落到莴苣叶堆里很快就不见了。为了不让芦笋等太久，土豆得快点儿煮，结果没煮熟。牛奶冻结成一团一团，草莓被手段高明的小贩弄了假，看上去已经熟透，吃起来却酸溜溜的。

"如果他们肚子饿的话，牛肉、面包配牛油倒也可以吃，只是白忙了一个上午，真是丢脸。"乔这样想着拉响了开饭铃。这顿饭比平时足足晚了半个小时，乔站在那里，又热又累，垂头丧气，审视着为劳里和克罗克小姐准备的盛宴，要知道这两位客人一个是熟知各种美味珍馐的阔公子，一个是绝不错过任何笑料、专爱搬弄是非的长舌妇。

菜被一一尝过，然后又被弃置一边，可怜的乔恨不得钻到桌子底下。艾美咯咯直笑，美格表情悲伤，克罗克小姐噘起嘴，劳里尽力说笑，试图活跃宴席气氛。乔的拿手好戏是水果，因为她放糖放得恰到好处，而且加上了一大罐香喷喷的奶油。当精致的玻璃盘子逐一摆上席面时，乔炽热的脸颊凉了一点儿，并长长地舒了一口气。大家望着浸在奶油里的呈玫瑰红的小山堆，全都垂涎欲滴。克罗克小姐先尝了一口，脸孔扭曲了一下，急忙喝水。乔没拿，她怕不够吃，因为一番挑拣之后已经所剩无几了。她瞅一眼劳里，见他正勇敢地大口吃下去，但嘴巴却微微噘着，眼睛一直盯着自己的盘子。喜欢美食的艾美舀了满满一大勺，却呛了一口，用餐巾掩着脸，仓促离席。

“噢，怎么回事？”乔颤抖着大叫。

“你放的是盐，不是糖，奶油也酸了。”美格打了个悲惨万分的手势答道。

乔呻吟了一声，倒在后面的椅子上，想起最后匆忙给草莓放糖的时候，仓促之间把厨房桌上放着的两个盒子随手拿了一个，牛奶也忘记放冰箱了。她的脸涨得通红，几乎哭出来。那一刻她忽然看到了劳里的目光，他在勇敢地大嚼盐渍草莓，眼神却满是憋不住的笑意。她突然觉得整个事件十分滑稽，不禁放声大笑，直笑得眼泪都流了出来。其他人也都笑得前俯后仰，连被姑娘们称为“牢骚鬼”的老小姐也大笑起来。大家吃着面包、牛油、橄榄，说说笑笑。这顿不幸的午餐总算在愉快的气氛中结束了。

“我现在没心情洗碗，我们还是先为小鸟举行葬礼吧，也冷静一下。”大家起身时乔说道。克罗克小姐一心想着要在下一个朋友的餐桌边编派这个新故事，便向大家告辞了。

为了贝丝，他们全都严肃下来。劳里在丛林里的绿蕨下面挖了个墓穴，小皮普被安放在里头，它那柔情似水的女主人洒泪无数。墓穴以绿苔为衣，上立一块石碑，碑上挂着一个用紫罗兰和繁缕编成的花环，还刻了一段墓志铭。铭文是乔在与午餐斗争的时候想出来的：这里躺着皮普·马奇，它死于六月七日。爱断情伤，伤心憾事，永世难忘！

葬礼一结束，贝丝便回到自己的房间，心情十分沉重，但她却找不到地方休息，因为几张床全都没有收拾，她只得把枕头掸拂干净，把各样东西收拾整齐，这样心里倒好受了一些。美格帮乔收拾碗碟，用了半个下午才洗完。两人都疲倦不堪，于是一致赞成晚饭只吃茶和烤面包。酸奶油似乎对艾美的脾气有不良的影响，多亏劳里做好事，把她带出去骑马了。马奇太太回家时发现三个大女儿都在辛勤工作，再瞅一眼壁橱，便明白实验已经成功了一部分。

几位小主妇还没来得及休息，便有几位客人来访，于是急忙招呼客人。接着又是泡茶，又是跑腿买东西，一两件非做不可的针线活儿只得放到最后才做。黄昏带着露珠悄悄降临，姐妹们一个个聚集到门廊，那里已经结满了六月玫瑰的美丽花蕾。每个人坐下时，不是呻吟就是叹息，似乎精疲力竭，烦恼无限。

"今天倒霉透了！"乔总是第一个发言。

"今天好像没有平时那么长，只是过得很不舒坦。"美格说。

"一点儿也不像个家。"艾美接着说。

"没有妈咪和小皮普，就不像个家样儿。"贝丝叹了口气，眼泪汪汪地望着头顶上空空如也的鸟笼。

"妈妈在这里呢，亲爱的，你明天可以再养一只鸟，如果你想的话。"

马奇太太边说边走过来坐在她们中间，看样子，她的假日也并不比她们的愉快多少。

"这个试验你们满意吗，姑娘们？要不要再试一个星期？"她问。这时贝丝依偎在她的身边，其他三姐妹也把明媚的脸庞转向她，犹如鲜花朝向太阳。

"我不想！"乔斩钉截铁地喊道。

"我也不想。"其他人齐声回答。

"那么，你们的意思是，最好担负一些责任，替别人着想一下，对吧？"

"游手好闲一点儿好处也没有。"乔晃着脑袋评论道，"我腻烦透了，我的意思是说，真想现在就干点儿什么。"

"建议你从最简单的做饭学起，这可是个有用的本事，每个女人都得会。"马奇太太说。想到乔的宴会，她无声地笑了，因为碰到克罗克小姐，已经知道了故事的全部。

"妈妈，您出门去并且由着我们胡闹，是不是故意看我们怎么做？"美格叫起来，她已经心存疑窦一整天了。

"是的，我想让你们明白，只有每个人做好分内工作，大家才能过舒服日子。当我和汉娜替你们工作时，你们过得相当不错，我看你们并不高兴，也并不领情，所以我想给你们一个小小的教训，看如果人人都只想着自己时结果会怎样。只有彼此帮助，承担日常工作，生活才会更愉快，享受闲暇时光才有意思，宽容忍耐，才会使家庭舒适幸福。你们不这么认为吗？"

"是的，妈妈，是的！"姑娘们齐声喊道。

"那么我建议你们再一次挑起自己的小责任。尽管有时责任的担子似乎很沉重，但对我们有好处，而且如果学会了怎么挑，担子就会变轻。工作是一件好事，而我们每个人都有许多工作要干，它有益于身心健康，使我们不会感到无聊，不会干坏事。比起金钱和时髦来，它更能赋予我们力量和独立意识。"

"我们会像蜜蜂一样工作，并且热爱工作，看着吧！"乔说，"我要把基础烹饪当作我的假日任务来学，下次宴会一定会成功。"

"我要帮爸爸做衬衣，而不用您来操劳，妈咪。我能做到，也愿意这样做，虽然我并不喜欢针线活儿，这样做比纠缠在自己的穿衣打扮上要好得多，其实我们这样的装束已经很不错了。"美格说。

"我要每天做功课，不再花那么多时间弹琴和玩儿洋娃娃。我是个笨脑瓜，应该多看书学习，而不是玩儿。"贝丝下定了决心。

艾美则学姐姐们的样子勇敢地宣布："我要学会锁扣眼儿和注意用词。"

"很好！既然这样，我对这个试验感到很满意，看来我们不必再做一次了，只是不要走到另一个极端，像个奴隶一样劳累过度。要定时作息，使每一天都过得充实愉快，你们要明白时间是无价之宝，那么就要善于利用时间。这样，即使我们没有钱，青春也会充满快乐，生活也会美满成功，年老的时候也不会有什么遗憾了。"

"我们记住了，妈妈！"她们确实把话记在了心上。

第十一章　劳伦斯营地

贝丝是女邮政局长，因为她在家的时间最多，可以定时收寄邮件，而且她也十分喜欢每天打开那扇小门，分派信件。七月的一天，她像邮递员一样，双手捧得满满的走进来，满屋子派发信件包裹。

"这是您的花，妈妈！劳里总是把这事记在心上。"她边说边把鲜花插进摆在"妈咪角"的花瓶里。那位细心的男孩子每天都要送上一束鲜花供她们插瓶。

"美格·马奇小姐，一封信和一只手套。"贝丝把邮件递给姐姐，美格正坐在妈妈身边缝袖口呢。

"咦，我在那边丢了一双，现在怎么只剩下一只？"美格看着灰色的棉手套说道，"你是不是把另一只丢在园子里头了？"

"没有，我保证没有，因为邮箱里就放了一只。"

"我讨厌单只手套！不过不要紧，另一只会找到的，我的信只是我想要的一首德语歌的译文，我想是布鲁克先生写的，因为不是劳里的字迹。"

马奇太太瞅一眼美格，只见她穿着一件方格花布晨衣，额前的小鬈发在微风中轻轻飘动，看上去是那么娇柔可爱。她坐在堆满整整齐齐的白布匹的小工作台边哼着歌儿飞针走线，脑子里只顾做着五彩斑斓、天真无邪的少女美梦，一点儿也没有觉察到妈妈的心事。马奇太太笑了，感到十分满意。

"乔博士有两封信，一本书，还有一顶滑稽的旧帽子，不但把整个邮箱都盖住了，还奋拉到外面。"贝丝边说边笑着走进书房，乔正坐在书房里写作。

"劳里真是个狡猾的家伙。我说如果流行大帽子就好了，因为我每到天热就会把脸晒黑。他说：'管它流行不流行，就戴顶大帽子，舒服就行！'我说如果我有就会戴，他就送了这顶来试我。我偏要戴上它，跟他闹着玩儿，让他知道我才不在乎什么流行呢。"乔把这顶老式的阔边帽子挂到柏拉图的半身像上，开始读信。

一封信是妈妈写的，这是一封让她心热脸红，并且会热泪盈眶的信。因为信上说——

> 亲爱的：
>
> 我写几句话给你，我想说，我看到了你为控制自己的脾气而做出的努力，我是那么高兴。你对自己的痛苦、失败或成功只字不提，可能以为除了那位每天给你帮助的"朋友"外（我敢相信是你那本封面都看得卷了角的指导书），没有人注意到这些。不过，我都一一看在眼里，而且完全相信你的诚意和决心，因为你的决心已经开始结果了。继续努力吧，亲爱的，耐着性子，鼓足勇气，记住有一个人比任何人都更关心你，更爱护你，那就是你亲爱的妈妈！

"这些话对我很有好处，这封信绝对抵得上万千金钱和无数溢美之词。噢，妈妈，我确实在努力！在您的帮助下，我一定会不懈地坚持下去。"乔把头埋在双臂上，洒下几滴热泪。她原以为没有人看到和欣赏她的努力，现在却意外地受到她一向最敬重的母亲的肯定，因此这封信显得更加珍贵和鼓舞人心。她把字条当作护身符别在上衣里，以便时刻提醒自己，更增加了征服困难的信心。她接着打开另一封信，准备接受这个不知是好是坏的消息，展现在眼前的是劳里龙飞凤舞的大字——

亲爱的乔，嗬！

明天有几个英国女孩儿和男孩儿来看我，我想好好玩玩儿。如果天气好，我准备在长草坪上搭帐篷，全班人马划船过去吃午饭，玩儿槌球游戏，点篝火，野餐，自由活动，反正各种游乐。布鲁克也一起去，看管我们这班男孩子，凯特·沃恩则负责女孩子。我希望你们全都来，无论如何不能落了贝丝，没有人会打扰到她的。不用担心野餐食物——一切由我来负责——千万出席，这才是好朋友呢！

请恕行笔匆匆。

你永远的劳里

"好消息！"乔叫道，冲进去向美格报告。

"我们当然可以去，妈妈，对吧？这样还可以帮劳里的大忙呢，因为我会划船，美格可以做午饭，两个妹妹也多少可以帮点儿忙。"

"我希望沃恩姐弟不是那种精于世故的人。你了解他们吗，乔？"美格问。

"只知道他们是四姐弟。凯特年纪比你大，弗雷德和弗兰克（双胞胎）年纪跟我差不多，还有个小姑娘（格莱丝）约莫十岁。劳里是在国外认识他们的，他喜欢那两个男孩子。我想，他不太欣赏凯特，因为他谈起她便一本正经地抿起嘴巴。"

"我真高兴我的法式印花布服装还很不错，这种场合穿正合适，又好看！"美格喜滋滋地说，"你有什么出得场面的吗，乔？"

"红灰两色的划艇衣就够好了。我要划船，到处跑，只想穿随便一点儿。你也来吧，贝丝？"

"那你得让那些男孩子别跟我说话。"

"一个也不让！"

"我想让劳里高兴，我也不怕布鲁克先生，他是个大好人。但是我不想玩儿，不想唱，也不想说话。我会埋头干活儿，不打扰别人。你来照看我，乔，那我就去。"

"这才是我的好妹妹，你在努力克服自己的害羞心理呢，我真高兴。改正缺点并不容易，这我知道，而一句鼓励的话就能让人精神振奋。谢谢您，妈妈。"乔说着感激地吻了一下母亲瘦削的脸庞，这一吻来自花朵一样的年轻女儿，对于马奇太太来说比任何东西都要宝贵。

"我收到一盒巧克力糖和我想要的图画。"艾美说着把邮件打开给大家看。

"我收到劳伦斯先生一张字条，叫我今晚点灯前过去弹琴给他听，我会去的。"贝丝接着说，她跟老人的友谊进展得非常快。

"我们马上行动起来，今天干双倍活儿，明天就可以玩儿得无忧无虑了。"乔说道，准备放下笔杆，拿起扫帚。

第二天一早，当太阳把头探进姑娘们的闺房向她们预告好天气时，它看到了一幅妙趣横生的景象：姐妹们个个下足功夫，为野营盛会做好准备。美格的前额列着一排小鬈发纸；乔在晒黑了的脸上厚厚地涂了一层冷霜；贝丝因为即将和乔安娜分离，把她带到床上共寝以弥补损失；艾美更是令人叫绝，她竟试图把令人烦恼的扁鼻梁托高，而用一个夹子夹住鼻子，这种夹子正是艺术家在画板上夹画纸的那种，因此用在这里尤其合适。这幅滑稽图显然把太阳也逗乐了，它笑得喷出万道金光，唤醒了乔。看到艾美这副尊容，乔的开怀一笑把大家都给叫醒了。

阳光和笑声是野营集会的吉兆。很快两个房子里的人都开始活跃地忙碌起来。贝丝第一个准备停当，她靠在窗前报告邻居的新动态，把正在梳妆打扮的三姐妹弄得越发紧张忙碌。

"一个人带着帐篷出来了！我看到巴克太太把午饭放到一个盖箱和大篮子里。现在劳伦斯先生仰头望望天空和风标，我真希望他也能一起去。那是劳里，打扮得像个水手——帅小伙子！噢，啊呀！一整车的人——一个高个女士，一个小姑娘，还有两个可怕的男孩子。一个跛了腿，可怜的人！他挂了根拐杖。劳里没跟我们说过。快点儿，姑娘们！时间不早了。呀，那是内德·莫法特，没错。美格，他是不是那天我们上街时向你行礼的那个人？"

"没错。真奇怪他怎么也来了？我还以为他在山里头呢。那是莎莉，太好了，她回来得正是时候。你看我这样行吗，乔？"美格焦急地问道。

"标准的清雅美女。提起裙子，把帽子戴正，这样斜翘着看上去有种感伤情调，简直要随着风飞起来了。好了，我们出发吧！"

"噢，乔，你不是要戴这顶帽子去吧？这也太离谱了，你不该把自己弄得像个男人。"美格规劝道。此时乔正把劳里开玩笑送来的旧式阔边意大利草帽用一根红丝带围系起来。

"我正是要戴着去，它棒极了——又遮阳，又轻，又大。它还能调节气氛。再说，只要舒服，我才不在乎做个男人。"乔说罢迈步就走，姐妹们紧跟其后——每人穿一身夏装，戴一顶逍遥自在的帽子，春风满面，十分好看，俨然一支活泼快乐的小队伍。

劳里跑上前来迎接她们，十分热情地把她们介绍给各位朋友。草坪成了会客厅，大家在那里逗留了几分钟，气氛十分活跃。美格看到凯特小姐虽然年方二十，穿着打扮却相当简朴，心里松了一口气，因为这种风格美国姑娘不费吹灰之力就能学会。她听内德先生一再声明自己特地为见她一面而来，心里更加受用。乔终于明白劳里为什么一提到凯特就"一本正经地抿起嘴巴"，因为这位女士很有一种拒人于千里之外的感觉，不像其他姑娘那样无拘无束、轻松随和。贝丝观察了一下新来的男孩子，认为跛足这位并不"可怕"，反倒温顺柔弱，她因此想好好对待他。艾美觉得格莱丝是个举止优雅、活泼快乐的小人儿，她俩默默对视了几分钟后，马上成了十分要好的朋友。

帐篷、午饭、槌球游戏用具等先行送走后，小团队立刻出发。两艘小船一起下水，岸上只剩下挥着帽子的劳伦斯先生一人。劳里和乔划一艘，布鲁克先生和内德先生划另一艘，而淘气反叛的双胞胎兄弟之一弗雷德·沃恩则使劲儿划着一只单人赛艇，像只受惊的水蜢一样在两艘小船之间乱冲乱撞。乔那顶风趣的帽子，用途十分广泛：它一开始便为打破僵局制造了笑声，划船时上下摆动的帽子，又扇出阵阵清风。她还说，如果下起雨来它还可以给全班人马当一把大伞使用。凯特小姐认定乔"虽然古怪，但挺聪明"，于是远远对着她微笑起来。

另一艘船上的美格舒舒服服地坐在两个桨手的对面，两个小伙子喜不自禁，各自使出不一般的"技巧和机敏"，把一艘小船划得四平八稳。布鲁克先生是个严肃又沉默寡言的年轻人，声音悦耳动听，一对棕色的眼睛明亮有神。美格喜欢他性格沉静，把他看作是一部活百科全书，里头装满了各种有用的知识。他跟她不大说话，但眼光却常常落在她身上。美格肯定他对自己并不反感。内德是大学新生，派头十足。他并不特别聪明，但性情随和，不失为野营活动的好伙伴。莎莉·加德纳一面打足精神护着自己的白裙子，以免被水弄脏，一面和到处乱冲乱撞的弗雷德交谈。弗雷德不断做出各式各样的恶作剧，把贝丝吓得心惊胆战。

长草坪并不远，他们到达时帐篷已经搭好了，三柱门也支了起来。这是一片令人心旷神怡的绿地，中间挺立着三棵枝繁叶茂的橡树，还有一块玩儿槌球用的平滑狭长的草坪。

"欢迎光临劳伦斯营地！"大家登上绿地，高兴得发出阵阵赞叹的时候，年轻主人说道。

"布鲁克任总指挥，我任军需官，其他男士任参谋官，而你们，女士们，都是客人。这个帐篷是专为你们搭的，那棵橡树是你们的客厅，第二棵是餐室，第三棵是营地厨房。好了，趁着天还没热，我们先玩儿个游戏，然后再来做饭。"

弗兰克、贝丝、艾美和格莱丝坐下观看其他八人玩儿游戏。布鲁克选了美格、凯特和弗雷德，劳里则选了莎莉、乔和内德。英国孩子打得不错，但美国孩子打得更好，而且冲劲儿十足。乔和弗雷德发生了几次小冲突，一次还几乎吵了起来。乔过最后一道三柱门时失了一球，很是恼火。弗雷德紧跟其后，这回轮到他先发球，接着才是乔。他把球一击，球打在三柱门上，然后停了下来，离球门仅有一英寸之遥。大家离得较远，于是跑上来看个究竟。他狡猾地用脚指头碰了一下，球便刚好滑进了球门。

"我进了！哈，乔小姐，我要把你打败，第一个进球。"年轻人挥舞着球棍叫道，准备再击一球。

"你推球了，我亲眼看见的，该我了。"乔厉声说。

"我发誓，我没动它，球也许滚了一点儿，但这并不犯规，还是请站开一点儿，让我好好击球吧。"

"我们美国人不作弊，但你们可以，如果你们喜欢。"乔十分生气。

"美国佬最有手段，这谁不知道。去你的球吧！"弗雷德回击道，把她的球打出老远。

乔张口要骂，却忍住了，只觉得热血直往上涌，她愣了一会儿，用尽全力把一个三柱门捶倒，而弗雷德则击中目标，狂喜地宣布自己胜出。乔走开去拾球，好一会儿工夫才在矮树丛里把球找回来。但她回来的时候，神态冷静，一言不发，耐心地等着发球。她打了好几球才追回到原来的位置。当她追上时，对方差不多就要赢了，因为凯特的球是倒数第二个，正停在目标旁边。

大家围上来观看最后一战，弗雷德紧张地叫道："啊呀，我们完蛋了！不用打了，凯特。乔小姐欠我一球，因此你完了。"

"美国佬的手段是对敌人宽宏大量。"乔说着看了他一眼，小伙子脸上腾地红了起来。"尤其是当他们打败敌人的时候。"她接着说，并不去动凯特的球，而是把自己的球漂亮一击，赢了比赛。

劳里把自己的帽子往空中一扔，却突然想起失败的一方是自己的客人，不可太轻狂，于是赶紧收住喊出嘴边的喝彩声，悄悄跟自己的朋友说："做得对，乔！他确实作弊了，我也看到了，但我们不能跟他直说，不过他下回不敢再犯了，相信我吧。"

美格把她拉到一边，假装帮她夹起一绺松脱下来的头发，赞赏地说："这事真是让人火冒三丈，但你竟忍住了，没有发脾气，我真高兴，乔。"

"别夸我，美格，我这会儿还想赏他一记耳光呢。我刚才在蓖麻树丛里待了许久，强把火气压下去，才没有出声，要不，早就骂他个狗血喷头了。我的火这会儿还热着呢，所以他最好离我远点儿。"乔答道，紧咬双唇，在那顶大帽子下面悻悻地瞪了弗雷德一眼。

"该吃午饭了。"布鲁克先生看看手表说，"军需官，你去生火、打水，我跟马奇小姐、莎莉小姐一起布置饭桌，怎么样？哪位擅长煮咖啡？"

"乔会。"美格高兴地推荐妹妹。乔知道自己新近学会的烹饪技术不会给自己丢脸，便走过去摆弄咖啡壶。两个小姑娘捡来干树枝，男孩子生火，从附近一个泉眼打来清水。凯特小姐写生，贝丝编结灯芯草小垫子来做盘子，弗兰克在一旁跟她说话儿。

总指挥和他的助手们很快便在桌布上摆满了诱人的食物和饮料，并用绿叶点缀得十分雅致。乔宣布咖啡已经煮好，众人各就各位，坐下饱餐一顿。年轻人消化快，加上做了运动，所以胃口特别好。这顿午餐吃得十分愉快，一切都新鲜有趣，大家谈笑风生，甚至惊动了在近处吃草的一匹老马。饭桌凹凸不平，常弄得杯碟东倒西歪，十分逗趣。橡实掉进牛奶里头，小黑蚂蚁不请自来，一起分享甜点，爱管闲事的毛虫从树上晃荡下来，想看看发生了什么事。三个小孩儿隔着篱笆探头探脑，一只讨厌的狗在河对面向他们汪汪狂吠。

"这里有盐,要不要来一点儿？"劳里给乔递上一碟草莓，说。

"多谢了，我倒宁可要蜘蛛。"她答道，挑起两只不小心被奶油淹死了的小蜘蛛。"你还敢提那次糟糕透顶的宴会？你办了次成功的派对，就过来拿我打趣？"乔又说，于是两人都笑起来，由于瓷碟不够，便凑着一个碟子一起吃。

"我那天吃得特别开心，至今难忘啊！这顿午饭我可不敢贪功，我什么也没做，都是你和美格、布鲁克他们做的，我对你们真是感激不尽呢。我们吃饱后该干什么？"劳里问。吃罢午饭，他不知道该干什么了。

"玩儿游戏，直到天凉下来，我带来了'作者'游戏卡，凯特小姐也一定有些好玩儿的新花样。去问问她吧，她是客人，你该多陪陪她。"

"你就不是客人了？我原以为她和布鲁克会合得来，但他老跟美格说话，凯特只是透过她那副怪眼镜一个劲儿地瞪着他俩。我过去了，你也不用跟我谈什么礼节规矩，因为你自己就做不来，乔。"

这顿午餐一直吃到姑娘们不想再吃，男孩儿们吃不下。大家移到"客厅"开始玩儿"废话连篇"的游戏。内德、弗兰克和小姑娘们也加入这个游戏，三个年长一点儿的则坐到另一边闲聊。

凯特小姐又拿出她的写生本，美格看着她画，布鲁克先生则躺在草地上，手里拿着一本书，却又不看。

"你画得真棒！真希望我也会画。"美格说道，声音里又是仰慕又是遗憾。

"那你为什么不学？我倒认为你有这方面的鉴赏力和才华。"凯特小姐礼貌地回答。

"我没有时间。"

"可能你妈妈希望你在别的方面有建树吧。我妈妈也一样，但我悄悄学了几课，把我的才华证明给她看，她就同意我继续学了。你也一样可以跟自己的家庭教师悄悄学啊。"

"我没有家庭教师。"

"我倒忘了美国姑娘大多都上学，跟我们不一样。爸爸说，这些学校都很气派。我猜你上的是私立学校吧？"

"我根本不上学。我自己便是个家庭教师。"

"噢，是吗！"凯特小姐说，但她倒不如直说："天啊，真丢人！"因为她的语气里分明就含着这层意思。她脸上的表情让美格一下子红了脸，后悔自己刚才太坦诚。

布鲁克先生抬起头，机智地说道："美国姑娘跟她们的祖先一样热爱独立，她们自食其力，并因此而受到敬重。"

"噢，不错，她们这样做当然很好，很正当。我们也有不少体面高尚的年轻女士这样做，受雇于贵族阶层。因为，作为绅士的女儿，她们都很有教养和才艺。"凯特小姐用一种居高临下的腔调说道，这话使美格的自尊心受到了伤害，使她的工作变得不但更加讨厌，而且更加丢人了。

"那首德文歌合你的心意吗，马奇小姐？"布鲁克先生的问话，打破了令人尴尬的沉默。

"哦，当然！那首歌优美极了，我十分感激替我翻译的那个人呢。"美格阴云满布的脸孔在说话时又有了生气。

"你不会念德文吗？"凯特小姐惊讶地问。

"念得不大好。我父亲原来教我，但现在不在家，我自己学习得不太顺利，因为没有人纠正我的发音。"

"不如现在就念一点儿，这里有一本席勒的《玛丽·斯图亚特》，还有一位愿意教你的家庭教师。"布鲁克先生把他的书放在她膝上，向她粲然一笑。

"这本书太难，我不敢试。"美格说道。她十分感激，但在一位多才多艺的年轻女士面前又感到很不好意思。

"我先读几句来鼓励你。"凯特小姐说着把其中最优美的一段朗诵一遍，读得一字不差，但却毫无表情，十分呆板。

布鲁克先生听完后不置可否，凯特小姐把书交回美格，美格天真地说道："我想这是诗歌。"

"有些是，读读这段吧。"布鲁克先生把书翻到可怜的玛丽的挽歌一页，嘴角挂着一丝罕见的微笑。

美格顺着她的新教师用来指点的长草叶羞涩地慢慢读下去。她的声调悦耳轻柔，那些生涩难读的字句不知不觉全变得如诗

如歌。绿草叶一路指下去，把美格带到如泣如诉的境界，她很快便忘掉了听众，旁若无人地往下读，读到不幸的女王说的话时，声调带了一点儿哽咽。假如她当时看到了那对棕色眼睛，她一定会突然停下，但她没有抬头，这堂课于是得以圆满结束。

"好极了！"布鲁克先生待她停下来的时候说道。其实她读错了很多地方，但他通通忽略不计，俨然一副十分乐意教的模样。

凯特小姐戴上眼镜，把眼前的小场景研究了一下，然后合上写生本，屈尊说道："你的口音很好听，日后可以做个口齿伶俐的朗诵者。我建议你学一学，因为德语对于教师来说是一种很有价值的才艺。我得去照看格莱丝，她在乱蹦乱跳呢。"凯特小姐说着慢慢走开了，又自言自语地耸耸肩，"我可不是来陪一个女家庭教师的，虽然她确实年轻貌美。这些美国佬真是怪人，劳里跟她们一起兴许会学坏呢！"

"我忘了英国人瞧不起女家庭教师，不像我们平等相待。"美格望着凯特小姐远去的身影烦恼地说道。

"据我所知，男家庭教师在那边日子也不好过。对于我们这行来说，再没有比美国更好的地方了，玛格丽特小姐。"布鲁克先生的样子显得如此满足，如此快乐，美格也不好意思再哀叹自己命苦了。

"那我真高兴我生活在美国。我不喜欢我的工作，不过我还是从中得到很大的满足，所以我不会抱怨，我只希望我能像你一样喜欢教书。"

"如果你有劳里这样的学生，我想你就会喜欢的。可惜我明年就要失去他了。"布鲁克先生边说边在草坪上猛劲儿戳洞。

"上大学，是吗？"美格嘴里这样问，眼睛却在说："那你自己呢？"

"是的，该上大学了，因为他已经准备好了。他一走我就参军。部队需要我。"

"我真高兴!"美格叫道,"我也认为年轻人都应该有这个心愿,虽然留在家里的母亲和姐妹们会感到难过。"她说着伤心起来。

"我没有母亲姐妹,在乎我死活的朋友也寥寥无几。"布鲁克先生有点儿苦涩地说道。他心不在焉地把一朵枯萎的玫瑰放到戳好的洞里,用土掩埋,好像盖起了一座小坟。

"劳里和他爷爷就会十分在乎。如果万一你受了伤,我们也会很难过的。"美格真心地说。

"谢谢,听到你这样说我很高兴。"布鲁克先生振作起来,说道。

一语未毕,内德骑着那匹老马笨拙地走过来,在女士面前炫耀他的骑术。

"你喜欢骑马吗?"格莱丝问艾美。她俩刚刚和大家一起跟着内德绕田野跑了一圈儿,这会儿正停下来喘气。

"爱得不得了,我爸爸有钱的时候我姐姐美格常常骑,但我们现在没有马了,只有'爱伦树'。"

"跟我说说,'爱伦树'是一头驴子吗?"格莱丝好奇地问。

"嘿,你不知道,乔爱马爱得发疯,我也一样,但我们没有马,只有一个旧马鞍。我们园子外头有一棵苹果树,长了一个漂亮的低树丫,乔便把马鞍放上去,在翘起处系上缰绳,我们什么时候来了兴致,便跳上'爱伦树'。"

"多有趣!"格莱丝笑了,"我家里有一匹小马,我几乎每天都和弗兰德和凯特一起去公园骑马。这是一种享受,因为我的朋友们也去,整个罗瓦都是绅士淑女们的身影。"

"哎呀,多带劲儿!我希望有一天能到国外走走,但我宁愿去罗马,不去罗瓦。"艾美说。她根本不知道罗瓦是什么,也不愿向人请教。

坐在两个小姑娘后面的弗兰克听到了她们说话，看到生龙活虎的小伙子们在做各种各样有趣的体操动作，他很不耐烦地一把推开自己的拐杖。贝丝正在收拾散落一地的"作者"卡片，闻声抬起头来，羞怯而友好地问："我想你累了吧，我能为你效劳吗？"

"跟我说说话吧，求求你，一个人坐着要闷死了。"弗兰克回答，显然他在家里被悉心照料惯了。

对于胆小的贝丝来说，即使让她发表拉丁语演说也不会比这更难受，但她现在无处可逃，乔不在身边挡驾，可怜的小伙子又眼巴巴地望着她，她于是勇敢地决心试一试。

"谈什么好呢？"她边收拾卡片边问，正要把卡片扎起来，却撒落了一半。

"嗯，我想听听板球、划艇和打猎这类事情。"弗兰克说道。他尚未懂得自己的兴趣应视身体状况而定。

上帝！我该怎么办？我对这些一无所知。贝丝想，仓皇之间忘记了小伙子的不幸。她想引他说话，便说："我从来没见过打猎，不过我猜你对它很在行。"

"以前是，但我再也不能打猎了，我跳越一道该死的五栅门时弄伤了腿，再也不能骑马放猎狗了。"弗兰克长叹一声说。贝丝见状直恨自己粗心无知，说错了话。

"你们的鹿儿远比我们丑陋的水牛美丽。"她说道，转身望着大草原寻找灵感，很高兴自己曾读过一本乔十分喜欢的男孩子读物。

事实证明水牛具有镇静功能，而且十分中听。贝丝一心一意要让弗兰克高兴起来，心里早没有了自己。乔、美格和艾美看到她竟和一个原来避之唯恐不及的可怕的男孩子谈得滔滔不绝，全都又惊又喜，贝丝对此却全然不觉。

"好心的孩子！她怜悯他，所以对他好。"乔说道，从槌球场那边对着她微笑。

"我一向都说她是个小圣人。"美格用不容置疑的口吻说。

"我很久都没有听弗兰克笑得这样开心了。"格莱丝对艾美说。她们正坐在一处，边谈论玩偶，边用橡果壳做茶具。

"我姐姐贝丝是个'吹毛求疵'的姑娘，只要她愿意。"艾美对贝丝的成功深感满意，说道。她的意思是"富有魅力"，不过因为格莱丝也不知道这两个词的确切意思，"吹毛求疵"听起来蛮入耳，而且留下了良好印象。

下午大家看了一场狐狸野鹅的即兴表演，又举行了一场槌球友谊比赛，不知不觉红日西沉。于是拆除帐篷，收拾盖篮，卸下三柱门，装上船只，全部人马一面乘着船沿河漂流，一面放声高歌。内德动了情，用柔和的颤音唱起一首小夜曲，只听他唱那忧郁的叠句："孤独，孤独，啊！哦,孤独。"又唱歌词："我们正当青春妙龄，各自怀有一颗善感的心，啊，为什么要拉开如此冷漠的距离？"

他望着美格，没精打采地像个泄了气的皮球。美格忍不住扑哧一笑，把他的歌声打断了。

这个小队伍聚在房前的草坪上告别，诚挚地互道晚安，又互相说再见，因为沃恩姐弟还要去加拿大。当四姐妹穿过花园回家时，凯特小姐在后面望着她们说："尽管美国姑娘感情外露，但一旦你了解了她们，便知道她们十分迷人。"这时她已收起了那副居高临下的腔调。

"我完全同意。"布鲁克先生说。

第十二章　空中楼阁

　　暖烘烘的九月午后，劳里舒舒服服地在吊床上悠来荡去，很想知道邻居姑娘们今日的动向，却又懒得去弄清楚。他有些情绪低落，因为这一天过得既无意义又不舒心，恨不得重新来过。炎热的天气让他心生倦意，无心向学的他让一向耐心的布鲁克先生忍无可忍；弹了半个下午的琴，让爷爷也很不高兴；恶作剧地暗示一只狗即将发疯，把女佣吓个半死；接着又莫名其妙地责怪马夫怠慢了他的马。在和马夫大吵了一架之后便跳上吊床，怒火中烧地认定世人全都愚不可及，直到这可爱的天气慢慢安抚他躁动的心。他望着头顶绿森森的七叶树，做开了形形色色的白日梦，正想象着自己在大海的汹涌波涛上作环球航行，一阵说话声把他带回到现实的岸上。从吊床的网孔上望出去，他看到马奇家的姑娘们出门了，好像要去进行什么探险似的。

　　"这个时候那些姑娘们要去干什么？"劳里一面想，一面睁开睡意惺忪的双眼要看个究竟，因为他的邻居们打扮得相当古怪。每人戴一顶悬垂着边儿的大帽，肩头斜挎着一个棕色的亚麻布小袋，手上执一根长棍。美格带着一个垫子，乔拿一本书，贝丝提个篮子，艾美夹个画夹。她们悄然走过花园，出了后院小门，攀爬上位于屋子和小河之间的一座小山。

"好啊！"劳里自语道，"去野餐竟然不叫我！她们不会要去坐船吧？她们可没有钥匙啊，也许她们忘了呢，我去送钥匙，看看是怎么回事。"

帽子倒有半打，可是要找到一顶可要花些工夫。又四处翻了一阵钥匙，结果发现就在自己的口袋里。等到他跃过围栏追过去时，姑娘们已经无影无踪了。他抄近路来到停放小船的地方，等她们出现，但半天不见人影，便爬到小山顶上张望。小山的一面被松树林掩映着，绿林深处传来一个声音，清脆怡人胜过松林的沙沙声和夏蝉的鸣叫声。

"真是好景致！"劳里心说。他透过灌木丛一看，顿时睡意全无，心情畅快。

这确实是一幅绝美的画卷，只见姐妹们一起坐在树荫下，斑驳日影在她们身上摇曳不定，清风撩起她们的发梢，吹凉她们炽热的脸颊。林中的小动物们全都继续忙着自己的事情，似乎她们都是旧相识而不是陌生人。美格坐在她带来的垫子上，用白皙的双手灵巧地穿针引线，她的粉红衣裙在青青林木的衬托下，显得她像玫瑰花般娇艳。贝丝在铁杉树下堆得厚厚一层的松果中挑挑拣拣，想要用它们做些精致的小玩意儿。艾美对着一丛蕨类植物写生。乔则一面编织一面大声朗读。望着她们的时候，男孩子的脸上忽然掠过一丝阴影，他未被邀请，也许走开才对，然而孤寂乏味的家又让他徘徊不定，而林中这个宁静的队伍对于他不安宁的灵魂来说充满了巨大的吸引力。他只顾呆立冥想，一只忙着觅食的小松鼠从他身旁的一棵松树上溜下来，突然看到他，竟吓得往后一跳，发出一声尖叫。贝丝闻声抬头，一眼看见白桦树后那张若有所思的脸孔，便给了他一个舒心的微笑。

"请问我可以过来吗？会不会让人讨厌？"他慢慢地走过来，问道。

美格皱起眉头，但乔瞪了她一眼，随即说道："当然可以，我们本来就应该叫上你，只是我们担心你不会喜欢我们女孩子的游戏。"

"我一向喜欢你们的游戏，但如果美格不愿意我来，那我就走开。"

"我不反对，如果你干点儿活儿的话，无所事事可是违反这里的规矩的。"美格严肃而又不失亲切地回答。

"万分感激。如果你们让我待一小会儿，我什么事情都愿意做，因为家里闷得像撒哈拉大沙漠。我是该做针线活儿、朗读、拣松果，还是画画？或者通通一起做？请吩咐吧，我恭敬从命。"劳里顺从地坐下来，一副毕恭毕敬的模样，看了让人觉得高兴。

"趁我做鞋的当儿把这个故事念完吧。"乔说着把书递给他。

"遵命，小姐。"他谦恭地答道，并且极其认真地读起来，努力证明自己对有幸成为"繁忙的蜜蜂会"的成员而感激万分。

故事并不长，读完后，他斗胆提出几个问题，来奖赏自己。

"请问，女士们，我能否知道这个富有魅力和教育意义的机构是不是个新组织？"

"你们愿意告诉他吗？"美格问三个妹妹。

"他会笑话我们的。"艾美警告道。

"管他呢！"乔说。

"我想他会喜欢的。"贝丝接着说。

"我当然会喜欢！我保证不会笑你们。说出来吧，乔，别害怕。"

"谁怕你啊！哦，你知道我们过去常常玩儿'天路历程'。我们一直没有中断，整个冬季和夏季都很虔诚地这样做呢。"

"是的，我知道。"劳里机灵地点头应道。

"谁告诉你的?"乔问。

"小精灵。"

"不，是我。那天晚上你们都出去时，他心情不太好，我就给他讲这个解闷儿。他很喜欢呢，所以别骂，乔。"贝丝怯怯地说。

"你守不住秘密。不过算了，现在倒用不着解释了。"

"说吧，求你了。"劳里看到乔专心干起了活儿，样子有点儿不高兴，便说。

"噢，她没告诉你我们这个新计划吗?是这样，为了不浪费假期，我们每人都订下一个计划，并全力执行。假期就要结束了，我们订下的计划也全部完成了，我们很高兴自己没有游手好闲地浪费时间。"

"是啊，我也这么认为。"劳里想到自己无所事事地打发日子，十分后悔。

"妈妈希望我们尽可能多到户外活动，我们就把东西都带到这儿来了，也为了过得开心点儿。为了让这个活动好玩儿，我们就把活计放在这些布袋里头，戴上旧帽子，手持登山棍，扮演朝圣者，就跟我们几年前玩儿的一样。我们把这座山叫作'欢乐山'，因为从这里可以远远望到我们向往居住的地方呢。"

乔指向那里，劳里站起身来张望。透过林中的空隙，可以看到一条宽阔的碧波荡漾的小河，在草场的另一端，是一望无际的郊野。极目之处，一座绿色的山脉耸入云霄。秋日的夕阳落于天边，霞光万丈。山顶上云蒸霞蔚，高高耸入红霞之中的银白色山峰更是金光灿烂，宛如传说中"天国"的塔尖。

"真美!"劳里轻声赞叹。他是那么易于看到和感知美的存在。

"那里经常如此，我们都很喜欢望着那里，因为它从来没有哪天是一样的，但总是这样迷人壮观。"艾美答道，恨不得把这道风景绘下来。

"乔说的我们将来的理想居住地——可是真正的乡村，里头有猪有鸡，还可以翻晒干草。这确实美妙，但我倒希望山顶上那个美丽的地方是真的，我们真的可以置身其中。"贝丝沉思道。

"还有一个比这儿更美好的地方，我们什么时候成为不折不扣的好女孩儿，就可以进去了。"美格柔声说道。

"看起来还有好长的路要走，而且还要付出很多努力才行啊。我真想现在就能像燕子一样飞呀飞呀，一直飞进那扇金碧辉煌的大门。"

"你会飞到那里的，贝丝，只是时间问题，用不着担心。"乔说，"可是我却非得奋斗、工作，还要攀登、等待，而且可能永远也进不去。"

"那我会陪着你，只要你愿意。我还要走许多许多路才能看到你们的'天国'。要是我来晚了，你会替我说句好话，是吗，贝丝？"

小伙子脸上的神情让他的小朋友有些不知所措，但她平和的眼睛注视着变幻不定的云彩，欢快地说："只要一个人真心想去，而且一直不停地努力，我想他就可以进去。"

"如果我们想象的空中楼阁都能成真，而且我们可以住进里头，那不是很好玩儿？"沉默一会儿之后，乔说道。

"我的空中楼阁多得数也数不清，选一个还真难呢。"劳里平躺在地上说，一面向暴露给他的那只松鼠扔松果。

"选个你最喜欢的。是什么呢？"美格问。

"如果我说出来，你也会把自己的说出来吗？"

"行，只要她们也说。"

"我们会的。说吧，劳里。"

"等我饱览世界之后，我想在德国定居下来，尽情地享受音乐。我要做个真正的音乐家，让所有的人蜂拥而至来听我的音乐。我绝不让什么钱啊、生意啊来烦我，充分享受属于我自己的生活，完全按照我自己的方式生活。这便是我最喜欢的空中楼阁。你的呢，美格？"

玛格丽特似乎觉得说出她的空中楼阁有些难为情，于是她挥着一枝蕨，似乎要赶走并不存在的小昆虫，然后慢吞吞地说："我想要一栋漂亮的大房子，里面装满了各种各样豪华的东西——精美的食物、漂亮的衣服、典雅的家具、合心意的人，金钱无数。我是屋子的女主人，可以随意支配一切，还有许多用人，这样我便什么活儿也不用干。我一定好好地享用这一切！我不会游手好闲地待着，而是会处处行善，让每个人都深深爱我。"

"你的空中楼阁里不要一个男主人吗？"劳里狡黠地问。

"我说了'合心意的人'，你知道。"美格一面说一面十分仔细地绑好鞋带儿，免得大家看到她的脸孔。

"你为什么不说你要一个又聪明又体贴的好丈夫，还要几个天使般的小孩儿？你明知没有他们你的空中楼阁就不会完美。"直率的乔说。她尚处于天真蒙昧的阶段，颇看不起儿女之情，除非是在小说里头。

"你的家里只有几匹马、几个墨水瓶和几本小说。"美格生气地回击。

"这有什么不好？我想要一个养满阿拉伯骏马的马厩，还要几间书屋，最好还能笔下生花，这样我的作品就能跟劳里的音乐一样出名。我在走进自己的楼阁前想要有一番大作为——这可是个崇高美好、可以流芳百世的事情哦。我还不确定究竟是什么，但我正酝酿着呢，总有一天会让你们大吃一惊。我想我会写书，并因此而致富成名，这才适合我。这便是我最大的梦想了。"

"我的梦想是平平安安地和爸爸妈妈待在家里，帮忙料理家务。"贝丝满足地说。

"你就不期望点儿别的吗?"劳里问。

"我有自己的小钢琴就心满意足了。我只求我们每个人都能健健康康，常在一起。没别的了。"

"我有那么多愿望，但最大的愿望就是做一个艺术家，去罗马画最漂亮的图画，做全世界最出色的艺术家。"这是艾美的小小心愿。

"我们是一帮野心勃勃的家伙，不是吗? 除贝丝外，我们个个都想富有、成名，样样都称心如意。我真是好奇谁能够梦想成真。"劳里嚼着青草的样子，活像一头沉思的小牛。

"我已经有打开空中楼阁的钥匙，但能不能把门打开要等将来才知道。"乔神秘兮兮地说。

"我也有那把钥匙，但可恨不能自由使用。该死的大学!"劳里不耐烦地咕哝了一句。

"这是我的钥匙!"艾美摇摇手中的笔。

"我没有。"美格可怜巴巴地说。

"哪里，你有。"劳里马上说道。

"在哪儿"

"在你脸上。"

"胡说，百无一用。"

"等着瞧吧，它不为你带来好东西才怪呢。"小伙子回答。

他自以为自己知道一个小秘密，想到其中妙处，笑了起来。

美格的脸腾地一下就红了，但她没有问下去，而是望着河对面，眼睛流露出的神情，一如布鲁克先生讲述武士故事时一样。

"如果十年后我们还都这样活蹦乱跳，就聚一聚，看看有几个人实现了梦想，看看那个时候我们离自己的梦想近了多少。"乔说。她的点子总是来得特别快。

"老天保佑！二十七岁！我那时都要老掉牙了！"美格叫起来。她虽然才十七岁，却觉得自己已经长大成人了。

"咱俩二十六，特迪❶。贝丝二十四，艾美二十二。真是一大帮呢！"乔说。

"我希望到那时能做出让大家感到骄傲的成绩，但我是条大懒虫，就怕自己只会浪费时间，乔。"

"你需要一个动力。妈妈说，一旦有了动力，你肯定就会干得十分漂亮。"

"真的？我发誓一定会，但哪里有这样的动力！"劳里叫道，一下子坐起来，"我很应该讨爷爷的欢心，也努力这样做了，可是这跟我的性格背道而驰，这让我觉得越来越难。他要我做个像他一样的印度商人，这还不如把我杀掉。我痛恨茶叶、丝绸、香料，痛恨他的破船运来的每一种垃圾。要是有一天这些船归到我名下，我才不在乎它们会不会沉到海里去呢。我读大学应该是件让他顺心的事吧，我给他四年，他就该放过我，不用我做生意了。但他铁了心，非要我做他的行当，除非我像父亲一样离家出走，才能做我想做的事。如果家里有人陪着老爷子的话，我恨不得明天就远走高飞。"

劳里十分激动地说着，似乎芝麻大点儿的事就能让他采取行动。他正处于蓬勃的发育时期，虽然行动懒懒洋洋，却有一种年轻人渴望征服天下又不愿被束缚的冲动。

"我劝你还是乘上你家的大船出走，到你有一番作为以后再

注释 ❶ 劳里的昵称。他全名本为特迪西奥多。

回来。"乔说。一想到有大胆的冒险，她的想象力一发不可收拾，也唤起了对所谓的"特迪的冤屈"的同情心。

"那样不对，乔，你不可以那么说，劳里也绝对不可以接受你的坏主意。你应该像爷爷希望的那样做好孩子。"美格摆出一副大姐姐的样子，"努力念好大学，当他看到你那么努力想让他高兴，我肯定他对你便不会这么强硬，这么不讲理了。你也说过，家里再没有别人爱他，和他做伴。如果你擅自把他抛下，你永远也不会原谅自己的。别再烦恼消沉，承担你的责任，一定会得到回报，就像好人布鲁克先生一样。"

"你知道他些什么？"劳里问。他很感激言辞恳切的建议，但对内容颇不以为然，反倒是刚才一顿发泄，让他很高兴转换了话题。

"只知道你爷爷说的那些，他细心照顾自己的母亲，直到她去世。因为不愿离开母亲，国外很好的人家请他当私人教师他都不去。还有他赡养一位照顾过他母亲的老太太，却从不告诉别人，而是尽力而为。他就是这样慷慨、坚忍、善良的人。"

"说得一点儿不错，他是个大好人！"劳里由衷地说。而美格这时却默不作声，两颊绯红，深陷入她讲述的热诚之中。"我爷爷就是喜欢这样，暗自把人家了解得一清二楚，然后到处宣传他的美德，让大家都喜欢他。布鲁克不会明白为什么你母亲会对他这样好。她请他跟我一同过去，将他待为上宾。他认为她简直十全十美，回来后好些天都把她挂在嘴边，接着又热烈地谈论你们。若我有朝一日梦想成真，一定要为布鲁克做点儿什么。"

"不如从现在做起，不要再惹他生气了吧。"美格有些尖刻地说道。

"你怎么知道我让他生气了呢，小姐？"

"每次他走的时候看他的脸色就知道了。如果你表现好，他就心满意足，脚步轻快；如果你又捣蛋，他就会脸色阴沉，脚步缓慢，就像要走回去把工作重新再来一遍才好。"

"啊哈，好啊！这么说来，你通过看布鲁克的脸色就知道我的表现喽？我看到他经过你家窗口时躬身微笑，不过却不知道你收到一封电报呢。"

"没有的事。别生气，还有，噢，别告诉他我说了什么！我这么说不过是关心你而已。我们这里说的全是机密，你可得记住。"美格叫起来，想到自己说话一时大意可能招致的后果，很是不安。

"我可不乱嚼舌根。"劳里答道，脸上露出一种他特有的"正义凛然"的神气，乔如此描述他偶然露出的一种表情。"要是布鲁克真是一个晴雨表，我可得注意让他有准确的天气可报告。"

"希望我没有冒犯你。我刚才不是想要教训你或者说三道四，也并非出于无聊。我只是担心乔这么怂恿你，你以后会后悔。你对我们这么好，我们把你当作亲兄弟，把心里话儿都跟你说出来。原谅我，我只是出于好意。"美格伸出手，做了一个充满感情又有些胆怯的手势。

对于自己刚才的一时愤怒，劳里不好意思起来，他紧紧握住那只友善的小手，坦诚地说："说对不起的应该是我。我脾气暴躁，而且今天一整天都心情不好。你们能指出我的缺点，像亲姐妹一样待我，我心里不知有多高兴。如果我有冒犯的地方，请不要放在心上，我还要谢谢你呢。"

为了表示自己一点儿也没生气，他使出浑身解数来取悦姐妹们——帮美格缠线，为乔朗诵诗歌，替贝丝把松果摇下来，帮艾美画蕨类植物，努力证明自己是实至名归的"繁忙的蜜蜂会"成员。正当他们兴致勃勃地讨论着海龟的驯养习惯的时候（一只和善可亲的小龟从河里爬了上来），一阵铃声远远飘过来，通知姐妹们汉娜已经准备好下午茶，就等她们回来吃晚饭了。

"我能再来吗？"劳里问。

"可以，但你要好好表现，要爱读书，要像小学生那样好好学习哟。"美格微笑着说。

"我一定努力。"

"那么你就来吧，我还要教你像苏格兰男子一样打毛线。现在正需要袜子呢。"乔接着说，一面使劲儿扬扬手里的蓝色毛线袜子，就像挥着大旗一样。大家说着便在大门外分了手。

那天晚上，当贝丝在黄昏中为劳伦斯先生弹奏时，劳里站在帘幕暗处倾听。这位小乐师弹出的朴素乐音总能使他那颗喜怒无常的心平静下来。他仔细打量着坐在一边的老人，只见他用一只手托着鬓发斑白的脑袋，无限柔情地追忆他那逝去的孩子。想到下午的谈话，小伙子决定心甘情愿地奉献自己。他对自己说："让我的空中楼阁见鬼去吧。只要需要，我就和这位亲爱的老人待在一起，无论如何我是他的全部啊。"

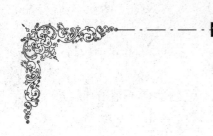

第十三章　秘　密

　　乔在阁楼上忙个不停，因为十月的天气已经让人感觉到一丝丝的寒意，下午也变短了。阳光暖洋洋地从那扇高窗射进来的时间不过两三个小时，这个时候总会看到乔坐在旧沙发上，在摊着一叠纸的箱子上奋笔疾书。她的爱鼠扒扒则在梁上大模大样地溜达，走在它旁边的是它的大儿子，一个不错的小伙子，显然它对自己的胡须很满意。乔全神贯注于她的工作，直到龙飞凤舞地写满最后一页，她才大笔一挥地签上她的大名，随后掷笔宣布：

　　"好啦，我尽力了！要是还不行，我就只能等到可以做得更好的时候再说了！"

　　她向后靠在沙发上，又仔仔细细地阅读一遍手稿，在这儿那儿画上破折号，又添上许多看上去像小气球一样的感叹号，然后用一根漂亮的红绸带把稿纸扎起来。她严肃又满怀期待地坐在那儿，望着手稿足有一分钟，那神情十分明白地显露出她对这部作品投入了多少热情。乔在阁楼上的书桌是一个钉在墙上的旧锡制碗柜，里头放着她的手稿和几本书，十分安全。只要把柜门一关，同样富有文学才情、见书就啃的扒扒便只能望柜兴叹了。乔从这个锡柜里拿出另一份手稿，把两份稿子放进衣袋，悄悄下了楼梯，留下钢笔和墨水让她的朋友大快朵颐。

　　她蹑手蹑脚地戴上帽子，穿好外衣，从后屋窗口出来，从一个低矮的门廊顶棚上头悬空一跳，落在一块草地上，然后兜个圈子来到公路边。她定了定神儿，扬手拦了一辆出租马车，一路驶进城里，脸上的神情快乐而又神秘。

　　如果这时有人看到她，一定会觉得她的行为绝对地稀奇古怪。因为她一下车便健步如飞，一直奔到位于一条繁忙街道的一个门牌前面，这才缓下脚步。颇费一番工夫后，她找到了要找的地方，于是踏进门口，抬头望望肮脏的楼梯，又站着一动不动地待了一会儿，突然一头扎进大街，往回疾走。这样去而复来，几次三番，把对面楼上凭窗而望的一位黑眼睛年轻人逗得开怀大乐。第三次折回来时，乔使劲儿摇摇脑袋，把帽檐儿拉下遮住眼睛，走上楼梯，脸上挂着一副准备把牙统统拔光的表情。

　　楼门口挂着几面招牌，其中一面是牙科诊所的，一对假颌慢慢地开而又合，以吸引人注意里头一副洁白的牙齿。方才那位黑眼睛年轻人盯着假颌看了一会儿，拿起自己的帽子，穿上大衣，走下楼来站在对面门口，打了个哆嗦，微笑说："像是她一个人来的，但万一她疼得难受，就要有人送她回家了。"

　　十分钟后乔涨红着脸跑下楼梯，一望便知她刚刚经受了一场磨难。当她看到年轻人时，并未显出高兴的神情，只点个头便走了过去。但他跟上去，同情地问："刚才是不是很难受？"

　　"有点儿。"

　　"这么快就好了？"

　　"是，谢天谢地。"

　　"为什么一个人来？"

　　"不想别人知道。"

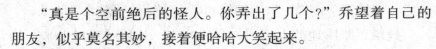

"真是个空前绝后的怪人。你弄出了几个？"乔望着自己的朋友，似乎莫名其妙，接着便哈哈大笑起来。

"我想弄出两个来，但得等上一个星期。"

"你笑什么？你心里有鬼，乔。"劳里说，神情显得迷惑不解。

"你也是。你在上面那间桌球室干什么，先生？"

"拜托，小姐，那不是桌球室，是健身房，我刚才在学击剑。"

"那我真高兴。"

"为什么？"

"你可以教我，这样我们演《哈姆雷特》时，你便可以扮雷奥提斯，击剑一场就可以演了。"

劳里放声大笑，那发自内心的笑声让几个过路人也禁不住笑起来。

"演不演《哈姆雷特》我都会教你，击剑这运动很棒的，绝对让人神清气爽。不过，你刚才说'高兴'说得那么一本正经，我想一定另有原因，对吧，嗯？"

"对，我真高兴你没有去桌球室，因为我绝对不希望你去那种地方。你平时去吗？"

"不常去。"

"我但愿你别去。"

"这没什么害处的，乔，我在家也玩儿桌球，可是如果没有好对手，就没意思了。我喜欢桌球，有时便和内德·莫法特或其他伙伴来场比赛。"

"噢，是吗？我真为你感到惋惜，因为你慢慢就会玩儿上瘾，就会糟蹋时间和金钱，变得跟那些可恶的小子一样。我一直希望你会做个自尊自爱、不令朋友失望的人呢。"乔摇着脑袋说。

"难道男孩子偶尔玩儿一下无伤大雅的游戏就有失尊严了吗？"劳里恼火地问。

"那得看他怎么玩儿和在什么地方玩儿。我不喜欢内德这帮人，也希望你跟他们保持距离。虽然他想来我们家玩儿，但妈妈不许我们请他。如果你变得像他一样，她便不会让我们再这么一起玩儿了。"

"真的？"劳里焦虑地问。

"当然，她看不惯赶时髦的年轻人，她宁愿把我们全都关进硬纸盒里，也不让我们跟他们有什么瓜葛。"

"哦，她倒不必拿出她的硬纸盒来，我也不是赶时髦的那种人，也不想做那种人，但我有时真喜欢没有害处的游戏，你不喜欢吗？"

"喜欢，没有人反对这样的玩儿法，你爱玩儿就玩儿吧，只是别把心玩儿野了，好吗？不然，我们的好日子就没有了。"

"我会做个不折不扣的圣人。"

"我可受不了圣人，就做个简单正派、令人尊敬的好小伙子吧，那样我们就不会不要你。如果你像金斯先生的儿子那样，我就不知道怎么办了。他有很多钱，却不知怎么用，反而酗酒聚赌，离家出逃，还盗用他父亲的名字，真是坏事做尽。"

"你以为我也会做出这种事？过奖了！"

"不，不是——哎呀，不是的！——但我听人说金钱是个蛊惑人心的魔鬼，有时我真希望你没有钱，那我就不用再担心了。"

"你为我担这个心，乔？"

"你有时情绪低落，满腹牢骚，我就会有点儿担心。因为你个性那么强，如果一旦走上歪路，拦都拦不住你呢。"

劳里一言不发，默默前行。乔望着他，真希望管住自己的舌头，而劳里在听到她的警告后，虽然唇边带笑，但眼睛里却已是怒火中烧。

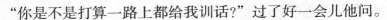

"你是不是打算一路上都给我训话?"过了好一会儿他问。

"当然不是。怎么了?"

"如果是,我就乘公共汽车回家;如果不是,我就和你一块儿步行,并告诉你一件顶顶有趣的新闻。"

"那我不唠叨了,我很想听听你的新闻。"

"那很好,不过,这是个秘密,如果我告诉你,你得把你的告诉我。"

"我没有什么秘密。"乔话未说完,又猛然住口,想起自己还真有一个。

"你知道自己有的——你呀,什么也藏不住,还是乖乖说出来吧,不然我就不告诉你我知道的这个秘密。"劳里叫道。

"你的那个是好消息吗?"

"哦,怎么不是!都和你认识的人有关,简直妙不可言!你应该听听,我憋了好久了,一直想讲出来。来吧,你先开始。"

"你在家一个字也不能提,行吗?"

"只字不提。"

"你不会私下取笑我?"

"我从来不取笑人。"

"不,你笑话过我的,你什么都可以从人家嘴里套出来。我不知道你是怎么做到的,你天生就是个大骗子。"

"谢谢了,快说,快说吧。"

"嗯,我把两篇故事交给了一位报社编辑,他下个星期答复我。"乔向她的密友耳语道。

"万岁,马奇小姐,著名美国女作家!"劳里叫道,把自己的帽子向空中一抛,又牢牢接住。这时他们已走到郊外,两只鸭、四只猫、五只鸡和六个爱尔兰小孩儿看到这情景全都大笑不止。

"嘘！我敢说这不会有什么结果，但我总要试一试才会甘心。我不想让其他人失望，所以只字未提。"

"你一定能得偿所愿。嘿，乔，现在报上每天刊登的文章大半都是垃圾，跟它们一比，你的故事简直就是莎士比亚的大作。看到你的大作印在报上该多有意思！我们怎能不为我们的女作家而感到自豪呢？"

乔眼睛闪闪发亮，被人信任是一大快事，而朋友的赞扬总是比一打报上的吹捧还要甜蜜动人。

"你的秘密呢？公平交易，特迪，否则我再不会相信你了。"她说，试图把因劳里的鼓励而燃起的巨大希望打消掉。

"给你讲这事我有些尴尬，但我并没说要保密，有好玩儿的事我就想告诉你，不然心里就憋得慌。我知道美格的手套在哪儿。"

"就这事儿？"乔失望地说。劳里点点头，高深莫测又故弄玄虚地眨了眨眼睛。

"这就足够了，我要是告诉你手套在哪儿，你就会明白。"
"那么，说吧。"

劳里俯下身，在乔耳边悄悄说了几个字，乔神色随即变得十分古怪。她面露惊讶神情不快地呆站着，愤愤地瞪了他一会儿，又继续往前走，厉声问道："你怎么知道的？"
"看到的。"
"在哪儿？"
"口袋。"
"一直都是？"
"对，是不是很浪漫？"
"不，叫人恶心。"
"你不喜欢吗？"

"当然不喜欢。这种事荒唐透顶，是不允许的。哎呀！美格会怎么说？"

"你不能告诉任何人，请注意。"

"我并没许诺。"

"你早就明白的，而我也相信你。"

"嗯，我目前不会说出去，但我恶心死了，宁愿你没告诉我。"

"我以为你会高兴呢。"

"高兴别人来把美格夺走？想得真美！"

"等到也有人来把你夺走时，你心里就会好受一点儿了。"

"我倒要看看谁敢。"乔恶狠狠地叫道。

"我也一样！"想到这种情景，劳里抿着嘴暗笑。

"我认为秘密和我的性格格格不入，听了你的话后我脑袋里乱糟糟的。"乔有点儿忘恩负义地说。

"跟我一起冲下这个山坡，你就没事了。"劳里建议。

路上看不到其他人，平滑倾斜的公路延展在她面前充满诱惑，使她无法抗拒，乔于是直冲而下，不一会儿便把帽子和梳子颠掉了，发夹也落了一地，劳里先跑到目的地，为自己成功地平复了乔的情绪而感到十分满意。只见他的阿特兰特❶气喘吁吁，发丝飞扬，目光炯炯，双颊绯红，脸上的不快之色早就烟消云散了。

"我真想变成一匹马儿，那我就可以在这清新的空气中尽情驰骋而不用气喘吁吁了。这么跑步真是太棒了，但看我弄成什么样子了。去，把我的东西捡回来，就像小天使一样，你本来就是嘛。"乔说着坐到河岸边一棵挂满绯红叶子的枫树下面。

注释 ❶ 希腊神话中著名的女猎手，善于奔跑，她向求婚者提出同她赛跑的条件，胜者与之结婚，败者用矛刺死。

劳里慢悠悠地去收拾丢落的东西。乔束起辫子，希望在她整理好装束前最好不要有人路过，撞见她这副狼狈样子，但一个人恰恰走过来，此人不是别人，正是美格。她刚刚拜访完朋友，一身整齐的节日服装，十足的淑女派头。

"你究竟在这里干什么？"她问，惊讶而不失风度地望着头发蓬乱的妹妹。

"捡树叶。"乔温顺地回答，一面挑选刚刚拢来的一捧红叶。

"还有发夹。"劳里接过话头，把半打发夹丢到乔膝上。

"这条路长了发夹，美格，还长了梳子和棕色的草帽。"

"你刚刚跑步来着，乔。你怎么能这样？你什么时候才不再胡闹？"美格责备道，一面理理袖口，又把被风吹起的头发抚平。

"等我老得走不动了，不得不拄根拐棍的时候再说吧。别使劲儿催我长大，美格，看到你一下子变了个人已经够难受了，就让我做个小姑娘吧，能做多久是多久。"

乔边说边埋下头，让红叶遮住自己那轻轻抖动的双唇。她最近感觉到玛格丽特正迅速长成一个女人，姐妹分离是一定的事情，但劳里却让这种恐惧变得迫在眉睫。劳里看到她满脸悲伤，为了分散美格的注意力，赶紧问："你刚才上哪儿去啦，穿得这么漂亮。"

"加德纳家。莎莉跟我谈了贝儿·莫法特的婚礼。婚礼极尽奢华，一对新人已去巴黎过冬了。想想那该有多么浪漫！"

"你是不是忌妒她，美格？"劳里问。

"恐怕是吧。"

"谢天谢地！"乔咕哝道，把帽子猛地一拉戴上。

"为什么？"美格奇怪地问。

"因为如果你看重金钱，就绝不会去嫁一个穷人。"乔说。劳里赶紧示意她说话小心，她却不悦地对他皱皱眉头。

"我不会'去嫁'什么人。"美格说罢昂首而去。乔和劳里跟在后面，一面笑一面窃窃私语，还向河中投掷石头。"表现得就像一对小孩子。"美格心里这样说，不过如果不是穿着最漂亮的衣服，她可能也忍不住和他们一起玩儿了。

此后的一段日子里，乔行为古怪，令姐妹们个个摸不着头脑。但逢邮递员一按门铃，她便冲到门前；无论何时见到布鲁克先生，她都会粗声粗气；常常坐在一边愁眉苦脸地望着美格，一会儿跳起来摇摇她，然后又莫名其妙神经兮兮地亲她一下；劳里和她常常互相打暗号，并谈论"展翼鹰"什么的。姐妹们终于断言这两个人一定得了失心疯。在乔从窗子跳出去后的第二个星期六，美格坐在窗边做针线活儿，看到劳里满园子追逐乔，最后在艾美的花荫下把乔捉住了，不免心生反感。她看不到两人在里头干什么，只听到一阵尖笑声，随后听到一阵嘀嘀咕咕的低语声和一声响亮的拍击报纸声。

"真拿这姑娘没办法，她就是不肯像个淑女一样文文静静的。"美格一面不悦地望着两人追跑，一面叹气。

"我倒希望她不肯，她现在这样多有趣多可爱。"贝丝说。看到乔与别人而不是和自己分享秘密，她心里有点儿不好受，但丝毫不表露出来。

"她这样令人十分难堪，但我们从来都不能使她规矩起来。"艾美接着说。她坐在那里为自己做一些新花边，一头鬈发漂漂亮亮地扎成两股，十分好看，令她自觉优雅无比，仪态万方。

几分钟后乔冲进来，一头躺在沙发上，假装看报。

"你看到什么有趣的文章了吗？"美格屈尊问道。

"只有一个故事，并不是什么大文章。"乔答，小心翼翼地不让大家看到报纸上的名字。

"你最好把它读出来，这样我们大家高兴，你也不至于胡闹。"艾美用一副大人的口气说。

"故事是什么题目?"贝丝问,很奇怪乔为什么把脸藏在报纸后面。

"画家争雄。"

"听上去不错,念一下吧。"美格说。

乔重重地咳了一下,长吸了一口气,开始很快地往下念。故事优美浪漫,而且不乏哀婉动人之处,因为到最后大多数角色都死掉了。姐妹们听得津津有味。

"我喜欢有辉煌画卷的那部分。"乔停下来时艾美满意地说。

"我更喜欢爱情那部分。维奥拉和安吉洛是我最喜欢的两个名字,你们说怪不怪?"美格擦着眼睛说,因为"爱情那部分"十分凄婉。

"谁写的?"贝丝问。她瞥见了乔的脸色。

读报人突然坐起来,扔开报纸,露出一张涨得通红的脸孔,那是一种混杂着兴奋的庄重表情,看起来还有几丝滑稽,而乔就这样高声答道:"你们的姐妹。"

"你!"美格叫道,把手里的针线活儿一扔。

"这太好了。"艾美评论道。

"我就知道!我就知道!噢,我的乔,我是多么骄傲!"贝丝跑上去紧紧拥抱姐姐,为这一辉煌成就欢呼雀跃。

哦,姐妹们的兴奋真是难以言状。美格怎么也不相信这是真的,直到看到"约瑟芬·马奇小姐"白纸黑字印在报上时,这才信了。艾美彬彬有礼地对艺术性、章节品评一番,又提供一些写续集的线索,可惜故事不能再续,因为男女主角都死掉了。贝丝兴奋不已,高兴得又唱又跳。汉娜进来看到"乔的东西"时惊愕得大叫:"莎士比亚转世,做梦都没想到!"马奇太太知道后更是备感自豪。乔笑得流出了眼泪,宣布自己已经出足了风头，就是死也值得了。报纸从大家手上传来传去，这份"展翼鹰"就像真正的雄鹰一样在马奇家上空振翅高飞！

"跟我们说说吧，什么时候来的？"

"拿了多少稿费？"

"爸爸会怎么说？"

"劳里一定很开心吧？"

全家人簇拥着乔争先恐后地叫道。每逢家里有点儿什么芝麻大的喜事，这些痴情的人都要兴高采烈地庆祝一番。

"别叽叽喳喳了，姑娘们，听我把事情从头道来。"为自己的《画家争雄》备感得意的乔说。她告诉大家自己如何把两篇故事送出，然后又说："当我去询问结果时，编辑说两个他都喜欢，但处女作没有稿酬，他们只把作者的名字登在报上，并对故事进行评论。这是一种很好的锻炼，编辑说，处女作作者的水平提高后，谁都愿意付钱。所以我把两篇故事都交由他发表。今天我收到了这一篇，劳里撞见了，一定要看看，我便让他看了。他说写得好，我准备再写一些，他去弄妥下次的稿酬。我高兴死了，因为不久后我便能够养活自己并且可以帮助大家。"

乔喘了一口气，把头藏在报纸里头，情不自禁地流下几滴眼泪，把自己的小故事都淋湿了。自食其力、赢得所爱的人的称赞是她心头最大的愿望，今天的成功似乎是乔迈向幸福终点的第一步。

第十四章 一封电报

"十一月是一年里最让人讨厌的月份。"一个沉闷的午后，美格站在窗边，看着外面草木凋零的园子说道。

"难怪我是这个月出生的。"乔郁郁不乐地说，全没注意到自己鼻子上又沾了一块墨渍。

"要是这会儿有点儿高兴事发生，我们就会觉得这是个好月份了。"贝丝说。她总是一副乐天达人的态度，即使对十一月也如此。

"也许吧，但这个家从来都没有什么喜事。"美格没好气儿地说，"我们日复一日辛苦操劳，却没有丝毫变化，生活还是没有半点儿乐趣，我们还是单调乏味地重复着日子，这不等于活受罪嘛。"

"哎呀，我们又垂头丧气了！"乔叫道，"我倒不怎么奇怪，可怜的人儿，因为你看到别的姑娘们风光快乐，自己却年复一年辛辛苦苦地干啊干啊的，我真希望能像安排我的女主人公那样，筹划你的生活。你天生丽质，又心地善良，我要安排某个有钱的亲戚出人意料地留下一笔财产给你，那样你就可以一跃成为一位女继承人，出人头地，对曾经小看你的人不屑一顾，漂洋出国，最后成了高雅的贵夫人衣锦还乡。"

　　"这种事情，今天是不会再有的了。男人得工作，女人得为钱结婚。这个世界好不公平。"美格苦涩地说。

　　"我和乔要为你们大家赚钱。等上十年吧，我们赚不到钱才怪呢。"艾美说。她坐在一角做"泥巴派"——汉娜这样称呼她那些小鸟、水果、脸谱等小陶件。

　　"等不到那一天，恐怕我对你们的墨水和泥巴也没什么信心，你们的好意我心领了。"

　　美格叹了一声，又把头转向满目凋零的园子。乔咕哝着垂头丧气地把双肘支在桌子上，艾美却激动地继续争吵。这时坐在另一面窗边的贝丝微笑着说："两件高兴事就要来了：妈正从街上走过来，劳里大步穿过园子，好像有好消息要宣布。"

　　两人双双走进来，马奇太太习惯地问："爸爸有信来吗，姑娘们?"劳里则邀她们："你们有谁愿意出去驾车兜风吗? 我做数学做得头昏脑涨，想出去兜一圈清醒一下。天气沉闷，不过空气还不坏，我准备接布鲁克回家，所以即使车子外头乏味，里头也是热闹的。来吧，乔，你和贝丝都来，好吗?"

　　"我们当然来。"

　　"万分感谢，但我没空。"美格赶快拿出篮子，因为她和母亲商定，最好，至少对她来说，不要经常和这位年轻绅士驾车外出。

　　"我们三个马上就准备好。"艾美叫道，一面跑去洗手。

　　"我能帮您捎点儿什么吗，夫人?"劳里在马奇太太椅边俯下身来，用充满感情的表情和声调问道。他跟她说话向来都是这样。

　　"不用了，谢谢你。不过，请你到邮局看看，亲爱的孩子。今天应该有信来，但邮递员却没来。爸爸的信像早上升起的太阳一样准时，恐怕是在路上给耽搁了。"一阵尖锐的铃声打断了她的话，不一会儿，汉娜手持一封信走进来。

"一封讨厌的电报，夫人。"她小心翼翼地把电报递过来，仿佛担心它会爆炸伤人。

听到"电报"二字，马奇太太立刻一把夺过来，看了里头的两行字，便一头倒在椅子上，脸如白纸，仿佛这张小小的纸片里射出了一颗子弹，正中她的心脏。劳里赶紧冲下楼去拿水，美格和汉娜则扶着她，乔颤抖着声音念道——

马奇太太：

　　你丈夫病重。速来。

　　　　　　　　　华盛顿布兰克医院

　　　　　　　　　　S．黑尔

房间里静得能听到呼吸声，外面也奇怪地阴惨惨的，世界突然间变了模样，姐妹们围着母亲，觉得所有的幸福和支柱都要被夺走了。马奇太太旋即恢复了神态，她把电报看了一遍，伸出手臂扶着几个女儿，用一种令她们永远也不会忘记的声调说："我这就动身，但也可能太迟了。哦，孩子们，孩子们，帮我承受这一切吧！"

有好一会儿房间里只听到一片啜泣声，断断续续的安慰、温柔的保证和充满希望的耳语混杂在一起，却又全都被泪水淹没了。可怜的汉娜首先恢复了常态，不知不觉地为大家树立了榜样，因为，对于她来说，工作就是解除痛苦的灵丹妙药。

"上帝保佑好人！我不想流眼泪浪费时间，赶紧收拾行李吧，夫人。"她由衷地说道，一面用围裙擦擦脸，用粗糙的手紧紧地握了握女主人的手，转身离去，用一个顶仨的劲头干起活来。

"她说得对，现在没时间流眼泪。镇静，姑娘们，让我想想。"

可怜的姑娘们努力镇定下来，母亲坐起来，虽然脸色苍白但平静。她强忍悲痛，思量该怎么办。

"劳里在哪儿？"定下神后，她决定了首先要做的几件事，随即问道。

"在这里，夫人。噢，让我干点儿什么吧！"小伙子赶忙从隔壁房间走出来叫道。他刚才觉得她们的悲哀异常神圣，即使是他友好的眼睛也不能亵渎，于是悄悄退下。

"发封电报，说我马上就来。明天一早有一趟火车开出，我就搭这趟车。"

"还有什么吩咐吗？马匹已经备好，我无论上哪儿、干什么都行。"看样子他已经准备好飞到天涯海角。

"送张便条给马奇姑婆。乔，把笔和纸给我。"乔从刚刚抄好的稿子里撕了页空白稿纸，把桌子拉到母亲面前。她很清楚必须筹借一笔钱才能应付这次遥远而悲伤的旅行，她真想不惜牺牲一切，为父亲多筹集哪怕是小小的一笔钱。

"去吧，亲爱的，不过别把车驾得太快伤了自己，这没有必要。"马奇太太的警告显然被抛到了脑后。五分钟后，劳里驾着自己的骏马，拼了命似的从窗边狂奔而过。

"乔，去告诉金太太一声，说我不能去了。顺路把这些东西买来。我把它们写下来，它们会派上用场的，我得做好护理的准备，医院的储备不一定好。贝丝，去向劳伦斯先生要两瓶陈年葡萄酒：为你父亲我可以放下面子向人乞求，他应该得到最好的东西。艾美，告诉汉娜把黑色行李箱拿下来。美格，你来帮我找找要用的东西，我脑子乱极了。"

既要写字动脑筋，又要安排一切，足够让这可怜的女士头脑混乱。美格请她在自己的房间里静静小坐一会儿，让她们来干。众人分头散去，就像随风而去的树叶。那封电报犹如一纸恶符，一下子便把宁静温馨的家庭拆散了。

　　劳伦斯先生随贝丝匆匆而来，好心的老人给病人带来了他能想到的各种慰问品，并友好地承诺在马奇太太离家期间照顾姑娘们，这使马奇太太备感欣慰。他把一切都拿出来了，从他的晨衣到他本人，可是后者是万万不行的，因为马奇太太不愿让老人长途跋涉。不过，当她听到他这样建议时却感到一丝宽慰，因为对于忧心忡忡的人来说，确实不宜独自出行。老人看到她的这个表情，浓眉一皱，搓搓双手，突然抬脚就走，嘴上说这就回来。大家忙乱之中便把老人家给忘了。不料当美格一手拿着一对橡胶套鞋，一手拿着一杯茶跑出门口时，突然碰到了布鲁克先生。

　　"听到这个消息我万分难过，马奇小姐。"他说，声调亲切轻柔。心乱如麻的美格竟在这声音中感到一丝愉悦。"我来请求当你妈妈的护驾。劳伦斯先生交代我在华盛顿办点儿事，能在那边为她效劳是我的荣幸。"橡胶套鞋落到了地上，茶也差一点儿就溢了出来，美格伸出手，脸上充满感激之情，这让布鲁克先生觉得即使做出更大的牺牲也在所不惜，何况只是花一点儿时间照顾马奇太太而已。

　　"你们真是太好了！我肯定妈妈会答应的。知道她有人照顾，我们就放心了。谢谢你，太谢谢了！"美格认真地说，完全忘记了手里的活计。布鲁克先生低头望着她，棕色的眼睛流露出一种异样的神情，她这才想起将要凉了的茶水，忙把布鲁克先生带进客厅，然后说她这就去叫母亲。

　　等到劳里带着马奇姑婆的便条回来的时候，一切已安排就绪。便条里附上她们所需要的钱和几句她以前常常唠叨的话——她总是说让马奇参军荒唐透顶，不会有什么好结果，她希望下次她们能听从她的忠告云云。马奇太太看后把字条放到火炉里，把钱装进钱包，紧闭双唇，继续收拾行装。要是乔在场的话，乔一定能懂得她那副神情。

下午很快就过去了，大小事情已一一办妥。美格和母亲忙着做一些必需的针线活儿，贝丝和艾美泡茶，汉娜熨好衣服，就像她说的那样"噼里啪啦"就干完了。但乔还没回来。大家开始有点儿担心，大家都不知道异想天开的乔会起什么念头。劳里便出去找她。他没碰上她，乔却古里古怪地走了进来，神情若喜若悲，似笑似恨，大家正在诧异不解之间，她将一卷钞票摆在母亲面前，哽咽着说："这是我为爸爸作的一点儿贡献，希望能让他过得舒服些。"

"好孩子，这钱是怎么来的？二十五元！乔，你不是干了什么傻事吧？"

"不是，这钱千真万确是我的。我没求人，没借，也没偷。我是自己赚来的，我想你一定不会责备我，我只是卖掉了自己的东西。"乔说着摘下帽子，大家一起惊呼起来，只见一头又浓又密的长发被齐根剪掉了。

"你的头发！你那漂亮的头发！"

"噢，乔，你怎能这样？你秀美的头发！"

"好女儿，你没必要这么做。"

"她不像我的乔了，但我因此而更深爱她。"

在大家的叫喊声中，贝丝把乔剪成平头的脑袋紧紧搂在怀里，乔故意装出一副满不在乎的样子，但却骗不过大家。她好像自己很喜欢似的用手拨弄一下棕色的短发，说："这又不是什么惊天动地的大事，别这么号啕大哭了，贝丝。这正好可以治治我的虚荣心，我原来对自己的头发也太自命不凡了。现在剪掉了这个拖把头还能让脑子好使点儿，我觉得脑袋轻松多了，还挺凉快的，理发师说短发很快就可以卷曲起来，这样既活泼好看，又容易梳理。我挺满意的，把钱收好，该吃晚饭了。"

"把事情经过告诉我，乔。我并不是十分满意，但我不能责怪你，因为我知道你是多么愿意为自己所爱的人牺牲你所谓的虚荣心。不过，亲爱的，你没必要这样，我怕你有一天会后悔的。"马奇太太说。

"不，我不会！"乔坚定地回答。这次胡闹没有受到严厉谴责，她心里轻松多了。

"是什么促使你这样做的？"艾美问。对于她来说，剪掉一头秀发还不如剪掉她的脑袋。

"嗯，我太想为爸爸做点儿事了。"乔回答。这时大家已经围在桌边，对于身体健康的年轻人来说，就算是烦恼一箩筐也会照常吃饭。"我像妈妈一样憎恨向人借钱，我知道马奇姑婆又要呱呱乱叫了，她一向如此，只要你向她借上一文钱。美格把她这季度的薪水全交了房租，我的却用来买了衣服，我觉得自己很坏，决心无论如何要筹点儿钱，哪怕是卖掉自己脸上的鼻子。"

"你不必为这事觉得自己很坏，我的孩子。你没有冬衣，不过是用自己辛苦赚来的钱买几件最朴素不过的衣服，这没有错。"马奇太太说话时的表情深深温暖着乔的心。

"开始我一点儿也没想到要卖头发，后来我边走边盘算自己能做点儿什么，那种感觉就像是想闯进富丽堂皇的商店里不问自取。我看到理发店的橱窗里摆了几个发辫，都标了价，一个黑色发辫，还不及我的粗，就标价四十元。我突然想到我有一样东西可以换出钱来，于是我顾不上多想便走了进去，问他们要不要头发，我的他们给多少钱。"

"我不明白你怎么能这样勇敢。"贝丝肃然起敬。

世界文学名著权威译本

"哦。老板是个小个子男人，看他的样子似乎他活着就是为了给他的头发擦油。他一开始有点儿吃惊，看来他不习惯女孩子闯进他的店里叫他买头发。他说他对我的头发没什么兴趣，因为颜色并不时髦，首先他不会出高价，这头发要经过加工才值钱，等等。天色将晚，我担心如果我不马上做成这桩买卖，那就根本做不成了，你们也知道我做事不喜欢半途而废。于是我求他把头发买下，并告诉他我为何这样着急。这样做当然很傻，但他听后改变了主意，因为我当时相当激动，话说得语无伦次。他妻子听到了，好心地说：'买下吧，汤姆斯，成全这位小姐吧，如果我有一把值钱的头发，我也会为我们的吉米这样做的。'"

"吉米是谁？"凡事都喜欢刨根问底的艾美问道。

"她的儿子，她说也在军队里头。这种事情使陌生人一见如故，可不是吗？那男人帮我剪发时，她一直跟我说话儿，分散我的注意力。"

"剪刀剪下去的时候你觉得心寒吗？"美格打了个哆嗦，问。

"趁那男人做准备的当儿，我看了自己的头发最后一眼，仅此而已。我从不为这种小事浪费感情。不过我承认当我看到自己的宝贝头发摆在桌上，摸摸脑袋只剩下又短又粗的发茬时，心里很不是滋味儿。那种感觉简直有点儿像掉了一只手臂一条腿。那女人看到我盯着头发，便捡起一缕长发给我保存。我现在把它交给您，妈妈，以此纪念我昔日的光彩，因为短发舒服极了，我想我以后再也不会留长发了。"

马奇太太把卷曲的栗色发绺折起来，把它和一绺灰白色的短发一起放在她的桌子里头，只说了一句："难为你了，宝贝。"但她脸上的神色使姑娘们立刻转换了话题。她们强打精神，谈论布鲁克先生是怎样一个好人，又说明天一定天气晴朗，

174

爸爸回来养病的时候大家就可以共享天伦之乐了，等等。

时钟敲了十下，大家仍不愿上床睡觉，马奇太太把刚刚做完的活计搁在一边，说："来吧，姑娘们。"贝丝便走到钢琴前，弹奏父亲最喜欢的圣歌。大家勇敢地唱了起来，但又一个接一个停下了歌声，最后，只剩贝丝一人全心全意地唱歌，因为对于她来说，音乐就是心灵最好的慰藉。

"上床睡觉，别讲话，我们得起个大早，要抓紧时间好好休息。晚安，孩子们。"圣歌唱完后马奇太太这样说，因为这时大家都没有心情再唱下去了。

她们静静地亲亲母亲，轻手轻脚地上了床，仿佛生病的父亲就躺在隔壁房间里。尽管挂念父亲，贝丝和艾美还是很快就睡着了。美格却睡意全无，躺在床上思考她短短的人生所遇到的最为严肃的问题。乔躺着也不动，美格以为她早已入睡，不料却听到一下低低的抽泣声，她一伸手，摸到一张湿漉漉的脸颊，不禁叫起来："乔，亲爱的，怎么回事？是为爸爸伤心吗？"

"不，这会儿不是。"

"那是为什么？"

"我——我的头发！"可怜的乔冲口说道。她用枕头死死堵住嘴巴，试图掩住激动的呜咽声，但白费力气。

美格一点儿也不觉得好笑，她亲亲这位伤心的女英雄，十分温柔地抚摩着她。

"我并不后悔。"乔哽咽了一下声明，"如果可能，我明天还会这样做。这只是我身上的私心在作怪。不要告诉别人，现在好了。我以为你睡着了，所以悄悄为我唯一漂亮的头发洒几滴眼泪。你怎么也没睡？"

"睡不着，我心里很乱。"美格说。

"想想愉快的事情，很快就会睡着了。"

"我试过了，但反而更清醒。"

"你在想什么?"

"英俊的脸孔——特别是眼睛。"美格答道，黑暗中自个儿微笑起来。

"你最喜欢什么颜色?"

"棕色——我的意思是，有时候喜欢，不过蓝色也很漂亮。"乔笑了，美格严厉地命她不许再说，接着又笑着答应替她把头发卷曲，随后便酣然入梦，梦见自己走进了那个空中楼阁。

时钟敲响十二点，更深夜静，一个人影在床间悄悄移动，把这边的被角掖好，把那边的枕头摆正，又停下来深情地凝视每张熟睡的脸，轻轻吻吻她们，然后带着无限的爱意为她们默默祈祷。当她拉起窗帘，望着沉沉夜色时，一轮明月突然从云雾中挣脱而出，好像一张明亮慈爱的脸庞绽放出祥和的光芒，似乎在一片静寂中悄声低语："别着急，善良的人! 守得云开见月明。"

第十五章　书　信

　　在这个寒冷晦暗的黎明时分，姐妹们点亮灯，以前所未有的热诚阅读她们的小册子，因为苦难的阴影已经笼罩住她们，而这些小书中却充满了帮助和宽慰。穿衣的时候，她们约定要高兴并满怀期望地跟母亲道别，不流泪，不诉苦，不能让她本就忧心忡忡的旅途再难过下去。她们走下楼时似乎一切都变得十分陌生——屋外天色灰暗，寂静无声；屋内却灯火通明，忙作一团。这么早便吃早餐显得有点儿古怪，汉娜戴着睡帽在厨房里跑上跑下，那张熟悉的面孔看起来也那么不自然。大行李箱已在大厅里放好，母亲的外套和帽子放在沙发上。她坐在那里，正吃力地吞咽早餐，一夜忧思难寐的脸上挂满了苍白与憔悴，姑娘们见状再难保持平静心态。美格忍不住泪如雨下，乔几次躲到厨房的碾子后面抹眼泪，两个小妹妹也神情严肃，愁眉不展，仿佛悲伤对她们来说是一种新体验。

　　没人再喋喋不休，等待马车到来时，姑娘们围着母亲忙碌起来，一个替她整理围巾，一个把她的帽带弄好，一个为她穿上套鞋，一个为她系好旅行包。马奇太太对她们说——

　　"孩子们，我把你们交给汉娜和劳伦斯先生照顾。汉娜一向忠心耿耿，我们的好邻居劳伦斯先生也会把你们当作自己的孩子一样看待，我没什么好担心的，我只希望你们能正确对待这次变故。我走后你们不要烦恼悲伤，也不要用懒惰或者遗忘这样的方式来安慰自己。要照常工作，因为工作就是最大的安慰。满怀希望，勤劳工作，无论发生什么事情都要记着，你们绝不会失去父亲的。"

"是，妈妈。"

"美格，好孩子，行事要谨慎，照顾好几个妹妹，凡事多与汉娜商量，遇到麻烦时去找劳伦斯先生。乔，要耐心，不要无精打采或者冒冒失失地做事，多写信给我，要做个勇敢的好姑娘，帮助大家，鼓舞大家。贝丝，到音乐中去寻找安慰，做好你的家务。你呢，艾美，力所能及地帮忙，要听话，高高兴兴地待在家里，不要惹祸。"

"我们会的，妈妈！我们会的！"

"嘎嗒嘎嗒"迫近的马蹄声让大家都起身聆听。痛苦的时刻到了，但姑娘们强忍悲伤：没有人号啕大哭，没有人跑到一旁，也没有发出悲叹，她们让母亲转达对父亲的问候时都感到心情沉重，谁都在心中想着，或许这些话已经太迟。大家轻轻与母亲吻别，温柔地拥抱她，在马车绝尘而去的时候，个个强作欢颜，挥手告别。

劳里和爷爷也过来送行，布鲁克先生身强力健，和气可亲，更兼善解人意，姑娘们当场赠他一个外号——"大好人先生"。

"再见，亲爱的孩子们！上帝保佑大家平平安安！"马奇太太轻声说。她在每张小脸上亲了一下，然后匆匆登上马车。

她出发了，正是太阳冉冉升起的时候。马奇太太回头望去，她看到阳光洒在门口站立的众人身上，好似一个吉祥的预兆。他们也看见了，微笑着向她挥着手。拐弯前的最后一眼让她记忆犹深：四张明媚脸庞的背后，站着忠心守候的劳伦斯老人、忠实的汉娜和忠心耿耿的劳里。

"大家待我们真好！"她说着转过头来，映入眼帘的那张毕恭毕敬又饱含关切的脸庞，再一次证明了这句话的正确性。

"他们就是这样的人。"布鲁克先生笑着回应，他那富有感染力的笑声令马奇人人也不禁微笑起来。漫长的旅行于是在祥和的阳光、微笑和欢快的言谈中开始了。

劳里和爷爷回去吃早饭，姑娘们留在家里稍作休息，乔说："我觉得好像经历了一场地震。"

"屋子也变得空空荡荡的。"美格愁苦地接道。

贝丝张嘴想要说什么，却只用手指了指母亲的桌面上一沓缝补得整整齐齐的长筒袜。母亲在那么忙碌的时刻心里还想着要为她们做些什么，这虽然只是一件小事，却深深触动了她们的心，尽管她们决定要勇敢平静地承受一切，这还是让她们的坚强土崩瓦解，失声痛哭起来。

汉娜任由她们尽情地释放自己的感情，看她们昏天黑地哭得差不多了，便手持咖啡壶走过来。

"好了，亲爱的年轻女士们，记住你们的妈妈说过的话，不要伤心。都来喝杯咖啡，然后动手干活儿，为这个家争口气。"

喝咖啡可是一大乐事，再说汉娜那天早上把咖啡煮得异常美味，咖啡壶嘴儿里冒出来的阵阵香气让她们没法抗拒。姐妹们凑到饭桌边，一会儿工夫便都平静下来。

"'满怀希望，勤奋工作。'这是我们的座右铭，看谁最能记住这句话。我要照常到马奇姑婆那儿去。唉，又得听她训话了！"乔呷着咖啡来了精神。

"我也要到金家去，不过我倒宁愿待在家里做家务。"美格说道，真希望自己没把眼睛哭得通红。

"没必要。我和贝丝可以把家管理得井井有条。"艾美郑重其事地插话说。贝丝立即拿出洗碗刷和洗碗盘说："汉娜会教我们怎样做，你们回来的时候我们会把一切都弄得好好的。"

"我觉得忧愁挺有意思的。"艾美沉思着边吃糖边说。

大家全忍不住笑起来，心里也好受多了。只有美格对这位可以在糖碗里找到安慰的年轻小姐摇摇脑袋。

看到酥饼，乔的脸色再度凝重起来。当姐妹两人像以往一样出去工作时，她们悲戚地回望窗口，以前那里总是有母亲熟悉的面孔，如今却不在了。可是贝丝还记得这个小小的家庭仪式，她站在那里，向她们点头示意，红润的脸庞好像一只中国娃娃。

"真是我的好贝丝！"乔说，一脸感激地挥了挥帽子。

"再见，美格，我希望金家兄弟今天不会让你生气。别为爸爸担忧，亲爱的。"临分手时她又说。

"我也希望马奇姑婆不要呱呱叫个没完。你的头发长起来了，看起来挺精神也挺好看。"美格回答。妹妹的脑袋披着短短的鬈发，衬在高高的身架上，显得又小又滑稽，美格极力忍着不去笑她。

"这是我唯一的安慰。"乔摸摸劳里送她的大帽子，转身而去，觉得自己就像一头瑟瑟寒风中的剪毛羊。

父亲的消息使姑娘们大感欣慰。尽管病情严重，但经过精心的照顾后，他已逐渐好转。布鲁克先生每天都寄来一份病情报告。美格身为一家之长，每次都坚持自己来读这份快讯。随着时间的推移，信中的消息越来越令人振奋。起初四姐妹都争着写信，写好后，由其中一人小心翼翼地把厚厚的信塞进邮筒，大家都郑重其事地对待这些华盛顿信件。信中有几封颇具代表性，我们不妨截下来读一读：

我亲爱的妈妈：

难以描述您上一封信带给我们的欢愉，您捎来的大好消息令我们高兴得又笑又哭。布鲁克先生真是菩萨心肠的好人，很庆幸劳伦斯先生的公务让他可以离您那么近，他对您和父亲来说帮助那么大。妹妹们个个乖巧听话。乔帮我干针线活儿，还坚持要做各种最难做的家务。幸亏我知道她的"道德冲动"不会持续时间太长，才不至于担心她操劳过度。贝丝像个小钟一样一如既往地完成她的任务，从不忘记您告诉她的话，她为爸爸担忧，只有坐在她的小钢琴边表情才不那么凝重。艾美很听我的话，我也十分细心地照顾她。她会自己梳头了，我正教她锁扣眼和补袜子，她干得很起劲儿，您回来的时候一定会对她的进步感到满意。劳伦斯先生像老母鸡一样照看我们——这是乔说的话，劳里待我们也十分热情友好。你们远在他方，我们有时闷闷不乐，觉得好像一群孤儿，是劳里和乔使我们快乐起来。汉娜是个大圣人，她从不骂人，总是称我为"玛格丽特小姐"，这称呼十分体面，而且对我十分尊重。我们都很好并且忙于工作，但是我们日夜盼望你们能够回来。请转达我对爸爸最诚挚的爱。

永远属于您的

美格

这封信写在一张散发着香气的纸上，字迹秀丽，它和另一封信形成了鲜明的对比。那是一张写在薄纸上的长信，纸上满是龙飞凤舞的勾勾圈圈的字迹和墨渍：

我最亲爱的妈妈：

为亲爱的爸爸欢呼三声！布鲁克是好消息的传声

筒，他一有爸爸身体好转的消息就飞速转告我们。每到收信时，我都会冲上阁楼，使劲儿感谢上帝对我们的厚爱，但我只会哭着说："我好高兴！我好高兴！"这难道不也跟真正的祈祷一样吗？因为我的心中感受到了那么多。我们的日子过得有滋有味，我已经乐享其中。每个人都拼命地好好过活，家里就像一个无比温暖的鸟窝窝。您要是看到美格组织就餐，努力像个妈妈似的模样，一定会忍不住大笑的。她一天比一天漂亮，有时候我竟爱上她了。两个妹妹是名副其实的天使，而我——嗯，我还是那个乔。哦，我得告诉您我最近和劳里吵了一架。我因为一桩愚蠢的小事又没管住自己的嘴巴，他很生气。我并没有错，只是说话有点儿过火，他便径直走回家，说要是我不道歉他就再也不来家里了。我说我才不会，自己气得发疯。一整天我都觉得糟透了，真希望您就在我身边。我和劳里自尊心都特别强，很难去求别人原谅，但我以为他会来向我赔不是的，因为我说得对呀。他没有来，到了晚上我想起艾美掉进河里那次您跟我说的话，又读了我的小册子，感觉好多了，决定不能因一时之怒就不管不顾，然后我就跑过去向劳里道歉。谁知在门口就碰到了他，也是跑来向我道歉的。我们都笑起来，于是互相说过对不起，又和好如初了。

昨天我帮汉娜洗衣服时诌了一首侍（诗），爸爸喜欢我这些愚蠢的小玩意儿，现寄去让他开心一下。紧紧拥抱爸爸，无数次地吻您。

您的"语无伦次"的乔

洗衣歌

我的洗衣盆女王啊，
在洁白泡沫升起时，我高声欢唱。
洗、揉搓、漂，再把衣衫拧干晾上，
阳光充溢的天空下，它们和着清风飘扬。

我愿把一周的晦气洗个干净，
荡涤身心，洁净灵魂。
让水和清风施展魔法，
让我们和它们一样纯净。
一个灿烂辉煌的冲洗日从此在地球上诞生！

沿着有益人生的小径，
让平和的花朵绽放于心灵。
忙碌的思想无暇顾念
悲伤、烦恼和低迷，
每当我们勇敢地挥动扫帚，
忧愁就会离我们远去。

我为自己肩负任务满心欢喜，
日复一日辛勤劳作，
让我身体健康、强壮并满怀希望。
我学会快乐地说——
头脑用于思考，心灵用于探索，
但手，你必须永远工作！

亲爱的妈妈：

我仅有这么一小点儿地方送上我的挚爱和我一直保存在屋里留待爸爸观赏的三色堇标本。我每天早上读书，白天努力工作，晚间哼着爸爸的曲子入睡。我现在不能唱"天国之歌"，因为它让我想哭。大家每个人都那么好，你不在的时候我们尽力过得开心，艾美要我把下面的地方留给她，因此我得搁笔了。我没有忘记盖好架子，每天都打扫房间，给时钟上发条。

亲亲爸爸的脸。噢，务必赶快回到我的身边。

你疼爱的

小贝丝

我最亲爱的妈妈：

我们都很好，我总是做功课，从不和姐姐们合作——美格说我是想说驳策（斥），所以我把两个词都写上你来挑个合适的。美格是我最好的安慰，每晚吃茶点时都让我吃果子冻，乔说这东西对我很有好处，因为它使我脾气温和。劳里对我不够尊重，现在我已差不多十二岁出头了，他还管我叫"黄毛丫头"。当我像海蒂·金一样说"谢谢"❷或者"你好"❸的时候，他就说很快的法语来伤我的心。我那条蓝套裙的袖子全磨破了，美格换了一对新的，但前面却换错了颜色，变得比裙子还要蓝。我心里不好受但没发火，我要经得起麻烦的考验，但我真希望汉娜把我的围裙浆得硬

注释 ❶ 此处艾美使用了法语对"最亲爱的妈妈"的表述。

❷ 法语。

❸ 法语。

一点儿，并每天做荞麦。她不可以吗？我的问号画得够漂亮吧？美格说我的标点付（符）号和拼写很不雅，我很感屈侮（辱），但是哎呀我有这么多事情要做，有什么办法。再会，给爸爸送上我无数的爱。

深深爱您的女儿，

艾美·科蒂斯·马奇

亲爱的马奇太太：

我只写几句话告诉你我们过得挺好。姑娘们又聪明又勤快。美格小姐很快就能成为一个非常好的管家，她对这方面有兴趣，而且很快就能掌握里头的窍门儿。乔样样都走在头里，你永远不会知道她下一步会出什么花样。她星期一洗了一桶衣服，但是还没绞干就给上了浆，还把一条粉红色的印花裙儿弄成蓝色，把我差一点儿笑死了。这帮小家伙要数贝丝最乖，她又节俭又可靠，是我的好帮手。她什么都努力去学，小小年纪就上市场买菜了，还在我的指点下记账，很像回事呢。我们一直都俭省，按照您的意思，我每周只让姑娘们喝一次咖啡，给她们吃简单又健康的主食。艾美有好衣服穿，有甜品吃，也不发牢骚了。劳里还是那么淘气，常把屋子折腾得天翻地覆，不过他能使姑娘们心情振作，所以我任他们胡闹去。那位老先生送来好多东西，简直有点儿让人厌烦了，不过他是出于好心，我做下人的也不该说三道四。向马奇先生致敬，祝愿他不会再患肺炎。

汉娜·莫莱特

敬上

2号病房护士长：

营地一切平静，队伍处于良好状态，军需部运转正常，特迪上校手下的家兵一直尽忠职守，总指挥劳伦斯将军每天巡视军部，军需官莫莱特掌管军中秩序，赖昂少校专司晚间巡哨。收到华盛顿方面的佳讯后，我军鸣枪二十四响致敬，并于总部举行阅兵典礼。总指挥致以美好祝愿。

特迪上校

尊敬的女士：

小姑娘们个个安好，贝丝和我孙儿每天都向我汇报。汉娜是个模范仆人，像一条龙一样保护美丽的美格。所幸天气一直晴好，请尽管使唤布鲁克，如果经费超出预算，请向我支取资金。别让你丈夫短缺什么。感谢上帝他正在康复。

你诚挚的朋友和仆人，

詹姆士·劳伦斯

第十六章　贝丝罹病

　　整整一个星期这间老房子里洋溢着美德，足以影响到邻里风俗。这真是令人惊奇，因为每个人似乎都处于一种超完美的精神状态，自我控制成了家里的风尚。当最初思虑父亲的心情得到缓解之后，姑娘们便不知不觉地放松了努力的劲头儿，又开始恢复到老状态。她们没有忘记自己的座右铭，只是这种期待、忙碌的日子似乎变得容易了许多，经过了如此巨大的努力之后，她们觉得应该用假期来奖赏一下，于是这假期就放了起来。

　　乔一时疏忽忘了包好剪了头发的脑袋，得了重感冒，被要求待在家里养病，直到病好些再说，因为马奇姑婆不喜欢听带着鼻音读书的声音。乔乐不得的，在一番费力的翻箱倒柜之后，从阁楼搜罗到地窖，最后总算在沙发上安静下来，服药看书，惬意地养起病来。艾美发现家务和艺术并不是一回事，便又摆弄她的泥饼去了。美格天天去教她的学生，在家时便做些针线活儿，或自以为在做，大多数时间却拈着针线出神儿，或者是给妈妈写长信，也或者在一遍又一遍地读着来自华盛顿的快信。只有贝丝坚持不懈，偶尔才会发点儿小呆或悲伤一下。

　　贝丝每天都忠实地做好一切琐碎的家务。有些还是姐姐们的，因为她们常常忘掉自己的那份工作，整个房子像一个时钟，只是钟摆串门儿去了。每当她想念母亲或者担心父亲心情沉重的时候，她就会独自走到一个衣柜边，把脸埋在旧长袍里，悄悄呜咽一阵，并安静地轻声祷告。没有人知道是什么使她在一阵啜泣之后再度振作起来，但大家都深切地感觉到她是那么的贴心而且乐于助人，于是什么芝麻大的小问题都会到她那里去寻找安慰或建议。

大家都没有意识到这次经历是对品格的一种考验。当紧张的第一阶段过后，她们都觉得自己表现良好，值得称赞。她们也确实表现不错，但却犯了一个错误，那就是没有再坚持下去。这个错误使她们付出了殚精竭虑和心痛不已的沉重代价。

"美格，我希望你去看看赫梅尔一家，妈妈叮嘱过我们别把他们给忘了。"贝丝在马奇太太走后的第十天这样说。

"今天下午不行，我累得走不了。"美格答道，一面做针线活儿一面舒服地坐在椅子里摇着。

"你去不行吗，乔？"贝丝又问。

"风那么大，我还感冒呢。"

"我以为你已经好了呢。"

"跟劳里出去一下还行，但还没好到可以去赫梅尔家。"乔笑一声，为自己话语中的矛盾有一些愧疚。

"你为什么自己不去？"美格问。

"我每天都去，但是小婴儿病了，我不知道该怎么办。赫梅尔太太出去上班了，洛珊照顾婴儿，但他的病越来越重，我想你们或者汉娜应该去看看。"贝丝说得十分恳切，美格答应明天去一趟。

"向汉娜要点儿好吃的东西带过去，贝丝，外面的空气对你有好处。"乔说，又抱歉地加上一句，"我也愿意去，但我想把故事写完。"

"我头很痛，而且觉得很累，我想你们哪个能去一趟。"贝丝说。

"艾美马上就要回来了，让她替我们跑一趟。"美格提议。

贝丝在沙发上躺下来，两位姐姐重新操起自己的活儿，赫梅尔一家的事被忘个一干二净。一个小时过去了，艾美没有回来，美格走进自己的房间试她的新裙子，乔完全陷入她的故事中去了，汉娜则对着厨房的炉火醋睡。这时，贝丝轻手轻脚地戴上帽子，往篮子里装上一些带给可怜的孩子们的零碎东西，挺着沉重的脑袋，走进了刺骨的寒风中，她那宽容的眼睛中分明有一种伤心的神色。她回来时天色已晚，她悄悄爬到楼上，没有人注意到她把自己独自关在母亲的房间里。半个小时后，乔到"妈咪角"找东西，这才发现贝丝坐在药箱上，神情极为严峻，两眼通红，手里还拿着一个樟脑瓶。

"我的天哪！这是怎么了？"乔叫了起来。贝丝一面伸出手，好像不让她接近的样子，一面迅速问道："你以前得过猩红热，对吗？"

"好些年前了，和美格一同得的。怎么了？"

"那我就告诉你。噢，乔，那婴儿死了！"

"什么婴儿？"

"赫梅尔太太的孩子，在赫梅尔太太回家之前，他就死在了我膝上。"贝丝哭道。

"我可怜的宝贝，这对于你来说是多么可怕的事情啊！应该是我去的。"乔边说边伸出双臂扶着妹妹在母亲的大椅子上坐下来，一脸悔色。

"我不觉得害怕，乔，只觉得很伤心！我一下就看出他病了，洛珊说她妈妈出去找医生了。我就抱着婴儿，让洛珊歇一会儿。他看起来像睡着了，可是突然叫了一声，动了一下，然后就一动不动了。我给他焐脚，洛珊喂他牛奶，他再也没动，我知道他死了！"

"别哭，亲爱的，那你怎么办呢？"

"我就坐在那儿轻轻地抱着他，直到赫梅尔太太把医生带来。医生说他已经死了，接着又看了看嗓子痛的海因里希和明娜。'猩红热，太太，你应该早一点儿叫我。'他很生气地说。赫梅尔太太说她很穷，只能自己替婴儿治病，但现在一切都已经太晚了，她只能求他帮其他几个孩子看看，费用等慈善机构付给他。他这才微笑了一下，态度也好了一些。可是实在太惨了，我和大家一起伤心痛哭，这时他突然回过头来，叫我马上回家服颠茄叶，不然，我也会那样发烧。"

"不，你不会的！"乔哭了起来，紧紧抱着妹妹，脸上一副惊恐表情，"噢，贝丝，如果你得病，我绝不会原谅自己！我们该怎么办？"

"别害怕，我想我不会病得很重的。我翻了翻妈妈的书，知道这种病开始时感到头痛，喉咙痛，就像我现在这样，于是便服了些颠茄叶，现在觉得好点儿了。"贝丝说，一面把冰凉的手放在热辣辣的额头上，强装作没事一般。

"要是妈妈在家就好了！"乔叫道，那一刻感觉华盛顿是那么遥远。她一把抓过书，看了一页，又察看一下贝丝，摸摸她的额头，又瞄瞄她的喉咙，严肃地说："你一个多星期以来每天都在婴儿身边，又和其他几个将要发病的孩子待在一起，所以我担心你也会得这个病，贝丝。我去叫汉娜来，她什么病都懂。"

"别让艾美来，她没有得过这种病，我不想传染给她。你和美格不会再一次得病吧？"贝丝担心地问。

"我想不会，要是真得了也不要紧，那是罪有应得。自私的蠢猪，让你去，自己却待在这里写废话！"乔咕哝着去找汉娜商量。

这位好人一听吓得睡意全无，马上领头就走，并安慰乔不用焦急，人人都会患猩红热，只要治疗得当，谁也不会死——乔确信不疑，心里也觉得轻松多了，两人一面说一面上去叫美格。

"现在我告诉你们该怎么办。"汉娜说。她把贝丝检查了一遍，又问了些问题。"我们请邦斯医生来看看你，亲爱的，我们得知道正确的做法，然后我们送艾美上马奇姑婆家躲几天，免得她也被传染上。你们姐妹留一个在家，陪贝丝一两天。"

"当然是我留，我最大！"美格抢先说道，她看上去十分焦急和自责。

"应该我留，因为她得病全是我的错，我跟妈妈说过我来跑差事，但没有做到。"乔斩钉截铁地说。

"你要哪一个呢，贝丝？一个就行了。"汉娜说。

"乔吧。"贝丝心满意足地把头靠在姐姐身上，问题马上解决了。

"我去告诉艾美。"美格说。她有点儿不高兴，但也松了口气，因为她并不喜欢当护理，乔却喜欢。

艾美死命反抗，激动地宣布她宁愿得猩红热也不愿去马奇姑婆家。美格跟她讲道理，软硬兼施，全是白费。艾美就是不肯去。美格只得绝望地去找汉娜求救。就在她出去的当儿，劳里走进客厅，看到艾美把头埋在沙发垫里抽抽搭搭地哭呢。她细说原委，满心希望能得到一番安慰。但劳里只是把双手插在口袋里，在房间里踱来踱去，一面轻轻吹着口哨，一面拧紧眉头苦苦思索。不一会儿，他在她身边坐下来，哄着她说道："做个明事理的小淑女吧，听她们的话。好了，别哭了，我有个好主意。你去马奇姑婆家，我每天都去接你出来，或是乘车，或是散步，我们玩儿个痛快，那不比闷在这里要好？"

"我不想被这么打发走，好像我碍着她们似的。"艾美一副很受伤的腔调。

"你怎么能这样想，小丫头，这都是为你好。你也不想生病，对吧？"

"不想，当然不想，但我敢说我可能也会得病，因为我一直跟贝丝在一起。"

"那你就更应该马上离开，说不定就得不上了呢。换一个环境，小心保养，这样对你的身体更有好处。我敢说，就算是得病，也不至于病得那么严重。我建议你尽快动身，猩红热可不是闹着玩儿的，小姐。"

"但马奇姑婆家那么沉闷，她脾气又这么坏。"艾美面露惧色地说。

"我每天到那里告诉你贝丝的情况，还带你出去玩儿，你就不会闷了。老太太喜欢我，我多哄哄她，她就会由着我们，不来找我们的碴儿了。"

"你能用那辆小跑车接我出去吗？"

"我以绅士的名誉保证。"

"每天都来？"

"绝无戏言。"

"贝丝的病一好就带我回来？"

"一言为定。"

"真的上戏院？"

"上一打戏院，如果可能的话。"

"嗯——那么——我答应。"艾美慢慢地说。

"好姑娘！叫美格来，告诉她你投降了。"劳里满意地在艾美身上轻轻拍了一巴掌，却不知这一拍比方才"投降"二字更令艾美恼火。

美格和乔跑下楼来观看这一奇迹。艾美觉得自己正在作出自我牺牲，答应如果医生证明贝丝真的有病，她就去。

"小贝丝情况怎么样？"劳里问。他特别宠爱贝丝，因此心中万分焦急，却不想表露出来。

"她现在躺在妈妈的床上，感到好些了，婴儿的死使她受了刺激，但我敢说她就是得了小感冒。汉娜说她也是这么认为的，但她显得神不守舍，这就让我担心死了。"美格回答。

"真是祸不单行！"乔说道，情急之中把头发拨得纷乱，"我们一波未平，一波又起。妈妈不在，我们就像丢了主心骨，我一点儿主意也没有了。"

"喂，别把自己弄得像头豪猪，这样不好看。把头发弄好，乔，告诉我是发封电报给你妈妈呢，还是做点儿什么？"劳里问。他一直对他的朋友把一头秀发剪掉耿耿于怀。

"我正为这犯难。"美格说，"如果贝丝真的得了病，按理我们应该告诉她，但汉娜说我们千万不能这么做，因为妈妈不能搁下爸爸，告诉她只能让他们干着急。贝丝不会病很久，汉娜知道该怎么做，再说妈妈吩咐过我们要听她的话，所以我想我们还是不要发电报，但我总觉得有点儿不对劲儿。"

"唔，这个，我也说不清。不如等医生来看过之后你问问爷爷。"

"对。乔，快去请邦斯医生，"美格下达命令，"要等他来了我们才能做出决定。"

"你别动，乔。跑腿差事我来做。"劳里说着拿起帽子。

"我怕会耽搁你的时间。"美格说。

"不会，我已经做好今天的作业了。"

"你假期也学习吗?"乔问。

"我是向我的好邻居学习呢。"劳里答罢飞奔出房间。

"我对我的好小伙满怀希望。"乔望着他跃过篱笆,微笑赞叹。

"他干得很不错——对一个男孩子而言。"美格颇不礼貌地回答,她对这个话题不感兴趣。

邦斯医生来了,他说贝丝有猩红热的症状,但没有那么严重,不过听了赫梅尔家的事后,他的神情严肃起来。艾美被命令立即离开,还得带上防治猩红热的药品,乔和劳里伴随左右,一路护送而去。

马奇姑婆拿出一贯的待客之道接待他们。"你们现在想怎么样?"她问道,两道锐利的目光从眼镜框上射出来。此时,站在她椅子后头的鹦鹉大声叫道——

"走开。男孩子不能进来。"劳里退到窗边,乔道出原委。

"果然不出我所料,你们一混到穷人堆里就出事。艾美如果没有得病,可以留下干点儿活儿,不过一看就知道,她也逃不掉。别哭,孩子,一听到有人抽鼻子我就心烦。"

艾美正要放声大哭,劳里调皮地扯扯鹦鹉的尾巴,波利吓得嘎地叫了一声:"哎呀,完蛋了!"模样十分滑稽,引得艾美破涕为笑。

"你们母亲来信怎么说?"老太太硬邦邦地问道。

"父亲好多了。"乔拼命忍着笑,答道。

"哦,是吗?不过,我看也熬不了多久。马奇一向都没有什么耐力。"老太太的回答确实让人不敢恭维。

"哈,哈!千万别说死,吸一撮鼻烟,再见,再见!"鹦鹉波利尖声高叫,在椅子上跳来跳去。劳里在它的尾部一捏,它便一把抓住了老太太的帽子。

"闭嘴,你这没规矩的破鸟!嗳,乔,你最好现在就走,这

成何体统，这么晚了还跟一个没头没脑的小伙子游荡——"

"闭嘴，你这没规矩的破鸟！"波利高叫道，从椅子上一跃而起，冲过来啄这位"没头没脑"的小伙子。劳里听到最后一句早已笑得身子直颤。

"这种生活我不能忍受，但我要尽量忍着。"孤零零地留在马奇姑婆身边的艾美这样想。

"去你的，丑八怪！"鹦鹉尖叫。听到这句粗话，艾美也止不住嗤的一声笑了。

第十七章　黑暗的日子

　　贝丝果然得了猩红热，病情比大家估计的要严重得多，但汉娜和医生认为没有什么大不了。姑娘们对这种病一无所知，劳伦斯先生又因医生的嘱咐不能来看她，于是一切都听从汉娜的安排，忙碌的邦斯医生也尽力而为，但把大部分工作都留给优秀护理乔来做了。美格留在家里料理家事，以免把病传染给金斯一家，而每当她提起笔来写信时，心里就焦虑不安，并有一种负罪感，因为她不能在信中提到贝丝的病。她觉得瞒着母亲不对，但母亲吩咐过要听汉娜的话，而汉娜却不愿"让马奇太太知道，为这么一桩小事而操心"。乔夜以继日地照顾贝丝——这任务并不艰巨，因为贝丝十分坚忍，一声不吭地忍受着病痛的折磨。但有一次发高烧时，她声音嘶哑地说起了胡话，把床罩当作自己心爱的小钢琴弹起来，并试图唱歌，终因喉咙肿胀而唱不出来。另一次，她连身边那几张熟悉的面孔也不认得了，还叫错了他们的名字，甚至一声声地哀叫母亲。乔被吓坏了，美格也求汉娜让她写信告诉母亲，汉娜也说："虽然还没有危险，但同意考虑考虑。"而此时，华盛顿又发来一信，告知她们马奇先生病情出现了反复，短期内不能回家，这简直是雪上加霜。

日子如今一片黯淡，房子里凄凉冷清，死神的阴影盘旋在一度满溢幸福的家庭之中，在劳作中等待的姐妹们心情多么沉重。美格常常独坐一角，一面干活儿一面掉眼泪。她深深体会到她所拥有的那些东西都是何等珍贵，千金难换。那些爱、呵护、平安、健康，以及真正的人生幸福，在她拥有这一切的时候是多么的富足。乔住在阴沉的房间里，亲眼看着妹妹遭受病痛的折磨，听到妹妹因病痛而发出的呻吟声，体会到贝丝的天性是多么善良、美好，她在大家的心中占据了一个多么根深蒂固和亲切的位置。为他人无私奉献、为家庭创造幸福，每个人都应该把这当作比天分、财富、美貌都更有价值的东西来热爱和珍惜。

寄人篱下的艾美热切地盼望着能够回家为贝丝尽点儿心意，她现在不再觉得家务是件令人烦闷的苦差事了。每当想到贝丝自愿为她做的许多被忽略掉的活儿时，满心的忏悔。劳里整日愁眉锁眼，像个不安宁的灵魂一样在屋子里游转。劳伦斯先生锁上了大钢琴，因为他受不了一看到大钢琴就想到那位给他带来无数黄昏慰藉的小邻居。每个人都惦记着贝丝，送奶的、面包师傅、杂货店老板、肉贩都询问她的情况，可怜的赫梅尔太太过来为明娜拿寿衣时请求大家原谅她的愚昧无知，邻居们也纷纷送上各式各样的慰问品和祝福，连最熟悉她的人此刻都诧异，腼腆的小贝丝竟然交了这么多朋友。

此时贝丝躺在床上，身边是她心爱的乔安娜，即使在神思恍惚之际她也没有忘记要充当这个可怜娃娃的保护人。她也好想她的小猫，但她坚决不让它们靠近，怕它们也会染上病。病情稳定的时候，她总是忧心忡忡，唯恐乔会有个三长两短。她给艾美送去爱的问候，求姐妹们告诉母亲她很快就会写信去，并常常求她们给她纸笔，勉强写上只言片语，这样爸爸就不会以为她忽略了他。但不久这种短暂的清醒状态也没有了，她越来越久地躺在床上，翻来覆去，语无伦次地说胡话，或者沉沉睡去，醒来时仍然气息奄奄。邦斯医生一天来两次，汉娜晚间守夜。美格写好一封电报放在桌上，准备随时发出。乔更是不敢从贝丝身边移开半步。

十二月一日对她们来说是个名副其实的严冬。这天寒风呼啸，大雪纷飞，似乎预示着这一年的气数已尽。邦斯医生这天早上过来的时候，久久望着贝丝，双手紧握她那双热得烫人的小手，然后轻轻放下，声调低沉地对汉娜说："如果马奇太太能够离开丈夫一阵，最好现在回来一趟吧。"

汉娜点点头，一句话也说不出来，只是紧张得双唇不断地抖动。听到这话美格觉得身上的力气一下子被抽空了，一下跌倒在椅子上。有那么一会儿，乔脸色煞白，紧接着她跑到客厅，抓起电报，匆匆穿戴上衣帽，一头冲进狂风暴雪之中。她很快便回来了，无声地脱下大衣的时候，劳里手持一封信走进来，告诉她马奇先生已处于恢复中。乔激动地把信读了一遍，但心头的重担仍然没有丝毫减轻。劳里见她神情悲恸，疾声问道："怎么了？贝丝的病又重了吗？"

"我已经通知妈妈了。"乔说，阴沉着脸使劲儿脱她的胶靴。

"做得对，乔！是你的决定吗？"劳里问道。他看到乔脱胶靴的时候，手抖得厉害，便把她扶到大厅里的椅子上坐下帮她脱。

"不。是医生吩咐的。"

"哦，乔，不至于这么糟吧？"劳里大吃一惊，叫了起来。

"就是这么糟。她已经不认识我们了，也不说她的绿鸽子了，她原来一直把爬在墙上的藤叶叫作绿鸽子的。她都变得不像我的贝丝了。现在没有人能帮助我们承受这样的伤痛，爸爸妈妈都不在，上帝也似乎遥不可及，我找不到他。"

泪水，顺着乔的双颊奔涌而出，她无助地伸出手，仿佛要从黑暗中抓住些什么似的。劳里一把握住她的手，只觉得喉咙也哽住了，好不容易才轻声说道："我在这里呢。抓紧我吧，乖乔！"

乔说不出话，却真的把他"抓紧"了。能够这样握着劳里友好温暖的手，她那颗疼痛的心好受多了，似乎那双困境中可以独立支撑她的上帝之手再次临近。

劳里很想说几句贴心的宽慰话，一时间又找不到合适的词语，所以只好一言不发地站着，像以前母亲那样无限怜爱地轻轻抚摩着乔低下来的脑袋。劳里所做的胜过千言万语的安慰，乔感到了这无声的关爱，在静默之中体会到了爱化解悲伤时的甜甜的欣慰，心里觉得轻松了许多，很快她就擦干眼泪，感激地抬起头来。

"谢谢你，特迪，我现在感觉好多了，也没那么绝望了。就算有什么事情发生，我也会勇敢面对的。"

"凡事往好处想，那会给你力量的，乔。你妈妈很快就会回来，那时一切都会好起来的。"

"幸好爸爸病情好转了，这样妈妈回来也不至于放心不下。噢，老天！真是福无双至，祸不单行，我身上的担子比谁的都重。"乔叹了一口气，把她的湿手绢摊开，铺在膝头上风干。

"难道美格不和你分担吗？"劳里气愤地问。

"噢，分担的，她也努力分担，但她不能像我那样爱贝丝，也不会像我那么想她。贝丝是我的心肝，我不能失去她。我不能！我不能！"

乔把脸埋在湿手绢里，失声痛哭，刚才她一直坚强地忍着。劳里用手抹抹眼睛，想说点儿什么，但他喉头哽咽，嘴唇颤抖。这可能很没有男子汉气概，但他控制不住，不过他的样子倒是让我很高兴。等到乔的啜泣平静下来，他才满怀希望地说：

"我想她不会死的，她这么善良，我们又那么爱她，我不信上帝就这样把她夺走。"

"好人总是活不长。"乔嘟囔着说道，不过她却不再哭了，因为尽管她心里充满了怀疑和恐惧，但朋友的话还是让她的心情好些了。

"可怜的姑娘，你要精疲力尽了，这么无精打采可不是你的风格。歇会儿吧，我马上就让你振作起来。"

劳里三步并作两步跑上楼去。乔则把疲倦的脑袋趴在贝丝那顶棕色小帽上面。贝丝把帽子留在这儿后，没人想过要把它收走。帽子也许有着某种魔力，把它温柔主人的驯顺灵魂也注入乔的身上。当劳里捧着一杯酒跑下楼来时，她微笑着接过酒杯，勇敢地说："我喝——为贝丝的身体健康！你是个好医生，特迪，又是个这么善解人意的朋友，我怎么才能报答你呢？"她又加了一句，葡萄酒让她迅速恢复了点儿体力，劳里的宽慰话也让她重新振奋起精神。

"用不了多久，我就会向你要账的。不过今晚我想送你一样比一夸脱酒还能让你暖心的东西。"劳里边说边望着她笑，脸上情不自禁地露出得意之色。

"什么东西？"乔惊讶地问，暂时忘记了痛苦。

"我昨天就给你妈妈发了一封电报，布鲁克回电说她马上回来，今晚就能到家，那时一切都好办了。我这样做你高兴吧？"

劳里说得很快，脸色立刻因兴奋而变得通红。由于担心会令姑娘们失望和伤了贝丝的心，他一直守着这个秘密。

乔脸色发白地从座椅中一跃而起，等他话音刚落便直扑过去，用双臂环住他的脖子，高兴地大叫："啊，劳里！啊，妈妈！我高兴死了！"她不再哭了，而是歇斯底里地大笑起来，一面颤抖一面搂紧她的朋友，她被这突如其来的消息弄得不知所措。

　　劳里表现得相当镇定，但显然是大吃一惊，他安慰地拍了拍她的背，见她正逐渐缓过来，便羞涩地在她脸上吻了一两下。乔刹那间清醒了，她抓住楼梯扶手，把他轻轻放开，气喘吁吁地说："噢，别这样！我刚才不是故意的，表现真可怕。你那么可爱，竟然跟汉娜对着干，我就忍不住扑向你。快把事情经过告诉我吧，别再让我喝酒了，它让我干傻事。"

　　"没什么啦。"劳里一面笑，一面理好领带，"是这样，你知道，我很着急，爷爷也是。我们觉得汉娜管得太多了，而你妈妈应该知道这事。如果贝丝——如果一旦出了事，她永远都不会原谅我们。所以我跟爷爷说，是该干正事的时候了，所以我昨天飞快赶到邮局，因为医生看起来表情那么严肃，而汉娜一听要发电报就恨不得要拧下我的脑袋。我最受不了被人'修理'，于是就下定决心，把电报发了。你妈妈就要回来了，我知道火车凌晨两点到站，我去接，你只要收拾好你的喜悦心情，别吵到贝丝，就等那位被祝福的女士归来吧。"

　　"劳里，你是个天使！我该怎么谢你呢？"

　　"扑向我吧，我真喜欢那样。"劳里调皮地说。他足足两个星期没有露出这样的表情了。

　　"不，谢谢了。等你爷爷来了，我会找他再这么来一下的。别取笑我了，回家休息去吧，你半夜还要起来呢。上帝保佑你，特迪，保佑你！"

　　乔边说边退到一角，话一说完便消失在厨房里。在那儿，她坐在食品柜上告诉那群猫儿她"高兴，啊，真高兴"。这时劳里离开了，觉得自己把事情干得相当漂亮。

　　"我从来没见过这么好管闲事的家伙，不过我原谅他，希望马奇太太马上就来。"当乔宣布好消息时，汉娜松了一口气，说道。

　　美格心里一阵狂喜，然后一遍又一遍地读着来信。而乔则把病房整理得井井有条，汉娜则"赶快做两个饼，免得还有什么人会一起来"。房间里好像掠过一阵清新的风，好像有比阳光更灿烂的东西照亮了寂静的房间。每一样东西都显现出充满希望的变化：贝丝的小鸟再次开始鸣唱，艾美的窗台花丛里发现了一朵半开的玫瑰，炉火燃烧得特别欢畅。姑娘们每次碰面，苍白的脸上都会开怀一笑，她们紧紧拥抱，悄声鼓励："妈妈就要回来了，亲爱的！妈妈就要回来了!"大家都欢欣鼓舞，只有贝丝还在沉沉地昏睡，无知无觉，毫无希望和生机。她的形容令人心碎——原来红润的脸庞变得没有一点儿血色，原来灵巧的双手也是骨瘦如柴，微笑的双唇发不出一点儿声响，原来漂亮整齐的头发乱糟糟地散落在枕头上。她整天这么躺着，只是偶尔醒来才含混不清地说一声："水!"由于唇干舌燥，几乎发不出声音。乔和美格整天都围绕在贝丝身边，看护着、等待着、希望着，相信上帝和母亲能创造奇迹。整整一天大雪纷飞，狂风怒吼，时间过得格外缓慢。但是，黑夜还是来了。每当时钟敲响一下，坐在床两边的姐妹俩闪闪发亮的眼睛就互相交换一下眼色，因为时钟每响一下，希望就迫近一步。医生来过，说大约午夜时分病情就可见分晓，或好或坏，他到时候会再来探视。

汉娜累坏了，倒在床脚边的沙发上沉沉睡去。劳伦斯先生在客厅里踱来踱去，他宁愿面对一个连的造反的炮兵，也不愿看到马奇太太进来时焦虑不安的神色。劳里则躺在地毯上，假装休息，其实是在盯着火苗想心事，那若有所思的神情使他的黑眼睛清澈温柔，异常漂亮。

姐妹两人永远不会忘记那个夜晚，她们在守候中深深体会到我们只有在这种时刻才会感知到的那种可怕的无力感，于是她们就这样不停地看表，全无睡意地守候着。

"如果上帝赐给贝丝一条生路，我一定不再抱怨。"美格虔诚地祈祷道。

"如果上帝赐给贝丝一条生路，我一定爱他并愿意侍奉终生。"乔同样热诚地回答。

"我宁愿做个没心没肺的人，那样就不会遭受这样的痛苦了。"停顿了一会儿后，美格叹了一口气。

"如果生活总是这样举步维艰的话，我们可怎么才能熬出头呢。"乔垂头丧气地说。

此时时钟敲响十二下，两人一心守护贝丝，早就忘掉了自己，恍惚间觉得那张毫无血色的脸上起了一丝变化。屋里依然死一般的寂静，只有狂风的呼号撞击着这深深的寂静。疲惫的汉娜仍在酣睡，只有这对姐妹好像看到有什么落到了这张小小的床上。一个小时过去了，情况依旧，只听到劳里的马车悄悄往车站去了。又过了一个小时——仍不见有人来，姐妹俩心里开始七上八下，一会儿担心母亲被暴风雪耽搁，一会儿又担心路上发生意外，更害怕华盛顿那边发生什么更大的不幸。

深夜两点，乔站在窗边，正感叹着风雪中的这个世界如此乏味阴郁，突然她听到床边一阵响动，立刻回头看去，只见美格掩脸跪在母亲的安乐椅前。一阵恐惧感顺着脊梁爬上乔的心头，心中暗念：贝丝去了，美格不敢告诉我。

她立刻走回床前，激动的双眼仿佛看到了惊人的变化。贝丝退了烧，痛苦的神情已经消失，仿佛沉沉睡去，那张可爱的小脸还是那么苍白，但平静了许多。乔感到自己终于可以不再流泪和哀伤了。她弯下身子，注视着这位自己最疼爱的妹妹，在她潮湿的额头上印上深深一吻，轻声说道："再见！我的贝丝，再见！"

也许是听到了响动，汉娜一下子醒了，匆匆走到床前，看看贝丝，摸摸她的双手，听一下鼻息，接着把围裙向头上一抛，坐在椅子上摇来摇去，压低声音叫道："烧退了！她睡着了，皮肤汗津津的，气息也平顺了。谢天谢地！噢，老天可怜！"姐妹两人尚在半信半疑，医生进来证实了这个喜讯。医生是一个其貌不扬的男子，但此刻他那微笑的面孔是如此美好。他用慈父般的眼神儿看着她们，微笑说："不错，好孩子，我想小姑娘熬过了这一关。保持房间安静，让她睡吧，她醒来的时候，给她——"

到底给她什么，两人都没有听到，她们悄悄走进漆黑的大厅，坐在楼梯上，互相紧紧拥抱，满心的欢喜无法用语言描绘。当她们走回去与汉娜亲吻拥抱时，她们发现贝丝像往常一样，脸颊枕在手上睡得正香，灰白的脸色也渐渐恢复过来，呼吸轻柔平静，有如刚刚入睡一般。

"如果妈妈现在回来就好了！"乔说。这时，冬夜即将过去。

"看，"美格手持一朵半开的白玫瑰走过来，"我原以为这朵花明天还开不了呢，来不及放到贝丝手里，要是她——要是她离开我们的话。可它居然在晚上就开了，我这就把它插到花瓶里摆在这儿，这样等我们的贝丝醒来的时候，她第一眼看见的就是这朵小玫瑰和妈妈的面孔。"

对于一夜未眠的美格和乔来说，在拂晓来临的这一刻向外张望，没有什么比太阳初升更美妙的了。世界此刻这般美好，她们漫长又悲伤的守候终于结束了。

"真像个童话世界。"看到这异彩纷呈的景色，站在帘后的美格独自微笑起来。

"听！"乔跳起来叫道。

此时，下面门口传来一阵铃声，只听得汉娜叫了一声，接着又听到劳里欣喜地轻声道："姑娘们，她来了！她来了！"

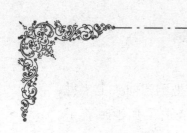

第十八章 艾美的遗嘱

　　当家里发生这一连串事情的时候，艾美正在马奇姑婆家度日如年。此刻她深深体会到寄人篱下的滋味，第一次认识到自己在家里是如何受到亲人的呵护与宠爱。马奇姑婆从不宠爱人，她不赞成这样，当然也是出于好意，因为行为得体的小姑娘的表现十分讨她的欢心，而对侄儿的这几个孩子马奇姑婆自有一份偏爱，但她认为这种爱不适合表露出来。她的确在努力让艾美高兴，但是，老天作证，她的方法却糟糕透顶！一些老人尽管皱纹累累、白发苍苍，心中却仍然充满朝气，他们可以和孩子们同喜同忧，让他们无拘无束，在愉快的玩耍中隐含智慧的引导，在甜美的氛围中，给予并收获友情。不幸的是马奇姑婆却没有这个天分，她的那些繁文缛节、不苟言笑的方式，冗长和乏味的说教，让小艾美不堪忍受。老太太发现这个小孩儿比她的姐姐更乖巧听话之后，老太太竟然要尽一切努力消除她那坏透了的自由散漫的家庭对她的影响，并视为己任，于是艾美完全被她攥在手心里了。用自己六十年前所接受的教育方法来教导她，其结果只能令艾美越发糊涂，她觉得自己像只落网苍蝇，落到了一个一丝不苟的蜘蛛手上。

　　她每天早上都得洗净茶杯，擦亮那些旧式汤匙、一个圆肚银茶壶和几面镜子，直到它们闪闪发亮。接着便得打扫房间，这个任务非同小可！几乎没有一粒尘埃可以逃得过马奇姑婆的眼睛，而家具腿全部都是爪形的，刻着那么多永远都擦不干净的花纹。然后又得喂那只鹦鹉波利，给哈巴狗梳毛，还得取东西，传话，楼上楼下跑十多个来回，因为老太太腿跛了，极少离开自己的大座椅。干完这些累人的活儿后，她还得经受对其美德的极限考验——做功课。之后她可以自由活动一个小时，这是她最心花怒放的时候。劳里每天都过来，甜言蜜语地哄马奇姑婆，哄到她答应让艾美跟他一同外出为止。然后他们一起散步、骑马，尽兴而归。吃过午饭后，她得大声朗读，还得在老太太打瞌睡的时候，一动不动地坐着，常常是一页没听完老太太就睡着了，而一睡就是一个小时。接着是缝缀各色布匹或缝制手巾。艾美表面顺从，心里却烦得要死，得这样一直缝到傍晚，才可以随意玩玩儿，玩儿到吃茶时间。晚上的时光最为难熬，因为马奇姑婆开始大讲她年轻时候的故事，这些故事又长又闷，艾美每次都盼着上床睡觉，打算为自己的悲惨命运哭一场，但每次都是还没有挤出一星半点眼泪便已睡着了。

如果不是有劳里和老女佣埃莎，她觉得她很难熬过这段艰难的时日。单是那只鹦鹉就足以让她神经错乱，因为那东西不久便发觉艾美不喜欢它，就做出各种调皮捣蛋的事来，以泄心头之愤。每次艾美走近它的时候，它都会抓她的头发；她刚洗净了鸟笼，它便把面包和牛奶打翻；趁老太太打瞌睡又去啄哈巴狗"莫普"，把它弄得狂吠不止；还在客人面前叫她的名字，总之一举一动都表现得十足一个该死的破鸟。她也受不了那只狗——一只肥胖、无礼的畜生。每逢给它洗澡它就向她一顿乱叫；想吃东西时，它就躺倒在地，四脚朝天，装疯卖傻，而这样求食一天足有十几次。厨师脾气粗暴，年老的马车夫是个聋子，唯一理会她的人只有埃莎。

埃莎是个法国女人，她和"夫人"——她这样称呼自己的女主人，共同生活了许多年，对老太太有一定的操控权，因为老太太没有她便活不下去。她的真名叫作埃丝勒，但马奇太太让她改名字，她遵从了，条件是永远不能要求她改变自己的信仰。她喜欢上了艾美小姐，和她一起坐时常常一边烫"夫人"的花边，一边跟她讲自己在法国遇到的奇闻怪事，逗她开心。她还允许"小姐"在这间大屋子里头四处游逛，仔细欣赏藏在大衣橱和旧式柜子里的奇珍异宝，因为马奇姑婆像只喜鹊一样爱好收藏。艾美最中意的是一个印度木柜，有那么多奇形怪状的抽屉、小分类架和暗格，里头装着各种各样的饰物，有些贵重，有些只是很古怪，但都有了一些年头。欣赏和摆弄这些东西给予艾美一种巨大的满足感，尤其是那些珠宝箱子——天鹅绒垫子上摆着各式四十年前装点美女的首饰。这里头有一套马奇姑婆初次社交时戴的石榴石佩饰，她出嫁时父亲送给她的珠宝，情侣钻石，出席葬礼戴的煤玉戒指和发夹，还有一些怪模怪样的金属小盒子。马奇姑婆的结婚戒指单独摆在一个盒子里，因为她的手指长胖了，现在已经戴不进去，于是被当作最最珍贵的珠宝小心翼翼地收藏起来。

"如果夫人立遗嘱，小姐想选哪一样？"埃莎问。她总是坐在跟前看守着，并把贵重物品锁起来。

"我最喜欢这些钻石，可惜里头没有项链，而我最喜欢项链，它们漂亮极了。如果可能，我就选这一个。"艾美答道，羡慕不已地望着一串纯金乌木珠链，链子上头沉甸甸地挂着一个用相同材料做成的十字架。

"我也瞄着这个呢，但不是用来做项链，我要虔诚地拿着它诵经祈祷。"埃莎说道，若有所思地端详着漂亮的首饰。

"你的意思是把它当作挂在你镜子上头的那串香木珠链一样使用吗？"艾美问。

"是的，正是这样，用来做祷告。如果我们用这么精美的东西来做祷告，而不是把它当作没用的珠宝来佩戴，圣徒们一定更高兴。"

"你好像能从自己的祷告中找到很大的安慰，埃莎，每次祷告后你都那么平静和满足。但愿我也能这样。"

"如果小姐是个天主教徒，就能找到真正的安慰。既然不是，你也不妨每天独处一会儿，边思考边祈祷。"

"我这样做合适吗？"艾美问。孤独寂寞中的她感到自己需要某种帮助，由于贝丝不在身边提醒自己，她觉得自己都快要把那本小册子给忘掉了。

"那再好不过了，如果你喜欢，你可以好好地思考，向上帝祈祷，保佑你姐姐平安。"

艾美觉得这个主意不错，便同意她把自己房间隔壁一个光线明亮的小房间收拾出来，希望这样能对自己有所帮助。

"不知马奇姑婆死后这些好东西会到哪里去。"她一面说，一面慢慢地把那串光彩夺目的珠链放回原处，把珠宝箱一个个地关上。

"会落到你和你几个姐姐手上。这个我知道，夫人常向我诉说心事。我看过她的遗嘱，不会有错。"埃莎微笑着小声说道。

"太好了！不过我真希望她现在就能给我们。拖延时间并非什么好事。"艾美向那些钻石望了最后一眼说。

"年轻女士佩戴这些首饰可是太早了些。我想你离开时会得到那只小绿松石戒指，因为夫人认为你举止得当，很懂礼貌。"

"真的吗？噢，如果真的能得到那个漂亮戒指，即使做个小羊羔我也愿意！它比吉蒂·布莱恩的不知要好看多少倍。不管怎么说，我还是挺喜欢马奇姑婆的。"艾美兴高采烈地试了一只亮闪闪的蓝色戒指，下定决心要得到这个绿松石戒指。

从那天开始，她乖到了极点，老太太颇为得意地认为是自己的训练方式取得了成效。埃莎在更衣间里放上一张小桌子，前面摆一张脚凳，上面挂一幅从一间锁着的屋子里拿来的图画。她认为这画没有什么价值，但因合适，便把它借来，她清楚夫人根本不知道，即使知道了也不会管。殊不知这是一幅世界名画的珍贵摹本。艾美那双美丽的大眼睛不知疲倦地凝视着画面上圣母的温柔面庞，那一刻她心里泛起对母亲的温柔思念。她在桌上放上自己的新约小圣经和赞美诗集，还摆了一个花瓶，每天都换上劳里带来的最美丽的花儿。她每天都来此静坐，诚心祷告，祈求亲爱的上帝保佑她的姐姐。

这小女孩儿非常虔诚地做着这一切。为了使自己非常非常地好，她做出的第一个努力，就是要像马奇姑婆那样立一个遗嘱，这样如果不幸病重并且撒手人寰，她的一切所有也都会被公平慷慨地分给众人。只要一想到要对她的那些小小财宝放手，她就心如刀绞，在她眼里她的那些小玩意儿和老太太的珠宝同等珍贵。

她耗费了整整一个小时的娱乐时间，才绞尽脑汁拟出这份重要文件，埃莎帮她纠正某些法律用语。当这位好心的法国女人签上自己的大名后，艾美舒了一口气，把它放在一边，准备拿给劳里看，她希望他做自己的第二证人。

劳里进门后，艾美在他面前摆上一段扎文件用的红带、封蜡、一支小蜡烛、一个墨水瓶。劳里严肃地签字盖章。

当他准备告辞时，艾美把他拉住，颤抖着嘴唇悄声问道："贝丝是不是真有什么危险？"

"恐怕是这样，但我们必须抱最好的希望。别哭，亲爱的。"劳里像哥哥一样伸出手臂护着她，这给了她极大的安慰。

劳里走了，她来到自己的小教堂，在黄昏的微光里静坐，为贝丝默默祈祷，肝肠寸断、泪如雨下。即使有一千个一万个绿松石戒指，也不能安慰她失去温柔姐姐的痛楚。

第十九章　密　谈

　　我真是不知道用何种语言来描绘母女重逢的场面，如此美妙的时刻，还是留给读者们去想象吧。只能说房间里洋溢着真正的幸福，对于美格来说也算是心愿得偿，当贝丝从漫长的睡梦中醒来时，最先映入眼帘的就是那朵小小的玫瑰和母亲的脸庞，太过虚弱的贝丝无力思考，她只是微笑，小鸟一样依偎在母亲慈爱的手臂中，就像长久渴盼的那样。然后她再度睡去，那双瘦削的手即使在沉睡中也不愿放开母亲，母亲不愿掰开女儿的小手，只能靠姐妹俩伺候她了。

　　汉娜一时找不到其他方法来排解自己的兴奋心情，便为远道而归的亲人大盘小碗地上了一顿丰盛的早餐。美格和乔则像恪尽职守的幼鹳一样一面侍奉母亲吃早餐，一面听她轻声讲述父亲的情况，布鲁克先生如何答应留下来照顾父亲，她在回家的路上如何被暴风雪耽搁了时间，到站的时候，忧心如焚，又冷又累，是劳里充满希望的面孔使她得到了无言的安慰。

　　这一天是多么奇特，多么喜气洋洋！屋外阳光耀眼，到处洋溢着欢声笑语，整个世界似乎全部出动迎接这场初雪。屋里却悄然无声，一片宁静，一夜未眠的人儿，此刻全都进入了梦乡，屋子里静得连针落地的声音也能听到。汉娜打着瞌睡在门边守护，美格和乔仿佛卸下了一身重担，双双合上疲倦的眼睛躺下来休息，好像风雨中飘摇的两只小船，经过一番风吹浪打后，总算安全泊进了平静的港湾。马奇太太不愿离开贝丝身边，便坐在大椅子上歇息，不时醒来看一看、摸一摸自己的孩子，看着贝丝发一会儿呆，就像一个重新找回了自己财宝的守财奴。

与此同时劳里匆匆赶去安慰艾美，他讲述得如此动人，连马奇姑婆听了也"从鼻子里头笑出了声"，而且没说一句"我早就告诉过你"这类的话。艾美这回十分坚强，看来她在小教堂的沉思举动开始开花结果了。她很快就把泪水擦干，按捺住要见母亲的急切心情，当劳里说她表现得"像个卓尔不凡的小淑女"时，老太太也由衷赞同，而那一刻她竟然没有想到那个绿松石戒指，甚至连老波利也似乎对她大加赞赏，因为它叫她"好姑娘"，请上帝保佑她，那张鸟嘴竟用极其和蔼可亲的腔调说："来散个步，亲爱的。"她本来很想出去在阳光明媚的雪地里玩儿个痛快，但发现劳里尽管英勇地装作没什么事，但困乏得直往下倒，她劝他在沙发上躺躺，而她好给母亲写封信。

好半天，她才把信写完，等她回来时，劳里已经头枕双臂，身体舒展地沉沉睡去。马奇姑婆拉下了窗帘，闲坐在一边，脸上露出一种罕有的慈祥宽厚的神情。

过了一会儿，她们开始思忖着这小子怕是要睡到晚上才能醒的问题，这一点我也不太确定，而艾美在看见母亲时的一声欢叫，却让劳里立刻从沙发上站了起来。那天，城里城外可能有许许多多幸福的小姑娘，但依我看艾美要算是最最幸福的一个，她坐在母亲的膝头上诉说自己是怎样熬过这段日子的，母亲则奉上赞赏的微笑和百般爱抚作为安慰和补偿。两人一起来到小教堂，艾美解释了它的来龙去脉，母亲听后并不反对。

"相反。我很喜欢它，亲爱的。"她把眼光从沾满灰尘的念珠移到翻得卷了毛边的小册子和点缀着常青树花环的圣母画上。

"当我们身处逆境，烦恼悲伤时，能有个让我们平静下来的地方，是件大好事。我们一生会遇到很多艰难的时刻，但只要我们寻求正确的帮助，就能熬过去。我想我的小女儿正在领悟这个道理呢。"

"是的，妈妈，回家后我打算在大壁橱间的一角放上我的书和我画的这幅画的摹本。圣母的面孔画得不好——她太美了，我画不好——但那婴儿还画得不错，我很喜欢他。我喜欢想'他'也曾经是个小孩儿，这样我似乎就离'他'更近了，这样一想，心里就好受了。"

艾美指指笑着坐在圣母膝上的圣婴，马奇太太看到她举着的手上戴着一样东西，不觉微微一笑。她没有说什么，但艾美明白了她的眼神，她郑重其事地说："我原来要把这事告诉您的，但一时忘了。姑婆今天把这个戒指送给我。她把我叫到跟前，吻了我一下，就把它戴在我的手指上，说我替她增了光，她愿意把我永远留在身边。因为绿松石戒指太大，她便把这有趣的护圈给我戴上。我想戴着它们，妈妈，可以吗?"

"它们很漂亮，不过我觉得你还太小，不大适合戴这种饰物，艾美。"马奇太太看着那只胖乎乎的小手说。她的食指上戴着一圈天蓝色宝石和一个由两个金色小箍扣在一起组成的古怪护圈。

"我会努力做到不贪慕虚荣的，"艾美说，"我不只是因为这枚戒指漂亮才喜欢它，我戴上它是因为它能时刻提醒我一些东西，就像故事里的那女孩儿戴的手镯一样。"

"你是指马奇姑婆吗?"母亲笑着问。

"不是，是提醒我不要自私。"艾美的神情是那么认真而热诚，母亲立刻收住了笑容，严肃地倾听女儿的小计划。

"我最近常常反省自己的'一大堆毛病',发现其中最大的一项是自私,我努力把它改掉。贝丝就不自私,所以大家都爱她,一想到要失去她就那么伤心。如果我病了,大家的伤心怕是连对她的一半都没有,我也不配让大家这样。不过我很希望能有许许多多的朋友爱我、怀念我,所以我要努力向贝丝学习。只是我常常忘了自己的决心,如果有什么东西在身边提醒我,我想就会好一点儿。我这样做行吗?"

"当然,不过我倒是对你在大壁橱设的沉思角更有信心。戴着戒指吧,亲爱的,要努力。我相信你会有长进的,因为做个好姑娘的决心便是成功的一半。现在我得回去看贝丝了。振作精神,小宝贝,我们很快就会接你回家的。"

那天晚上,美格正在给父亲写信,告知母亲已平安到家,乔悄悄溜上楼,走进贝丝的房间。看到坐在老地方的母亲,她用手指揪着头发,呆站了一会儿,神色焦虑,犹豫不决。

"怎么啦,亲爱的?"马奇太太问,伸出手来,关注的神情鼓励女儿说出心事。

"我想告诉你一件事,妈妈。"

"和美格有关吗?"

"你怎么这么快就猜到了!是的,就是她的事!虽然这只是一件小事,但它要烦死我了。"

"贝丝睡着了,小点儿声把事情全告诉我。我想莫法特那小子没有来过吧?"马奇太太单刀直入地问道。

"没有,如果他来,我一定让他吃闭门羹。"乔说着在地板上挨着母亲脚边坐下来,"去年夏天美格在劳伦斯家丢了一副手套,后来只还回来一只。我们已经把这事忘了,但一天特迪告诉我另一只在布鲁克先生手里。他把它收在马甲口袋里,一次它掉了出来,特迪便打趣他,布鲁克先生承认自己喜欢美格,但不敢说出来，因为她还那么年轻，而自己又这样穷。您看，这是不是糟糕透了？"

"你觉得美格在乎他吗？"马奇太太担心地问道。

"饶了我吧！我对情啊爱呀这些无聊的事一无所知！"乔叫道，一副既感兴趣又瞧不起的滑稽表情，"在小说里，害相思病的姑娘们要么一惊一乍，要么脸红心跳，要么动不动晕倒，或是消瘦憔悴。总之，一举一动都像个傻瓜，但美格一样也没有：她照吃照喝照睡，跟平常没什么两样，我谈起那个男人时，她也正眼望着我，只有当特迪拿那些情人们开玩笑时，她才红一下脸。我不让他这样做，但他并不怎么听。"

"那么你觉得美格对约翰不感兴趣吗？"

"谁？"乔瞪大了眼睛叫道。

"布鲁克先生。我现在叫他约翰，我们在医院里开始这样叫他，他很喜欢。"

"噢，天哪！我就知道你们会接受他的：他对爸爸那么好，你们不会把他打发走的，还会让美格嫁给他，如果她愿意的话。不要脸的东西！拍爸的马屁，帮您的忙，就是要哄着你们俩喜欢他。"乔气得火冒三丈，又揪起自己的头发。

"亲爱的，别为这事生气，我告诉你是怎么一回事。约翰是在劳伦斯先生的要求下陪我一起去的医院，他对你可怜的爸爸尽心尽力，我们怎么能不喜欢他呢？他并没有隐瞒对美格的感情，开诚布公地告诉我们他爱她，但要等赚够成家的钱后才向她求婚。他只希望我们允许他爱她并为她效劳，尽一切努力博取她的爱情，如果他有这个本事的话。他确实是个人品出众的年轻人，我们不能拒绝他的诚意，不过我不同意让美格这么年轻就订婚。"

"当然不能同意，那简直是太愚蠢了！我早就知道这里头有鬼,我有直觉,不过现在它比我想象的更糟。我真想自己来娶美格,让她安全地留在家里。"

这个古怪的想法让马奇太太笑了起来,但她严肃地说:"乔,我把事情全告诉你,但我不想你跟美格说。等约翰回来,他们两人在一起时,我就能更好地判断她对他的感情了。"

"她会被她说的那对漂亮的眼睛迷惑住,那时就一切都完了。她心肠最软,如果有人含情脉脉地看着她,她的心就会像阳光下的牛油一样立刻化掉。她读他寄来的病情报告比读你的信还多,我说她两句她就来捐我,她喜欢棕色的眼睛,而且不觉得约翰是个难听的名字,她会掉进爱河,那我们在一起的那种宁静、欢乐、温馨的日子必将一去不返。我全料到了!他们会在屋子附近卿卿我我,我们不得不到处回避。美格一定会爱得神魂颠倒,不再对我好了。布鲁克也会不知从哪里搞到一笔钱,把她娶走,把我们一家拆散,而我就会伤透了心,那时一切都会变得令人讨厌。啊,天啊!我们为什么全都不是男孩子,那样可以免掉多少烦恼!"

乔无可奈何地把下巴靠在膝头上,对那位该死的约翰猛挥拳头。马奇太太叹了一口气。乔抬起头来,如释重负地舒了一口气。

"你不喜欢这样吧,妈妈?这真叫我高兴。我们把他赶走,半个字也不要告诉美格,一家人还跟原来一样一起快乐生活。"

"刚才叹气是我不对,乔,你们日后各自成家立业是再自然不过的事情,也应该如此,但我何尝不想让我的女儿们在我身边多留几年。我只是很难过这件事来得这么快,因为美格只有十七岁,而约翰也要等上好几年才有能力为她置办一个家。我和你父亲的意见是,二十岁前她不能订下任何盟誓,也不能结婚。如果她和约翰相爱,他们可以等,这样也可以考验他们的爱情。她不是个轻浮的孩子，我不担心她会待他不好。我美丽、善良的姑娘，我希望她能够得到幸福！"说到最后，母亲的声音有些颤抖。

"您难道不希望她嫁个有钱人吗？"乔问。

"金钱是一种很有用的好东西，乔，我不希望我的女儿为钱所困，也不希望她们受到金钱的诱惑。我希望约翰有份稳定的好职业，他的收入足够维持家庭，让美格生活舒适就好。我并不奢望我的女儿嫁给权贵或者时髦人士，如果地位和金钱是建立在爱情和美德的基础上，我会心怀感激地接受，并分享你们的幸福。但根据经验，我知道普通的平凡人家虽然每天都要为生活操劳，却可以拥有真正的幸福，他们的生活虽然清贫，却不失甜蜜温馨。看到美格从低微起步，我也心满意足，如果我没有看错的话，约翰是个好男人，她将因拥有他的心而变得富有，而这比金钱更为宝贵。"

"我明白，妈妈，也很赞同，但我对美格十分失望，我一向计划让她日后嫁给特迪，一生享尽荣华富贵。那不好吗？"乔仰头问道，脸色明朗了一点儿。

"他比她年纪小，你知道。"马奇太太刚说了一句，乔便打断她——

"只是小一点儿，他比实际年龄成熟得多，个子又高，如果他喜欢或者他想，他就完全可以像个大人。再说他有钱、大方、人品好，而且爱我们全家。我得说这个计划泡汤太可惜了。"

"对于美格来说，恐怕劳里还不够成熟，他现在还像个风向标一样不定性，怎么能指望呢？别操心了，乔，让时间和他们自己的心来决定你朋友们的伴侣吧。干预这种事情很可能弄巧成拙，我们还是不要像你说的那样'臭浪漫'吧，可别糟蹋了我们和好邻居的友情。"

"嗯，我不会的，只是恨死这一团乱麻一样剪不断理还乱的事。如果可以不长大，我宁愿头上顶一块烙铁。可恨小花要开放，小猫要变大猫……总之令人烦恼！"

"说什么呢？又是烙铁又是猫的？"美格手持写好了的信静静走入房间，问道。

"我在胡说八道呢。我要去睡觉了，来吧，佩吉❶。"乔的回答无异于一个猜不透的谜。

"写得不错，文笔也优美。请加上一句，说我问候约翰。"马奇太太把信看了一遍后交给美格。

"您叫他'约翰'吗？"美格微笑着问道，天真无邪的眼睛直视着母亲。

"对，他就像我们的儿子一样，我们非常喜欢他呢。"马奇太太答道，也紧紧地盯着女儿。

"那我真高兴，他是多么孤独。晚安，妈妈，有您在这儿我们觉得安心极了。"美格这样回答。

母亲无限爱怜地给了女儿一吻。美格走后，马奇太太又满意又遗憾地自语："她还没有爱上约翰，但很快就会爱上的。"

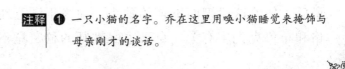

注释 ❶ 一只小猫的名字。乔在这里用唤小猫睡觉来掩饰与母亲刚才的谈话。

第二十章　劳里恶作剧，乔来讲和

　　第二天，那个秘密重重地压在乔的心上，她的脸色令人捉摸不透。让乔装作若无其事，真是比登天还难。美格看着她那副神秘兮兮、心怀鬼胎的样子，不动声色。她知道让乔就范的最好办法是反其道而行之，她确信，只要她不问，乔一定会把秘密和盘托出。令她颇为惊讶的是，乔打定主意沉默下去，而且摆出一副傲慢的神态，这可把美格气坏了，她也转而摆出高贵的矜持，一切事情只和母亲商量。马奇太太此时已接替了乔的护理工作，并嘱咐久困在家的女儿好好休息，尽兴玩乐。这么一来，倒没有人烦乔了。艾美又不在家，劳里便成了唯一可以慰藉她的人。她虽然十分喜欢劳里做伴，此刻却有点儿怕他，因为他陋习难改，专爱戏弄别人，她担心他会花言巧语哄她说出秘密。

　　果然，这位爱调皮捣蛋的小伙子一旦嗅到了秘密的气味儿，就一心要弄个水落石出，乔于是饱受煎熬。他一会儿花言巧语，威逼利诱，冷嘲热讽；一会儿又佯装冷漠，等着乔一着不慎，说出秘密，落入圈套；一会儿他又谎称尽知真相，毫不在乎。最后，凭着这股锲而不舍的劲头，他终于满意地发现此事与美格和布鲁克先生有关。自己家庭教师的秘密竟不让他知道，这小小的轻视让他绞尽脑汁要做点儿什么，以泄不平。

美格此时已忘记了此事，完全沉浸在迎接父亲归家的准备工作中。但突然，似乎发生了某种变化，有一两天她好像变了个人似的，听到有人叫她便会吓一跳，人家望她一眼她便面红耳赤，整日不言不语，做针线活儿时独坐一边，羞答答的，心事重重。母亲过问时她回答自己一切正常，乔问她时她便求她别管。

"她在空气中感受到那种东西——我的意思是，爱——而且她变得很快。那些症状她几乎全得了——颤抖、暴躁、不吃、不睡，背着人愁眉苦脸。我还发现她唱他给她的那首歌，一次她竟然像您一样说'约翰'，然后又转过身去，脸红得像朵芙蓉花。我们到底该怎么办？"乔说。看样子她准备采取任何措施，无论这些措施是多么猛烈。

"只有等待。别去打扰她，要和气耐心，等爸爸回来事情就能解决了。"母亲回答。

"这是你的信，美格，封得严严实实的。真奇怪！特迪从来不封给我的信。"第二天乔派发邮件时这样说。

马奇太太和乔正全神贯注地干着自己的事情，突然听到美格叫了一声，两人抬起头来，只见她盯着那封信，一脸惊恐。

"我的孩子，出了什么事？"母亲边叫边跑向女儿，乔则伸手去夺那封惹祸的信。

"这全是误会——信不是他寄的。噢，乔，你怎能做出这种事情？"美格双手掩面痛哭，好像一颗心已经碎得七零八落。

"我！我什么也没做！她在说什么？"乔丈二和尚摸不着头脑。

美格秀目圆睁，眼神中闪动着怒火，她从衣袋里掏出一张揉皱了的字条，向乔一把扔去，厉声喝道："信是你写的，那坏小子帮着你。你们俩怎么能对我这么无礼，这么残酷？"乔根本没有听美格说话，她只顾和母亲读这封字迹怪异的信。

> 我最亲爱的玛格丽特：
> 我再也不能控制自己的感情，务必在我归来前知道自己的命运。我还不敢告诉你父母，但我想如果他们知道我们相爱，他们一定会同意。劳伦斯先生将帮我找到一个好职位，而你，我的宝贝，将令我幸福。我求你先别跟你家里人说什么，只请写上一句知心话交劳里转给我。
>
> 衷心爱你的
> 约翰

"噢，这个小坏蛋！我为妈妈保密，他就这样报复我。我去把他痛骂一顿，带他过来求饶。"乔叫道，她现在怒火中烧，恨不得立即把真凶缉拿归案。但母亲拦住她，脸上带着一种不寻常的神情，说道："站住，乔，你首先得澄清自己。你一向胡闹惯了，我怀疑这事你也有份。"

"我发誓，妈妈，我没有！我从来没看过这封信，更不知道这是怎么一回事，我绝不撒谎！"

乔说话时的神情是那么认真，母亲和美格相信了她。"要是我也有份，我会干得更漂亮一些，写一封合情合理的信。我想你们也知道布鲁克先生不会写出这种东西。"她接着说，轻蔑地把信往地下一扔。

"但这字像是他写的。"美格结结巴巴地说，把这封信和手中的一封比较。

"哎呀，美格，你没回信吧？"马奇太太急问。

"我，我回了！"美格再次掩着脸，羞愧得无地自容。

"那可糟透了！快让我把那可恶的小子带过来教训一顿，让他解释清楚。不把他抓来我决不罢休。"乔又向门口冲去。

"冷静！这事让我来处理，它比我原来想象的更糟。玛格丽特，把这事完完整整地告诉我。"马奇太太一面下令，一面在美格身边坐下，一只手却抓着乔不放，以免她又跑出去。

"我从劳里那儿收到第一封信，他看上去似乎对这事一无所知。"美格低着头说，"一开始我很不安，打算告诉您，后来想起你们十分喜欢布鲁克先生，我就以为，即使我把这件小小的心事藏上几天，你们也不会怪我的。我真傻，以为这事没有人知道，而当我在考虑怎么回答时，我觉得自己就像书里头那些坠入爱河的女孩子。原谅我，妈妈，我做的傻事现在得到了报应，我再也没脸见他了。"

"你跟他说了些什么？"马奇太太问。

"我只说我年龄尚小，还不适合谈这种事，说我不想瞒着你们，他必须跟父亲说。我对他的心意万分感激，愿做他的朋友，仅此而已，其他以后再说。"

马奇太太听完露出了欣慰的笑容，乔双手一拍，笑着叫道："你可真是个卡罗琳·珀西。她是谨言慎行的楷模哩！往下说，美格。他怎么说？"

"他回了一封完全不同的信，告诉我他从来没有写过什么情书，他很遗憾我那淘气捣蛋的妹妹乔竟这样冒用我们的名字。信中言辞委婉，对我十分敬重，但想想我有多尴尬！"美格靠在母亲身上，哭成了泪人儿。乔急得一面叫着劳里的名字，一面在屋子里团团乱转。忽然，她停下来，拿起两张纸，细细看了一回，断然说道："我看这两封信没有一封是布鲁克写的，都是特迪写的，他把你的信留着，好向我抖威风，因为我不把自己的秘密告诉他。"

"不要藏什么秘密，乔。告诉妈妈，免生事端，我本该那么做的。"美格警告道。

"说得好，美格！妈妈也这样跟我说过。"

"行了，乔。我来安慰美格，你去把劳里找来。我要细细查究此事，要让这场恶作剧到此为止。"

乔跑出去，马奇太太轻声跟美格说出布鲁克先生的真实感情。

"现在，亲爱的，你自己是怎么想的？你爱他吗？爱到足以等他给你一个家，或者还是像现在这样保有你的自由？"

"我吃够了担惊受怕的苦头，起码很长一段时间内我都不想跟情啊爱的有什么联系了，也许永远都不。"美格任性地说道，"如果约翰不知道这桩荒唐事，那就别告诉他，让乔和劳里闭嘴。我不想再被人愚弄，折磨，好像一个傻瓜。这是个耻辱！"看到一向温柔的美格来了脾气，她的自尊在这个恶作剧下严重受损，母亲连忙安慰美格，向她保证闭口不提此事，以后也会谨慎处理。

大厅里传来了劳里的脚步声，美格立即躲入书房，马奇太太独自一人接待这位"罪犯"。乔怕他不来，并没有直说请他来的原因，但他一看到马奇太太的脸色就明白了，于是愧疚不安地站着，把顶帽子翻来转去，一副惭愧的样子，一看就是他干的。乔撤出了房间，但却像个看守一样在过道里大步徘徊，仿佛担心囚犯会逃走似的。客厅里的声音忽高忽低，持续了半个小时，但两人到底谈了些什么姑娘们却无从知道。

当她们被叫进去时，劳里站在母亲身边，满脸悔意，乔一见他的样子，立刻就在心里原谅了他，不过她觉得还是不让人看出来才对。美格接受了劳里诚心诚意的道歉，他保证布鲁克先生对此一无所知，美格为此大感宽慰。

"我到死也不会告诉他——一言既出，驷马难追，这样你能原谅我吗，美格？我是真心悔过，为此我愿为你做任何事。"他满脸羞愧地说。

"我尽量吧，但这实在不是绅士的作风。我没想到你竟这样狡诈恶毒，劳里。"美格佯装严厉地责备道，借以掩饰少女的尴尬。

"我深知自己罪不可赦，你们一个月不跟我说话我也是活该，但你们不会这样对我的，是吗？"劳里说话时用他那难以抗拒的恳求语气，又将双手交叠做了一个恳求的手势。虽然他干了可恶的事，但大家还是没法对他横眉冷对。美格宽恕了他，马奇太太虽然一脸凝重，但听他说愿意接受任何惩罚以赎罪，并愿意在受到伤害的美格面前低声下气地求饶，严肃的神色缓和了许多。

乔独自走到一边，想要对他硬下心肠，结果也只是成功地把面孔绷得老紧，做出一副深恶痛绝的样子。劳里看了她两回，看她态度全无一点儿怜悯，他觉得深受打击，便转身把脊背对着她，一直等母亲和美格说完了，才向她深鞠一躬，一言不发，径自走出门去。

他一走，乔便后悔自己刚才不够宽容，等到美格和母亲上楼后，她倍感孤独，很想见一见特迪。犹豫了半天，她还是向自己的冲动屈服了，于是夹了一本书，来到那座大房子前。

"劳伦斯先生在家吗？"乔问一位走下楼梯的女佣。

"在的，小姐。但我想他现在不便见客。"

"为什么？他病了吗？"

"唉，不是，小姐，他和劳里先生吵了一架，小先生不知为什么发脾气，惹得老先生也火气冲天，所以我这会儿不敢走近他。"

"劳里在哪儿?"

"关在自己的房间里,我怎么叫门他都不答应。我不知道拿这顿饭怎么办,饭菜准备好了,却没有人来吃。"

"我去看看怎么回事。我不怕他们。"乔走上去,来到劳里的小书房前,使劲儿敲门。

"别敲!不然我开门揍你!"年轻人大声恫吓道。

乔接着又敲,门腾地打开,趁劳里惊讶得还没反应过来,乔快步冲了进去。看到他果然大为光火,乔深知他的脾气,立刻摆出一副懊悔的表情,双膝微屈,柔声说道:"是我无礼,请原谅我吧。我是来赔罪的,你不答应,我就不走了。"

"行了,起来吧,别像个呆头鹅似的。"他傲慢地答应了乔的请求。

"谢谢,我起来了。我能问问出了什么事吗?你似乎心里很不痛快。"

"我被人推搡了,这让我忍无可忍!"劳里愤怒地咆哮道。

"谁推搡你了?"乔问。

"爷爷。如果换了别人,我保准……"这位受伤的年轻人右手狠狠一挥,把话止住。

"那有什么,我也常常推搡你,你从不生气。"乔安慰道。

"呸!你是个姑娘家,那样推搡是一种玩笑。但我不允许男人推我。"

"如果你像现在这样暴跳如雷,被人摇两下也不足为怪。你爷爷为什么那样对你?"

"就因为我不肯告诉他你妈妈为什么把我叫去。我答应过不说的,当然不能失信。"

"你不能换个法儿满足一下他老人家吗?"

"不能,他就是要听真相,完完整整的真相,其他一概不听。要不是牵扯到美格，我可以告诉他部分真相。既然不能，我就只能守口如瓶，让他去骂，可是他最后竟一把抓住我的领口。我气坏了，只能跑掉，担心自己气昏了头，会做出什么事来。"

"这是他不对，但我知道他后悔了，还是下去和解吧。我来帮你说。"

"那干脆吊死我算了！我不过开了一个玩笑，难道便要被你们每个人轮流教训、痛打不成？我是对不起美格，但已经堂堂正正地道了歉。如果我没有做错，我再不会向谁低声下气了。"

"但他并不知道啊！"

"他应该相信我，别总把我当成小孩子。没用，乔，他得明白，我能对自己负责，也不必依靠别人生活！"

"真是个暴躁脾气！"乔叹道，"你说，这事该怎么解决？"

"哦。他应该跟我道歉，我说过这事不能告诉他，他应该相信我。"

"哎呀！他不会这样做的。"

"那我就不下去。"

"听我说，特迪，理智一点儿。让这事过去吧，我会尽我所能解释清楚的。你总不能老待在这里吧,这样激动有什么用呢？"

"我可不打算在这里久留，我要离家出走，四处闯荡，当爷爷想我的时候，他就会回心转意了。"

"但你恐怕不该这样让他担心。"

"别教训我了。我要去华盛顿看布鲁克，那地方充满乐趣，我要无忧无虑地痛玩儿一场。"

"那有多痛快！我恨不能也跟了去。"乔脑海里展现出一幅幅生动的军人生活画面，一时间竟忘记了良师益友的身份。

"那就一起走吧，嗨！为什么不呢？你去给父亲一个惊喜，我去给布鲁克一个突然袭击。这个玩笑棒极了，干吧，乔。我们留一封平安信，然后立即出发。我有足够的钱，这样做对你也有益无害，因为你是去看父亲。"

乔似乎就要点头了，因为这个计划虽然轻率，却正适合她的性格。她早就厌倦了这足不出户的护理生活，渴望改变一下环境。想到父亲，想到新奇、有趣、充满魅力的军营和医院，想到自由自在的生活，她不禁憧憬地向窗外望去，一双眼睛闪闪发亮，当她的眼光落到对面的老屋上时，立刻晃晃脑袋，伤心地做出了决定。

"假如我是男孩子，我们就可以一起出走，玩儿个痛痛快快。但我是个可怜的女孩子，只能规规矩矩守在家里。别诱惑我了，特迪，这是个疯狂的计划。"

"乐趣正在这里呀。"劳里说。他天生任性固执，一时冲动之下，竟然一心要做出出格的事情。

"别说了！"乔捂着耳朵叫道，"'循规蹈矩'就是我的命了。我认命吧。我是来感化你的，不是来听你教唆我。"

"我知道美格一定泼我的冷水，但我以为你更有勇气呢。"劳里还想用激将法。

"坏小子，住嘴吧！坐下好好反思自己的罪过，别撺掇得我也罪孽深重。如果我让你爷爷来向你赔不是，能放弃出走的念头吗？"乔严肃地问。

"能，但你办不到。"劳里答道，他愿意和解，但觉得他那被严重伤害的自尊必须先得到安慰。

"如果我能对付小的，就能对付老的。"乔一面走一面喃喃自语，劳里则留在原地，双手托着头，弯腰看铁路图。

"进来！"乔敲门时，劳伦斯先生生硬的声音听起来越发硬邦邦的。

"是我，先生，来还书。"乔走进门，温和地说道。

"还要再借吗?"老人脸色十分难看,却尽量装得若无其事。

"要的。我迷上了老萨姆,想读读第二卷。"乔答道,希望再借一本鲍斯威尔的《约翰生》来平息老人的怒火,因为他以前推荐过这本生动传神的著作。

他把踏梯推到放鲍斯威尔作品的书架前,拧紧的浓眉舒展了一些。乔跳上去,坐在踏梯顶上,假装找书,心里却在盘算怎样开口最好。劳伦斯先生似乎猜到了她的心事,他在屋子里快步兜了几圈,然后转头看着她,突然发问,吓得乔把《拉塞勒斯》掉到了地上。

"那小子干了什么?别护着他。看他回家时那副心神不宁的样子,我就知道他惹了祸。但他一个字也不说,我推搡他一下,想吓他说真话,他却逃上楼,把自己反锁在房间里。"

"他是做错了事,但我们已经原谅了他,而且大家都发誓绝不跟别人说。"乔犹犹豫豫地开口说。

"那不行,不能因为你们这些姑娘心肠软,就可以让他不受惩罚。如果他干了坏事,就应该道歉,并受到惩罚。说出来,乔,我不想被蒙在鼓里。"

劳伦斯先生脸色可怖,声调严厉,乔真想拔腿就跑,但她正坐在高高的踏梯上,而他就站在脚下,俨如一只挡道的狮子,她只好原地不动,鼓足勇气开了口。

"真的,先生,我不能说,妈妈不让说。劳里已经坦白承认了,也得到了谅解,而且他也受到了重罚。我们保持缄默不是要护着他,而是要护另外一个人。如果您插手,那只会徒添麻烦,请您还是别管了吧。我也有部分责任,不过现在没事了,我们还是把它忘掉,谈谈《漫游者》或什么令人愉快的东西吧。"

"去他的《漫游者》!下来向我保证我那冒冒失失的小子没有做出什么忘恩负义、鲁莽无礼的事情。如果他做了,居然对你们恩将仇报，那我就亲手揍扁他。"

此话虽然说得十分严重，却并没有吓倒乔，因为她知道这个脾气暴躁的老绅士绝不会动他的孙子一个指头的。她听话地走下踏梯，把恶作剧尽量轻描淡写地复述一遍，既不把美格牵涉进去，也不背离事实。

"唔——啊——好吧，如果那小子是因为守诺言才不说，而不是因为执拗，我就原谅他。这家伙是个牛脾气，很难管束。"劳伦斯先生边说边搓着头发，直到弄得头发好像被大风吹过一样，放松下来的情绪让紧锁的眉头也舒展开来。

"我也一样，一意孤行起来就像脱缰的野马，谁也拦不住。不过，说句好话就能让我服服帖帖啦。"乔想替她的朋友说句好话，要知道，劳里好像才出火坑，又陷火海。

"你认为我待他不好吗，嗯？"老人尖锐地问。

"天哪，不是的，先生，其实您有时是对他太好了，而当他淘气捣蛋时，您又有点儿心急。您看是不是这样？"乔决定把心里话全倒出来，一番大胆直率的演说后，虽然竭力装出一副镇静自若的模样，但她还是有些微微发抖。让她惊讶的是，老先生只是"啪嗒"一声，将眼镜扔在桌子上，坦率地承认："你说得对，姑娘，我就是这样！我爱这孩子，但他把我折磨得受不了啦，如果这样下去，我不知道会有什么结果。"

"我告诉您，他要离家出走呢。"话一出口，乔便后悔了，她其实是想警告他劳里受不了太多约束，希望他能对小伙子更宽容一点儿。

劳伦斯先生红润的脸膛霎时变了颜色，他坐下来，焦虑不安地扫了一眼桌子上方悬挂的一幅美男子图像。那是劳里的父亲，他年轻时离家出走，违背老人的意愿结了婚。乔相信他又在追悔痛苦的往事，真希望自己刚才能管住自己的舌头。

"逼急了他才会这样做，学累了的时候他也会这样威胁两句。我也常有这个念头呢，尤其是在剪了头发之后，所以如果您想我们了，不妨发个寻人广告，并在开往印度的轮船上查查有没有两个小伙子。"她说着笑起来，劳伦斯先生看样子也放松了下来，显然把这当作是一个玩笑。

"你这冒失鬼，怎么敢这样说话？这样没有规矩？这些姑娘小伙子啊！他们真会折磨人，但没有他们我们又活不下去。"他说着愉快地掐掐她的脸蛋，"去，把那小子带来吃饭，告诉他没事了，劝他别在他爷爷面前愁眉苦脸的，我受不了。"

"他不会下来的，先生。他心情很坏，因为当他说他不能告诉您的时候，您不信他的话，我想您这样推他大大伤害了他的感情。"乔努力装出一副可怜相，但一定没有装好，因为劳伦斯先生笑了，她知道她成功了。

"我为此感到抱歉，我想，还得感谢他没有反过来推我呢。那家伙到底想怎么样？"看样子，老人对自己暴躁的行为感到有点儿不好意思了。

"如果我是您，我就给他写一封道歉信，先生。他说要您道了歉才下来，还说起华盛顿，而且越说越不像话。一封正式的道歉信可以让他知道自己有多么愚蠢，还能让他冷静下来。写吧，他喜欢闹着玩儿，而这样比当面说好多了。我把信带上去，让他认清形势。"

劳伦斯先生敏锐地盯了她一眼，戴上眼镜，一字一顿地说："你这只狡猾的小猫，不过我不介意被你和贝丝牵着鼻子走。来，给我一张纸，我们把这桩荒唐事来个了断。"

信中所用的措辞诚恳恭敬，表达了一位绅士对伤害了另一位绅士的深深歉意。乔在劳伦斯先生的秃顶上印了一个吻，跑上楼把道歉信从劳里的门缝下面塞进去，透过钥匙孔谆谆告诫他要听话，要有涵养，又讲了一番大道理。看到门又锁上了，她便把信留在那儿让劳里看，自己悄悄走开。才走了几步，劳里就从楼梯扶手上滑下来，站在下面等她，脸上流露出一种无比真诚的神情。"你真好，乔，刚才有没有碰得头破血流？"他笑着说。

"没有，总的说来，他还算温和。"

"啊哈！我总算想明白了，虽说我被你独自扔在屋里，精神都快崩溃了。"他满怀歉意地说。

"别这么说，翻过新的一页重新开始，特迪，我的好孩子。"

"我不断翻到新页，又把它们一一毁掉，就像我以前毁掉自己的练习本一样。我开的头太多了，永远不会有结果。"说这话时的劳里垂头丧气。

"去吃你的饭吧，吃饱了你就会好受一些。男人肚子饿的时候就是爱发牢骚。"说话间，乔快步走到前门。

"这是对'我派'的'标价❶'。"劳里学着艾美的话回答，乖乖地和爷爷一起进餐去了。此后一整天老人心情奇佳，言谈举止也极其谦和恭敬。

人人都以为云开雾散，事情就此结束了。恶作剧是结束了，其他人也都忘掉了，可是美格却记得。她在人前对那人闭口不谈，可是心里却一阵紧似一阵地想起，他越来越多地出现在她的梦里。一次，乔在姐姐的书桌里找邮票时，竟然发现了一张写满了"约翰·布鲁克"的字条，她哀叹了一声，随即将纸片扔进了火炉，她知道劳里的玩笑使她又恨又怕的那一天加速到来了。

注释 ❶ 其实，劳里是想说"中伤"，因为是在学艾美，所以劳里故意这样说。

第二十一章　怡人的草地

阳光总在风雨后，之后的几个星期风平浪静。病人恢复得非常快，马奇先生开始谈到他要在年初回家。贝丝很快便可以躺在书房的沙发上玩儿了，起初是跟那几只心爱的小猫玩儿，后来便捡起了洋娃娃的缝纫活儿，吃力地慢慢缝，让人见了心疼。

她一向灵活的四肢如今变得僵硬无力，乔每天都用她有力的臂膀抱贝丝到屋外呼吸新鲜空气。美格则开心地为"乖乖女"烹调各色美食，不惜熏黑或是弄伤了一双玉手。而艾美，则完全成了小指环的忠实奴仆，她百般游说，劝说姐姐们接受她的宝藏，来庆祝她的回归。

圣诞临近，屋里像往常一样开始弥漫起一股神秘的节日气氛。乔不时提出各种完全没可能和荒唐透顶的庆祝方式，来庆祝这个非比寻常的"快乐圣诞"，而这常让大家乐不可支。劳里同样不切合实际，依他的心思就要大点篝火、放烟花、搭凯旋门。这对想入非非的朋友各逞口舌之快，互不相让，战火总算熄灭，两人板着脸孔四处乱转。大家正以为他们就此罢休了，却又看到两人走到一起，叽叽喳喳，哈哈大笑。

近日来天气异常暖和，恰到好处地带来了一个阳光灿烂的圣诞节。汉娜"从骨子里头感觉到"这一天将会是一个非比寻常的好日子，事实证明她的预言完全正确，因为似乎人人心想事成、万事如意的样子。先是，马奇先生来信说他很快就要和她们团聚。然后，那天早上贝丝觉得特别精神，她穿着妈妈送给她的礼物——一件柔软的深红色美利奴羊毛晨衣——被背到窗前观赏乔和劳里的献礼。两位誓不罢休者为了自己的名声，一展身手，像小精灵一样创造了一个妙趣横生的奇观，那可是一夜工作的结果。只见外面花园里耸立着一个庄严高贵的雪人少女，头戴冬青枝花冠，一只手挽一篮水果鲜花，另一只手执一大卷新乐谱，冰冷的肩膀上披一条彩虹般炮烂的阿富汗围巾，嘴里吐出一首圣诞颂歌，歌词写在一条粉红色的纸带上：

高山少女致贝丝

上天保佑你，亲爱的贝丝女王！
这是属于你的圣诞日，
愿你永不失望，快乐、平和、健康！

奉上水果给我们勤劳的蜜蜂品尝，
奉上鲜花以飨芬芳；
有乐谱供她弹奏，
有毛毯暖她的脚指头。

奉上乔安娜的画像一幅，
这可出自拉斐尔第二之手，
只为惟妙惟肖，
她辛苦备至，下足功夫。

请你接受红色缓带，

可以装饰佩雷尔夫人的尾巴，

还有可爱佩格制作的冰激凌，

有如勃朗峰一样高耸入云。

我的创造者将挚爱

植入我如雪般纯净的心胸，

接受它吧，连同高山少女，

从劳里和乔的手中。

　　贝丝看到这份歌词笑得好开心，劳里跑上跑下把礼物拿进来，乔则语无伦次地向大家发表致辞。

　　兴奋过后，乔把贝丝抱到书房休息，贝丝吃着"高山少女"送给她的又鲜又甜的菩提子提神，心满意足地叹息道："我简直太幸福了，要是爸现在在这儿，我就一点儿遗憾都没有了。"

　　"我也一样。"乔拍着装着《水中仙》的口袋，这本书她可是向往已久的。

　　"我当然也一样。"艾美响应道。她正凝神观看那幅《圣母和圣婴》的版画，那是妈妈送给她的，镶在精致的画框里。

　　"我也是！"美格叫道。她正在抚平平生第一件银色丝绸裙子上面的褶皱，这裙子是劳伦斯先生坚持让她收下的。

　　"我又怎么不是呢？"马奇太太看着丈夫写来的信，又看着贝丝的笑脸，轻轻抚摩着那枚刚刚由女儿们别在她胸前，用灰色、金色、栗色和深棕色头发做成的胸针，心中充满感激之情。

　　在这个平淡无奇的世界上，有些事的发生也会像那些让人愉快的畅销书一样，给人带来极大的安慰。半个小时前，大家都还在说只可惜了一件事，否则就十全十美了，哪想到这件事说来就来。劳里打开客厅大门，悄悄地把头伸进来。他刚才也许是翻了个筋斗，或是发了一声印第安战场上的那种呐喊声，因为他脸上露出抑制不住的兴奋之情，声音显得欣喜又神秘，大家禁不住全跳了起来。

只听他腔调古怪、气息急促地说道："马奇家的又一个圣诞礼物！"话音未落，他便被轻轻推到一边，取而代之的是一个高个子男人，蒙着脸，只露出一双眼睛，靠在另一个高个子男人的手臂上，那男人想说什么却又说不出来。情形当即大乱，大家一时似乎全都失去了理智。她们不发一言，却做出极其离奇古怪的举动。母女四人一拥而上，几乎要把马奇先生淹没在爱的簇拥之中。乔几乎晕倒，不得不在瓷器间里接受劳里的救治，丢脸得很；布鲁克先生阴差阳错地亲吻美格，他后来结结巴巴地解释那纯属误会；而艾美，这位一向高贵的小姐，被凳子绊了一跤，她根本没爬起来，而是就势抱着父亲的双脚动情大哭。马奇太太第一个恢复了常态，举起手来示意："嘘！别忘了贝丝！"

但已经太迟了，书房门猛然打开，穿着红色晨衣的小人儿跨出门槛——欢乐给软弱无力的四肢注入了力量——贝丝直扑进父亲的怀中。此后发生了什么已无关紧要。洋溢心头的幸福感已冲走了往日的痛苦，此时此刻，大家心中只有一片甜蜜，一片温馨。

此时发生了一件虽不浪漫却让人开怀大笑的事情，把大家重新带回到现实生活之中。大家发现汉娜站在门后，捧着肥硕的火鸡在抽抽搭搭地哭呢：原来她从厨房冲出来时忘了把火鸡放下。大家笑过后，马奇太太开始向布鲁克先生道谢，感谢他精心照顾自己的丈夫。布鲁克先生突然想起马奇先生需要休息，赶快拽起劳里匆匆告辞。两个病人听从大家的命令，静养身体，

便一同坐在一张大椅子上谈个不停。

马奇先生讲述了自己是如何想给她们一个惊喜，医生是如何让他趁天气暖和出院，布鲁克这年轻人又是如何尽心尽力，如何正直有涵养，等等。说到这里马奇先生顿了顿，扫了一眼正在捅炉火的美格，扬起双眉望望妻子，似乎在询问什么。马奇太太轻轻点点头，然后颇为突然地问他是否要吃点儿什么。乔明白这个眼神的意思，便板着面孔去拿牛肉汁和酒，走时把门呼的一声带上，嘴上咕哝着："我讨厌棕色眼睛、有涵养的年轻人！"

那天的圣诞晚餐前所未有地丰盛：汉娜端上来的火鸡极有视觉冲击力，肚子里头塞满了填料，外皮烤得棕黄，而且点缀得十分好看；葡萄干布丁也同样令人垂涎欲滴，放进口里就溶化了；还有令人胃口大开的果子冻，把艾美乐得就像落到了蜜罐里的苍蝇。一切都尽如人意，这真是上天眷顾，汉娜说："因为我当时心里头别提有多慌张，太太。我没有错把布丁烤熟，把菩提子干塞到火鸡里头，把火鸡包在布里煮，已经是一个奇迹了。"

跟她们一起进餐的还有劳伦斯先生祖孙俩和布鲁克先生——乔黑着脸对他怒目而视，令劳里乐不可支。贝丝和父亲并排坐在桌子前面的两张安乐椅上，适度地吃一点儿鸡肉和少许水果。他们为健康干杯，讲故事，唱歌，还像老人一样"怀旧追思"，十分尽兴。本来还安排了滑雪橇，但姑娘们都不愿离开父亲，于是客人们早早告辞。夜幕降临之际，幸福的一家人围着炉火团团而坐。

大家谈了许多许多，然后停顿了一会儿，乔打破了这个短暂的沉默，问："一年前我们还在抱怨沉闷乏味的圣诞节。你们还记得吗？"

"总的来说这一年过得相当愉快！"美格笑眯眯地望着火苗说，暗暗庆幸自己刚才在布鲁克先生面前没有失态。

"我认为这一年确实挺难熬的。"艾美评论道，若有所思地看着手上亮闪闪的戒指。

"很高兴它已经过去了。"坐在父亲膝上的贝丝轻声说道。

"你们走的路确实不平坦，我的小朝圣者们，尤其是后一段路。但你们都走得很勇敢，我想你们肩上的包袱很快就能卸掉了。"马奇先生慈爱地望着围绕在身边的四张年轻面孔，满意地说。

"你怎么知道的？妈妈跟你说了吗？"乔问。

"不多。不过，草动知风向，我今天就发现了几个呢。"

"噢，告诉我们是哪几个！"坐在他身旁的美格叫道。

"这便是一个。"他把放在他椅子扶手上的小手捧起来，指指变得粗糙的食指、手背上一个个灼伤的疤痕，以及手掌上面三个小水泡。"我记得这只手曾经白皙嫩滑，而你最关心的是怎样把它保养好。它那时确实非常漂亮，但在我眼中它现在才更美丽——因为上面的每一个疤痕都有一个小故事。焚香祭拜得到的不过是虚无，但这双粗糙的手掌所获得的远不止是水泡，我确信经过这些满是针孔的手缝制的衣裳一定会经久耐用，有那么多美好的心愿都被密密缝在里面了。美格，我的好孩子。我看重你所拥有的这份女孩子的技能，并且认为这比白皙的小手或者那些时髦的才艺更能给家庭带来幸福。我很荣幸能握紧这只灵巧、勤劳的小手，并希望能握久一些。"父亲紧紧握着美格的小手，并向她投去赞赏的微笑，如果美格希望她冗长乏味的工作能获得报酬的话，现在终于如愿以偿了。

"还有乔呢？请夸奖几句吧，她可拼命了，为我操尽了心。"贝丝凑到父亲耳边说。

马奇先生笑了，望望坐在对面那位身材修长的姑娘，只见她棕色的脸庞上展现出一种非比寻常的柔情。

"虽然梳着一头卷曲的短发，我看到的可不再是一年前我离开时的'乔小子'了。"马奇先生说，"我看到的是一位衣领别得笔挺，靴带系得利索，谈吐斯文，既不吹口哨，也不像以前一样随便躺在地毯上的年轻女士。由于照顾病人，忧虑劳碌，她的脸是那么苍白消瘦，但我喜欢看这张脸，因为它变得更温柔可爱了。她说话的声音也更轻柔了，她不再蹦蹦跶跶，而是款款而行，并像慈母一样照顾一个小人儿，这真让我非常高兴。我很怀念我的野姑娘，但如果她变成一个坚强、能帮助人、心地善良的女子，我也该心满意足了。我不知道我们的小黑羊是否因剪了毛而变得严肃庄重，但我知道华盛顿的东西再多再漂亮，也没有一样值得我用好女儿寄来的二十五元钱买下来。"听到父亲的夸奖，乔热切的双眼有点儿模糊，瘦削的面孔在炉火映照下升起了两朵红晕，她觉得这话并不是很过分。

"现在轮到贝丝。"艾美一心想轮到自己，但准备等下去。

"对于她我不敢多说，担心说多了会把她吓跑，虽说她现在没有以前那么害羞了。"父亲笑眯眯地说。但想到自己差一点儿失去这个女儿，他把她紧紧抱住，和她脸贴着脸，柔声说道："你平安在我身边，我的贝丝，我要你一生平安，上帝保佑你！"

他沉默了一会儿，然后低头望着坐在他脚边的艾美，吻吻她亮丽的头发，说："我注意到艾美吃饭时夹的是鸡腿下半段，整个下午都围着妈妈跑上跑下，今天晚上又让位给美格坐，耐心而愉快地帮大家的忙。我还注意到，她不再动不动就愁眉苦脸，不再照镜子，也不提她戴着一个漂亮戒指，由此我得出一个结论，她已经学会了多想别人，少想自己，并决心像塑造自己的小泥偶一样认真塑造自己的性格，我对此感到很高兴。我为女儿拥有艺术才华而感到十分骄傲，但我更为女儿拥有为别人、为自己美化生活的才华而感到无比自豪。"

"你在想什么，贝丝？"当艾美谢过父亲并介绍了戒指的来历后，乔问。

"今天我读了《天路历程》，读到'基督徒'和'希望'❶经历了各种艰难险阻终于来到一片长年开满百合花的怡人的草地上，在那儿愉快地歇息，如我们现在一样，然后继续向他们的目的地进发。"贝丝答道，一面从父亲的手臂中挣脱出来，慢慢走到钢琴前，又说，"唱歌时间到了，我想做回自己的旧角色。我来试着唱唱朝圣者们听到的那首牧童唱的歌儿。因为父亲喜欢这首歌的歌词，我特地为他作了曲。"说着，贝丝坐到宝贝小钢琴前，轻轻触动琴键，边弹边用甜美的声音唱起来，曾几何时，他们以为再也听不到这美妙的声音了呢。

注释 ❶ "基督徒"和"希望"是《天路历程》中的两个人名。

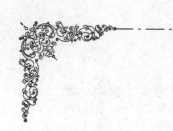

第二十二章　马奇姑婆解决问题

　　就像蜂儿围绕蜂后周遭起舞，第二天，母女们一直围在马奇先生身边，她们把一切都放诸脑后，只在那里看着他，等着他的吩咐，听他说话，她们的这番好心真是让马奇先生吃不消。他靠在贝丝沙发旁边的一张大椅子上，另外三个女儿围坐在身边。汉娜不时探头进来，"偷偷看一眼这位好人"。此时此刻，没有比这更完美的幸福了。总有点儿什么不对头，大点儿的姑娘们感觉得到，只是谁也不肯承认。马奇先生和太太不时看一眼美格，然后忧心忡忡地互相交换一个眼色。乔突然变得十分严肃，大家甚至看到她对布鲁克先生遗落在大厅里的雨伞晃起拳头。美格神情恍惚，腼腆不安，沉默寡言，一听到门铃响便心惊肉跳，一听到约翰的名字就会脸红。艾美说："每个人都似乎在等待什么，显得心神不定。这就奇怪了，因为爸爸已经平安回来了呀。"贝丝则天真地纳闷儿为何邻居们不像以前一样往这边跑。

　　下午劳里来了，看到美格坐在窗边，仿佛一下子心血来潮，单膝跪在雪地上，捶胸扯发，还哀求地十指交叉握紧两手，仿佛求得什么恩典。美格叫他正经一点儿，命他走开，他又用自己的手帕绞出几滴假泪，然后跟跟跄跄地绕过屋角，仿佛伤心欲绝。

"那呆头鹅是什么意思?"美格故作莫名其妙地笑着问。

"他在向你示范你的约翰日后会怎么做。感人吧,哼!"乔奚落道。

"别说'我的约翰',这不合适,也并非事实。"但美格的声音却恋恋不舍地在这四个字上头慢慢拖过,好像这几个音都让她的心情愉悦。

"别烦我了,乔,我跟你说过我对他并没有特别的意思。这事也没什么可说的,我们彼此友好,和以往一样。"

"我们办不到,因为已经说出来了。劳里的恶作剧已经把你毁了,我看出来了,妈妈也一样,你一点儿也不像原来的你啦,似乎离我那么遥远。我不想烦你,而且会像一个男子汉一样承受此事,但我很想它有个了断。我痛恨等待,所以如果你对他有意的话,就请麻利些,快点儿把这件事解决掉。"乔没好气地说。

"除非他开口,否则我没法说或者做什么,但他不会说的,因为爸爸说我还太年轻。"美格说,她正低头做活儿,脸上却露出一丝异样的微笑,表明在这一点上她不太赞同父亲的意见。

"如果他真的开了口,你就不知道该说什么了,也就会哭鼻子,脸红,让他得偿所愿,你才不会明智坚决地说'不'呢。"

"我可没你想象的那么傻,那么不堪一击。我知道该说什么,因为我已经计划好了,免得措手不及。谁也不知道会发生什么事,我希望自己有备无患。"

看到美格不知不觉摆出一副煞有介事的神气,脸颊上两朵美丽的红晕变幻不定,十分动人,乔禁不住微笑起来。

"能告诉我你会说什么吗?"乔语带尊重地问道。

"当然能,你也十六岁了,完全可以当我的闺中密友,再说我的经验日后或许会对你在这种事情上有好处。"

"我一点儿也不想要，看着别人谈情说爱倒是挺有趣儿的，要是换了是自己，我会觉得像个傻子。"乔说。想到这，她不觉心头一惊。

"我不觉得，如果你很喜欢一个人，而他也喜欢你的话。"美格仿佛自言自语，眼光向外面一条小巷望去。她常常看到恋人们在夏日的黄昏在这条小巷上成双成对散步。

"我想你是准备把这番话告诉那个人吧？"乔说，不客气地打断她姐姐的遐想。

"哦，我只会十分沉着干脆地说：'谢谢你，布鲁克先生，你的心意我领了。但我和爸爸都认为我还太年轻，暂且不宜订约，此事请不必再提，我们仍如以前一样做朋友。'"

"哼！说得够冷酷无情的！我才不信你会这样说，即使说了他也不会死心。如果他像小说里头那些遭到拒绝的年轻人一样纠缠不休，你就会答应他，而不愿伤害他的感情。"

"不，我不会。我会告诉他我主意已定，然后很有尊严地走出房间。"

美格说着站起来，正准备排练全身而退的一幕，客厅里突然传来的一阵脚步声，吓得她飞身走回座位，赶紧拿起针线活儿，飞快地缝起来，好像不在规定时间内完成活计，就活不成了似的。

这突如其来的变化，让乔真有些控制不住，但她还是忍住了笑，所以当轻轻的敲门声响起，她没好气儿地打开了门，一张严肃的脸实在是不够友好。

"下午好。我来拿我的雨伞——顺便，看看你爸爸今天怎么样。"布鲁克先生说。眼神在两张难掩慌乱的脸上扫了一下，颇感疑惑。

"很好，爸爸在搁物架上，我去拿，告诉伞你来了。"乔回答时把"父亲"和"雨伞"说混了。然后溜出房间，给美格一个显示尊严的说话机会。但她的身影刚一消失，美格便侧身向门口退去，吞吞吐吐地说——

"妈妈一定很高兴见你，请坐下，我去叫她。"

"别走。你是不是怕我，玛格丽特？"布鲁克先生看起来受伤不浅，美格以为自己干了什么极端无礼的事情。他以前从来没叫过她玛格丽特，而这声音听起来竟如此自然和甜美，这让美格自己大为惊讶，她的脸一下子就红到了耳根。她急于表明自己友好与善意，便伸出一只手来，满怀感激地说："你对爸爸这么好，我怎么会怕你呢？感谢你还来不及呢。"

"要不要我告诉你怎样谢？"布鲁克先生问道，双手紧紧握住那只小手，低头望着美格，棕色的眼睛含情脉脉。美格心头怦怦乱跳，既想跑开，又想停下细听。

"噢，不，请不要这样——还是别说好。"她边说边试图把手抽回，虽未拒绝，却惊慌失措。

"我不会找你麻烦的，我只想知道你有没有一点儿在乎我，美格。我是那么爱你，亲爱的。"布鲁克先生温柔地说。

这本来到了该说那番镇静自若大方得体的话的时候了，但美格说不出来了，她一个字也记不起来，只是低着头，答："我不知道。"声音那么轻柔，约翰只得弯下腰来才勉强听到这句傻乎乎的回答。

他好像觉得这小麻烦是值得的，因为他自顾自笑起来，仿佛心满意足，感激地握紧那只软乎乎的小手，诚恳地劝说道："你愿意试着找到答案吗？我很想知道，不弄清楚我是否能得偿心愿，我就连工作也没有心情。"

"我还小呢。"美格结结巴巴地说，她不明白自己为何抖个不停，但心中却欢喜得很。

"我可以等，在此期间，你可以学着喜欢我。这门课是否太难，亲爱的？"

"如果我想学就不难，不过——"

"那就学吧，美格。我乐意教，这比德语容易。"约翰打断她，把她另一只手也握住，这样在他俯身看她时，她的脸便无处可藏了。

他是那么言辞恳切，可是当美格含羞偷看他时，却看到他那双温柔的眼睛暗藏喜意，脸上一副胸有成竹的神情。此时安妮·莫法特教给她的愚蠢的卖俏邀宠之道闯进了她的脑海，沉睡于这位小淑女心中的支配欲突然苏醒，并迅速控制了她。由于激动，她头昏眼花，手足无措，一时冲动，竟把双手抽出，怒声说道："我不想学。请走开，别烦我！"可怜的布鲁克先生闻听此言神色大变，心中的美丽城堡轰然倒塌，他从未见过美格发那么大的火，他被彻底弄糊涂了。

"你真的这样想？"他焦急地问，在后面跟着她走。

"一点儿不假。我不想为这种事情烦恼。爸爸说我不必，这太早了，我也宁可不去想它。"

"你能慢慢改变主意吗？我愿意等待。不要捉弄我，美格。我想你不是这种人。"

"对我你最好什么也别想。"美格说。这句话既逞了自己的威风，又使得情人心如火煎，她心中升起一股淘气的快意。

他的脸色立时变得阴沉苍白，神态与她所崇拜的小说中的男主人公大有相近之处，但他没有像他们那样拍额头，或迈着沉重的脚步在屋子里乱转，只是呆站在那儿，深情地看着她，她心里不由得软了下来。如果不是马奇姑婆在这有趣的当儿一瘸一拐地走进来，接下来会发生何事就不得而知了。

马奇姑婆在户外散步时碰到了劳里，听说马奇先生已经到家，忍不住想要见见自己的侄儿，于是立即驱车而至。此时一家人正在后屋忙乱，她便悄悄走进来，想要给他们一个意外惊喜。她果然让这里的两个人大吃一惊：美格吓得像见了鬼，布鲁克先生则　闪身进入书房。

"啊哟，出了什么事?"老太太的眼睛从那位面色灰白的年轻绅士又看到面红耳赤的美格，她立刻把手中的藤杖一叩，叫道。

"他是爸爸的朋友。您吓了我一跳!"美格结结巴巴地说，自知这回又有一番教诲好听了。

"显而易见，"马奇姑婆一边回答，一边坐下，"你爸爸的朋友究竟说了什么，让你那张小脸红得像朵芍药似的。这里面肯定有鬼，给我老实交代。"老太太又敲了一下手杖。

"我们只是闲谈而已。布鲁克先生来拿他的雨伞。"美格开口说，只盼望布鲁克先生和雨伞已经双双安全撤出屋外。

"布鲁克? 那孩子的家庭教师? 啊! 现在我明白了。这事我全知道。乔一次在读你爸爸的信时说漏了嘴，我让她说出来。你不至于答应了他吧，孩子?"马奇姑婆生气地叫道。

"嘘! 他会听到的。我去叫妈妈吧。"美格心烦意乱地说。

"等等。我有话要跟你说，我得把丑话说在前头。告诉我，你是不是想嫁给这个库克❶? 如果你这样做，我就一个子儿都不会给你。记着这话，做个明白事理的姑娘。"老太太的语气还真是让人印象深刻。

马奇姑婆擅长让最温柔的人心生叛逆的艺术，而且乐此不疲。我们大多数人骨子里头都有一股子任性劲儿，尤其是在少不更事和坠入爱河的时候。假若马奇姑婆劝美格接受约翰·布鲁

注释 ❶ 马奇姑婆由于气愤，一下忘了布鲁克的名字，下文的鲁克也是如此。

克，她大有可能宣布"想都别想"，但马奇姑婆却颐指气使地命令她不要喜欢他，她于是当即决定要反其道而行之。

她本来早有此意，再经马奇姑婆这一激，下此决心便十分容易。在莫名的激动亢奋之下，美格以非同寻常的勇气一口回绝了老太太。

"我会和我喜欢的人结婚，姑婆，您也可以把钱留给您喜欢的人。"她点着头坚决地说。

"好有骨气！你就这样听取长辈的忠告吗，小姐？你慢慢就会后悔的，等你在破草房里谈情说爱，你就知道什么叫失败了。"

"但有些嫁入豪门的人失败得更惨。"美格反击。

马奇姑婆从未见过这个姑娘如此动气，于是戴上眼镜把她仔细审视了一番。美格此时几乎不知道自己是谁，只感到勇气十足，毫无拘束——十分高兴能维护约翰，并捍卫自己爱他的权利。马奇姑婆发现自己开错了头，想了一下，决定重新开始，于是尽量温和地说："哎，美格，好孩子，理智点儿，听我两句劝。我是一片好心，我不想你一开始就走错路，毁了一辈子。你应该嫁个有钱人，帮帮你的家。你有责任嫁一个有钱人，这话你一定要记住。"

"爸爸妈妈可不这么看，虽然约翰穷，他们也一样喜欢他。"

"你的父母，好孩子，幼稚得跟两个小孩子一样，根本不懂世故。"

"我为此感到高兴。"美格坚定不移地大声说。

马奇姑婆并不在意，继续训着话。"这孩子不但穷，也没有什么有钱的亲戚，对吗？"

"对。但他有很多热心的朋友。"

"你不能靠朋友生活，有事求他们时，你就知道他们会变得多么冷淡。他没有什么生意吧？"

"还没有。劳伦斯先生准备帮助他。"

"这维持不了多长时间。詹姆士·劳伦斯是个反复无常的老头，靠不住。这么说你是打算嫁给一个没钱、没地位，也没生意的穷小子，跟着他你将来会比现在更辛苦。你就不愿听我一句话，过一辈子安乐日子？我以为你更有头脑呢，美格。"

"即使我等上半辈子也不会嫁得比这更好！约翰善良聪明，才华横溢，他愿意工作，也一定会成就一番事业。他敢作敢为，还那么充满活力。大家都喜欢他，尊敬他。他喜欢我，不计较我家道清贫，年幼无知，我感到很自豪。"美格那么挚诚地说着，那样子竟又为她平添了几分美丽。

"他知道你的亲戚有钱，孩子，我猜这就是他喜欢你的原因。"

"姑婆，你怎么能这样说话？约翰不是这种卑鄙小人，如果你这样说，我一分钟都不要再听。"美格气得叫起来，对老太太的不公正猜测感到十分愤慨。

"我的约翰不会为钱结婚，我也不会。我们会自食其力，也准备好彼此等待。我不怕穷，因为我一直都很幸福。我知道我会跟他在一起，因为他爱我，而我也……"

话说到这儿，美格停住了，因为她突然想起自己还没有打定主意，而且刚刚叫"她的约翰"走开，或许他这会儿正在偷听她这番自相矛盾的话呢。

马奇姑婆勃然大怒，她一心想让她的漂亮侄女找一份美满姻缘，却不料在这儿碰了个钉子。看到姑娘那张幸福洋溢、充满青春的面孔，孤独的老太太心中不禁升起一股酸涩滋味。

"很好，这事我以后再也不管了！你这个倔丫头，你今天这通傻话会让你啥也得不到。不，我还没说完呢。我对你算是不抱希望了，现在也没有心情看你父亲了。你结婚时别指望我给你一分钱。等你那位布鲁克先生的朋友们来照顾你吧。我俩从今以后一刀两断。"马奇姑婆当着美格的面把门砰地一关，怒气冲冲地登上车走了。她似乎连带着把姑娘的勇气也全部带走了。她一走，美格一个人呆站在那儿，不知该笑还是该哭。她还没来得及理清头绪，便被布鲁克先生一把抱住，只听他一口气说道："我忍不住想要听你说些什么，美格。谢谢你这么维护我，我也得谢谢马奇姑婆，是她证明了你心里确实有我。"

"直到她诋毁你时我才知道自己是多么在乎。"美格说。

"那我就不用走开了，可以高高兴兴留下来，是吗，亲爱的?"这本来又是一个发表那篇决定性的讲话，然后堂而皇之地退下的大好机会，但美格连想都没想一下，反而温顺地低声说："是的，约翰。"并把脸埋在布鲁克先生的马甲上，这回她可是在乔面前永远抬不起头来了。

在马奇姑婆离开十五分钟之后，乔轻轻走下楼梯，在门廊处停顿了一下，听到里面没有动静，一脸满意地点头自语道："看来她确实按我们计划好的那样，把他给打发走了。这事总算是过去了。我得去听听这个好玩儿的经过，好好开开心。"

不过，可怜的乔是绝对开心不起来的，她刚踏入门口便吓得呆若木鸡，身子牢牢钉在门槛上，嘴巴张得几乎跟圆睁的眼睛一样大。她本来是想为姐姐击退敌人——那个讨厌的情郎，来称赞她意志坚强的，不料却看见布鲁克先生安然地坐在沙发上，而意志坚强的姐姐则高高坐在他的膝上，完全是一副百依百顺的谦恭模样。乔倒吸了一口冷气，犹如一盆冷水兜头泼下——绝没料到情形变得如此恶劣，太出乎意料了。听到响声，这对恋人回头看过来，看到了她，美格一下子跳起来，却是一副既骄傲又腼腆的神情，但"那个男人"，就像乔说的那样，竟然笑起来，吻了吻惊得目瞪口呆的乔，平静地说道："乔妹妹，祝贺我们吧！"

这简直是在伤口上撒盐，伤害之上又大伤自尊——这口气如何咽得下去——乔恼羞成怒，两手狠狠一甩，一声不吭地从他们眼前消失。她跑上楼，一头闯进房间，痛心疾首地大叫："喂，快来个人下楼去看看吧，约翰·布鲁克正在做见不得人的事，而美格竟然还很高兴！"这可把两个病人吓得大惊失色。

马奇夫妇飞快地冲出房间，而乔则一头把自己摔在床上，一面痛哭流涕一面骂不绝口，还把这个可怕的消息告诉贝丝和艾美。两位小姑娘却觉得这是一件顶顶开心顶顶有趣的好事情。乔没有从她俩那里得到一丝安慰，只好爬起来，跑到她的阁楼避难所，向她的小老鼠们倾吐心事。

没有人知道那天下午客厅里发生了什么事，但大家聊了许多。一向少言寡语的布鲁克先生竟然口若悬河，让大家十分惊讶，而他锲而不舍的爱的精神，也让他赢得了大家更多的喜爱。他向大家介绍自己的计划，还努力说服大家按他的想法安排一切事情。

他还没描绘完自己打算为美格创造的乐园呢，用茶的铃声就响了。他骄傲地挽着美格入席，两人满脸的幸福藏都藏不住。乔无心妒忌，也没有心情苦闷了。艾美对约翰的忠心耿耿和美格的端庄高贵印象深刻，贝丝则远远望着他俩笑个不停，而马奇夫妇万分怜爱地望着这对年轻人，显得十分满意，毫无疑问，他们确实"像两个不谙世事的孩子一样"。大家吃得不多，可都显得兴高采烈，旧房间也仿佛由于家里发生了第一桩喜事而变得不可思议地亮堂起来。

"这回你不能说从来就没有一件称心如意的事了吧，美格？"艾美说，她在构思如何把这对恋人双双画进画中。

"对，不能这么说。自打我说这话，发生了太多的事情，那都是一年前的事了。"美格回答。此刻她正在甜蜜的梦幻之中，离面包牛油这类俗物非常遥远。

"我们也算是苦尽甘来，我希望从此出现转机。"马奇太太说，"很多人家都会碰上这样动荡的年月，今年就是这样，但无论如何，我们的收获还算不错。"

"但愿来年更好。"乔咕哝道。看到美格在她面前魂灵全被一个陌生人吸引，她心里酸溜溜的。乔对一些人爱之甚深，唯恐会失去他们。

"我希望后年会有一个更好的结局。我相信，只要我努力，就一定会实现自己的计划。"布鲁克先生笑微微地望着美格说，现在对于他来说仿佛一切都成为可能。

"时间是不是太长了？"艾美问，恨不得婚礼立即举行。

"在我准备好之前，我还有许多东西要学，对我来说，时间似乎太短了。"美格答道，一脸甜蜜中竟有一种前所未有的严肃劲头。

"你要做的就是等待，要工作的是我。"约翰边说边付诸行动，捡起美格的餐巾，脸上的表情令乔直摇脑袋。这时前门砰地响了一声，乔松了一口气，自言自语道："劳里来了。我们终于可以谈点儿正经事了。"

但乔想错了。只见劳里喜气洋洋地跑进门，手里捧着一大束像模像样的婚礼用的"捧花"送给"约翰·布鲁克太太"，俨然把自己当成了这桩好事的促成者。

"我早就知道布鲁克一定马到功成，他一向如此，只要他下定决心做事，即使天塌下来也能做好。"劳里献花后又祝福了一番。

"承蒙夸奖，不胜感激。借你吉言，这就邀请你参加我的婚礼。"布鲁克先生答道。他待人一向平和，即使对自己淘气捣蛋的学生也不例外。

"我就算是走到天涯海角都会赶回来参加，单单乔那天的脸色就值得我回来一看了。你好像不大高兴呢，小姐。怎么回事？"劳里问，跟着乔来到客厅一角，其他人则去迎接刚刚进来的劳伦斯先生了。

"我不赞成这门亲事，但我已经决定把它忍下来，一句坏话也不说。"乔严肃地说。"你不会明白我失去美格有多么难受。"她接着说，声音竟微微颤抖起来。

"你并不是失去她，只是你只能拥有一半的她了。"劳里安慰道。

"再也不会一样了。我失去了我最亲爱的朋友。"乔叹息道。

"可是你还有我呢。我知道，我算不上什么，但我一定会站在你身边，乔，一生一世。一定！我发誓！"劳里是那么认真。

"我知道你一定会的，你待我真好。你总是给我带来莫大的安慰，特迪。"乔答道，感激地握着劳里的手。

"哎，好了，别愁眉苦脸啦。这就对了。这事并没有什么不好，你瞧，美格感到幸福，布鲁克很快就能成家立业，爷爷会帮助他。看到美格在自己的小屋里，该是多么令人羡慕。她走后我们会过得十分开心，因为我很快就读完大学，那时我们就一起到国外去旅行。这么一想，你心里会不会好受些呢？"

"但愿能够如此。但谁知道这三年里会发生什么事情。"乔心事重重地说。

"那倒也是。你想不想知道自己到时候会是什么样子？我可想知道。"劳里回答。

"不想也罢，因为我会想到一些伤心事。现在大家都这么高兴，将来又能高兴到哪儿去？"乔说着把房间慢慢扫视一遍，眼前随之一亮，因为她看到的景象是那么让人心情愉悦。

父亲和母亲坐在一起，悄悄重温着他们二十年前恋爱时的情形。艾美正在为一对恋人画像，他们坐在一边，完全沉浸在爱情的美妙世界中，爱在他们的脸庞上轻轻抹上了一层光芒，这让他们显出一种难以描摹的美。贝丝躺在沙发上，和她的老朋友劳伦斯先生愉快地交谈，老人握着她的手，仿佛觉得它拥有一种力量，可以引领他走过她所走的宁静的道路。乔则靠在自己最喜欢的低椅上，严肃而安静，别具一种风韵，劳里倚在她的椅背上，下巴贴在她的鬈发上面，冲着她微笑点头，对面的穿衣镜里映出两人的身影。

写到此处，帘幕落下，有关美格、乔、贝丝和艾美的故事暂告一个段落。是否再次起幕全看读者们是否接受这部家庭故事剧《小淑女》的第一部。